Gerri Russell

Vereerbt, verliebt, verheiratet

amazon crossing

rückte alte Mann hat einen Weg gefunden, dir all seine Rechnungen zu hinterlassen.«

Felicity erstarrte, und ihre Schultermuskeln verkrampften sich, bis sie sich zwang, sich zu entspannen. »Vern war nicht verrückt. Er war einsam.« Auf seiner Beerdigung heute Morgen waren nur zwei Leute. Nicht ein einziges Mitglied seiner Familie war gekommen, um ihm die letzte Ehre zu erweisen. Und nach der Beerdigung war sie die Einzige gewesen, die der Verlesung des Testaments beigewohnt hatte. Ein Testament, in dem es nur drei Begünstigte gab: seinen Hausmeister, Felicity selbst und einen Neffen. Hatte der Mann überhaupt noch mehr Familie? Sie hatte keine Ahnung. Sie wusste fast nichts über ihn, außer dass er im Hotel gelebt, täglich im Restaurant gegessen und ihre Kochkünste geschätzt hatte. Felicity spürte einen Kloß im Hals. Sie würde es vermissen, Vern jeden Abend im Restaurant zu sehen. »Vern war nicht der, für den wir ihn alle gehalten haben.«

Edward runzelte die Stirn. »Wie meinst du das? Wer war er?«

»Der Mann, den wir alle als Vern Barron kannten, war in Wirklichkeit Vernon Bancroft.«

Edwards Augen weiteten sich, während er den Blick durch die Eingangshalle des Hotels schweifen ließ, das nach seinem Besitzer benannt war. Er griff nach Felicitys Arm. Sie war sich nicht sicher, ob er sie damit trösten oder sich selbst stützen wollte. »Der Vernon Bancroft? Einer der vierhundert reichsten Amerikaner laut der Forbes-Liste?«

Felicity nickte, noch immer fassungslos von der Erkenntnis, dass ihr Freund, ihr allabendlicher Besucher im Restaurant und Dauergast des Hotels, ein Milliardär gewesen war. Vern hatte aus gesundheitlichen Gründen nicht nur spezielle Menüs, sondern auch mehr Aufmerksamkeit gebraucht als die anderen Gäste. Durch ihre täglichen Gespräche waren er und Felicity gute Freunde geworden. Doch er hatte nicht ein einziges Mal sein Vermögen erwähnt. Und sie hatte niemals angenommen, dass er etwas anderes als einfach nur ein einsamer Mann war, der genug Geld hatte, um an einem Ort zu leben, an dem er sich wohlfühlte.

»Warum hat er sich Barron genannt?«

Sie zuckte die Achseln. »Wie sich herausgestellt hat, war Barron sein Zweitname. Offensichtlich wollte er seine Privatsphäre schützen.«

Edwards Hand schloss sich fester um ihren Arm. »Was wollten seine Anwälte von dir?«

»Er hat mir das ›Dolce Vita‹ vermacht …«

Edward sah sie mit weit offenem Mund an. »Er hat dir das Restaurant vererbt?«

»Und das Hotel.« Die Anwälte hatten sie davon in Kenntnis gesetzt, dass sie nun Multimillionärin war, wenn man das Hotel, dessen Vermögenswert und die dadurch erzielten Einkünfte berücksichtigte. Bei dem Gedanken begann ihr Herz zu rasen.

Felicity erstickte die aufsteigende Panik rasch durch einen tiefen, beruhigenden Atemzug. Vern hätte nicht gewollt, dass sie aufgrund seines Geschenkes die Nerven verlor. Er hätte von ihr erwartet, das Erbe anzunehmen und einfach weiterzumachen, so wie er es ihr letzte Woche geraten hatte, nachdem sie diese fürchterliche Kritik in der Seattle Gazette erhalten hatte.

»So ist das Leben nun mal, Felicity. In meinen vielen Lebensjahren habe ich gelernt, dass man die Dinge einfach akzeptieren und dann hinter sich lassen muss. Es ist das Einzige, was funktioniert«, hatte Vern ihr gesagt.

Kein Drama. Keine Hysterie. Genau das würde Vern von ihr erwarten.

»O mein Gott!« Edwards Stimme hörte sich in der Geräuschkulisse der Eingangshalle überlaut an, woraufhin sich eine plötzliche Stille über den Raum legte, als Gäste und Angestellte sich zu ihnen umdrehten und sie anstarrten. »Ist das dein Ernst?«, fragte er etwas leiser.

Felicity war nur zu einem Nicken imstande.

»Was hast du jetzt vor?«, fragte Edward, während die Leute um sie herum sich weiter unterhielten.

»Ich weiß es nicht«, entgegnete sie mit unsicherer Stimme und sah sich um. Sie hatte keine Ahnung, wie man ein Hotel führte. Sie wusste nur, wie man eine Küche leitete. Und nun gehörte all das ihr.

Ein schmerzhaftes Gefühl des Verlusts erfasste sie. Vor drei Jahren hatte sie Vern zum ersten Mal getroffen. Er hatte darum gebeten, den Küchenchef zu sprechen, und sie dann vor die Herausforderung gestellt, etwas für ihn zu kochen, das gut schmeckte und dennoch gesund war für einen alten Mann mit Diabetes und zu hohem Cholesterin. Vom ersten Moment an hatte die Traurigkeit in seinen Augen etwas in ihr angerührt. Sie hatten sich ein paar Minuten unterhalten, in denen er ihr ein für ihn, wie sie später erfuhr, seltenes Lächeln schenkte. Der Mann war einsam, und in jener Nacht hatte er in ihr eine Freundin gefunden. Für sie war er ebenfalls ein Freund gewesen, der ihr mit väterlichem Rat zur Seite gestanden hatte, auch wenn sie niemals darum bat.

Sie atmete zitternd aus. Vern war tot. Sein Rat für immer verstummt. Die Welt kam ihr trauriger und leerer vor. Doch zum Schluss hatte er ihr einen Teil von sich selbst geschenkt, ein Stück seines Herzens und seines Nachlasses. Ihre Augen brannten, als ihr die Tränen kamen, aber sie weigerte sich, ihnen freien Lauf zu lassen. Sie würde sein Geschenk in Ehren halten und sich bemühen, Vern stolz zu machen.

Felicity richtete den Blick auf Edward und bemühte sich um ein Lächeln. »Bitte sag mir, dass du als Manager bleiben wirst, während ich versuche, mit alldem klarzukommen.«

Das faltige Gesicht des Hotelmanagers verzog sich erfreut. »Auf jeden Fall, Boss.«

Seine Worte fühlten sich an wie der rettende Halt im Sturm ihrer Selbstzweifel, die über sie hereingebrochen waren, nachdem sie das Büro von Verns Anwälten verlassen hatte. Alles würde gut werden. Sie konnte lernen, wie man ein Hotel führte und als Besitzer Entscheidungen für ein Restaurant traf. Sie konnte es schaffen, nicht nur für sich selbst, sondern auch für alle Angestellten des Hotels. Diese Menschen waren zu ihrer Familie geworden. Felicity musste klug und stark sein. Sie musste härter arbeiten und einen Weg finden, sich des Geschenkes als würdig zu erweisen, das Vern ihr gemacht hatte.

Felicity runzelte die Stirn. »Wie hat Vern vor dir geheim gehalten, dass er der Besitzer war?«

»Er war schon ein gerissenes altes Schlitzohr, das muss ich ihm lassen. Er hat immer nur am Telefon mit mir gesprochen.« Edward lächelte. »Drei Jahre lang hat er mich hinters Licht geführt.«

»Er hat uns alle hinters Licht geführt.«

»Allerdings«, bekräftigte Edward. »Doch am Ende können wir wohl nur sein Bedürfnis nach Privatsphäre respektieren. Ich tue das zumindest.«

»Ja, vermutlich«, stimmte Felicity zu.

Edward musterte sie. »Kommst du klar, wenn ich kurz weggehe?«

»Natürlich.«

»Ich muss es Marie erzählen.« Edwards haselnussbraune Augen strahlten. »Es wird ihr die Sprache verschlagen, wenn sie erfährt, wer Vern wirklich war.« Zum Abschied drückte er noch einmal Felicitys Arm, ehe er sich auf den Weg zum Aufzug machte, um seine Frau zu finden, die Leiterin des Housekeeping war.

Jetzt, wo Edward und Marie es wussten, würde es keine Stunde dauern, bis auch die restlichen Angestellten darüber informiert waren. Felicity bezweifelte, dass einer von ihnen ihre neue Stellung als Besitzerin anfechten würde. Immerhin waren sie ihre Freunde. Andererseits hatte sich auch Destiny Carrow als Freundin bezeichnet, während sie gleichzeitig eine vernichtende Kritik über ihre Kochkunst verfasst hatte.

Während er im Restaurant zu Abend aß, hatte Vern sie einmal daran erinnert, dass sie, wenn sie etwas haben wollte, mit der Beharrlichkeit einer Bulldogge daran festhalten musste, und zwar so lange, bis sie es schließlich bekam. Über die Jahre hatte sie viele Kämpfe gewonnen oder verloren. Dies war lediglich ein weiterer Kampf.

Felicitys Nerven knisterten förmlich vor Aufregung. Sie zwang sich dazu, die Füße fest auf dem Boden zu lassen, als sie der Wunsch überkam, vor Freude einen Glückstanz aufzuführen. Sie besaß ein Hotel. Sie hatte ihr eigenes Restaurant. Nun war sie der Chef in ihrer eigenen Küche. Obwohl sie noch niemals gefeuert worden war, lebte sie seit Jahren mit der unterschwelligen Angst davor. Was würde sie tun, wenn sie keinen Job mehr hatte? Wie sollte sie dann ihren Vater unterstützen und für seine medizinischen Behandlungen aufkommen?

Nun, da sie ihr eigenes Hotel besaß, konnte sie niemals gefeuert werden und musste niemals mit ansehen, wie ihr Restaurant geschlossen wurde, wie es in der Gastronomie häufig vorkam. Da es an das Hotel angeschlossen war, hatte das »Dolce Vita« immer bessere Chancen gehabt, sich im Auf und Ab der Branche zu behaupten, doch als Besitzerin des Hotels und des Restaurants würde sie sich deswegen keine Sorgen mehr machen müssen.

Und vielleicht würde sie zur Abwechslung auch mal in der Lage sein, etwas für sich zu tun, wie nachmittags einkaufen oder ins Kino oder zu einer Verabredung zu gehen. Eine echte Verabredung … So etwas hatte sie seit einer halben Ewigkeit nicht mehr gehabt. All die Möglichkeiten schwirrten ihr durch den Kopf, als sie sich umdrehte und plötzlich nur noch Anzug sah. Eine breite Männerbrust versperrte ihr den Weg, und sie konnte einen Zusammenstoß nicht mehr verhindern. Beim Gefühl der harten Muskeln an ihrem Körper wurde ihr ganz schwindelig, und ihr Magen machte einen Satz. Ein holzig-maskuliner Duft stieg ihr in die Nase.

»Alles in Ordnung?« Der tiefe Klang seiner Stimme drang bis in ihr Innerstes.

Felicity schluckte schwer und trat einen Schritt zurück. »Entschuldigung!« Sie streckte die Hand aus, um etwaige Falten von dem kleinen Unfall glatt zu streichen, unterließ es jedoch, als ihr klar wurde, dass sie damit alles nur noch schlimmer machen würde. Rasch riss sie ihre Hand zurück und sah hoch in tiefblaue Augen, deren Blick direkt auf sie gerichtet war.

Felicity atmete langsam aus. Der Mann sah umwerfend gut aus. Er hatte ein kräftiges, markantes Kinn und hohe Wangenknochen, und auf seiner linken Wange deutete sich ein winziges Grübchen an.

»Ich hab gefragt, ob mit Ihnen alles in Ordnung ist, Miss.« Während sie ihn weiterhin anstarrte, verzogen sich seine Lippen zu einem Lächeln – Lippen, die wie gemacht waren für lange, heiße Küsse.

»Mein Fehler. Ich war abgelenkt.« Wovon jetzt keine Rede mehr sein konnte.

Sie hatte niemals Zeit für all die Sachen gehabt, mit denen sich die anderen Mädchen beschäftigt hatten. Sie hatte immer zu viele Verpflichtungen gehabt und zu viel Angst.

Aber in Anbetracht der veränderten Umstände, und bei diesem Mann, würde sie möglicherweise eine Ausnahme machen. Er war wirklich unglaublich attraktiv. Beim Gedanken an den muskulösen Oberkörper unter seinem Hemd wurde ihr der

Mund ganz trocken. Doch er war nicht nur gut aussehend. Sein Blick strahlte Selbstbewusstsein aus. Und warum sollte er auch nicht selbstbewusst sein? Der schwarze Nadelstreifenanzug, den er trug, kostete wahrscheinlich mehr als ihre gesamte Garderobe.

Bei dem Gedanken verzogen sich ihre Lippen zu einem Lächeln. »Willkommen im Bancroft«, sagte Felicity, in einem Tonfall, der, wie sie hoffte, eine Mischung aus Autorität und Freundlichkeit war.

Er hob eine Augenbraue. »Sie arbeiten hier im Hotel?«

Felicity richtete sich auf, froh darüber, dass sie ihr schwarzes Lieblings-Etuikleid für Verns Beerdigung und das Treffen mit den Anwälten ausgesucht hatte. Der Fremde ließ seinen Blick über ihren Körper wandern, hinunter bis zu ihren mittelhohen Pumps und wieder hinauf. Seine Augen waren warm, sinnlich und einladend. Während sie nickte, wurde ihr ganz heiß. Es war Jahre her, mehr, als sie zugeben mochte, dass sie irgendeinem Mann nahe gewesen war, der ihr Interesse erregt hatte. »Werden Sie für eine Weile bei uns bleiben?«, fragte sie leicht atemlos.

»Ich bin mir noch nicht sicher.« Er wandte den Blick von ihr ab, um sich in der Eingangshalle umzusehen. »Könnten Sie mir vielleicht sagen, wo ich Felicity Wright finden kann?«

Ihr stockte der Atem. »Sie stehen vor ihr. Wieso?«

Mit seinen tiefblauen Augen musterte er sie jetzt misstrauisch. »Ich hatte Sie mir älter vorgestellt.«

Ihre Wangen wurden heiß und rot. »Wie bitte?« Na schön, der Mann war unglaublich sexy, aber warum sollte er nach ihr suchen? Niemand suchte nach ihr, sofern er nicht ein Problem mit dem Essen hatte – was leichter zu glauben wäre, wenn das Restaurant im Moment geöffnet wäre.

»Mein Onkel ist vor Kurzem hier verstorben. Ich nehme an, Sie kannten ihn.«

»Vern Barron – ich meine Bancroft – war Ihr Onkel?« Die sanfte Jazzmusik in der Eingangshalle wurde plötzlich immer leiser, und die Lichter wurden dunkler, während ihr Herzschlag in ihren Ohren pochte. Der Neffe, der im Testament aufgeführt war.

Er nickte, ohne irgendein Anzeichen von Trauer.

»Heute war seine Beerdigung«, stellte sie das Offensichtliche fest und betrachtete den Mann eingehend. Machte ihm der Verlust seines Onkels überhaupt irgendetwas aus? Oder war er nur hier, um Anspruch auf das zu erheben, was Vern ihr hinterlassen hatte?

»Mein Flug hatte Verspätung, sonst wäre ich zur Aussegnung hier gewesen.« Ein Anflug von Bedauern verdunkelte kurzfristig seine Miene. »Ich fange das vollkommen falsch an, verzeihen Sie mir.« Er streckte seine Hand aus. »Blake Bancroft.«

Seine tiefe Stimme hatte eine verheerende Wirkung auf sie. Während sie ihm die Hand gab, überlief sie ein Schauer, der sich anfühlte wie tausend kleine Nadelstiche. Seine Haut auf ihrer zu spüren löste erneut ein Prickeln in ihrem Innern aus. »Freut mich, Sie kennenzulernen«, erwiderte sie und unterdrückte den Drang, ihn näher an sich zu ziehen.

Was war nur los mit ihr? War sie so aus der Übung, wenn es um Männer ging? Ihr letztes katastrophales Date lag fast ein Jahr zurück, und es war ungefähr zwei Jahre her, dass sie zum letzten Mal einen Mann geküsst hatte, eine halbe Ewigkeit, dass es zu mehr als einem Kuss gekommen war … Sie schluckte schwer. O Gott, wie gerne sie diesen Mann vernaschen würde. Er war besser als jedes Dessert, das sie in ihrer Küche kreieren könnte.

Als er ihre Hand losließ, wurde ihr plötzlich kalt.

»Wir müssen uns über vieles unterhalten, aber nicht jetzt und nicht hier.«

Seine Worte holten sie in die Realität zurück. Vor ihr stand Blake Bancroft. Verns Neffe. Angst und Trauer schnürten ihr den Magen zu. Er war gekommen, um das Testament anzufechten.

»Verns Anwälte haben mir gesagt, das Testament sei rechtskräftig.« Sie griff in ihre Tasche und zog einen Bogen vom Briefpapier des Hotels hervor, der an das Testament geheftet worden war. Die Anwälte hatten ihr den Brief gegeben, als wüsste sie, was sie mit der Nachricht anfangen sollte: »Pass auf das Bancroft auf, Felicity. Du wirst wissen, was zu tun ist.«

Sie reichte Blake die Notiz. Sie hatte keine Ahnung, was sie tun sollte. Letzte Woche war ihr Leben noch einfach gewesen. Ihre größte Sorge in Bezug auf das Hotel war gewesen, ob ihre Spezialität des Tages Anklang finden würde. Heute ging es um so viel mehr. Was dieses »mehr« alles beinhaltete, musste sie noch herausfinden, doch sie war sich sicher, dass der Mann, der gerade vor ihr stand, ihr Leben nicht leichter machen würde.

Felicity hatte sich nie zuvor so allein gefühlt wie in diesem Moment.

»Du bist stärker, als du glaubst, Felicity. Das warst du immer. Alles wird gut werden.« Die Worte, die Vern einen Tag vor seinem Tod zu ihr gesagt hatte, fielen ihr wieder ein. Sie richtete sich auf. »Ich weiß nicht genau, was es da noch zu bereden gibt, Mr Bancroft. Wenn Sie mehr über die letzten Tage im Leben Ihres Onkels erfahren möchten, bin ich gerne bereit, mit Ihnen zu sprechen. Wenn Sie wegen des Hotels hier sind, wenden Sie sich bitte an meine Anwälte.«

* * *

Blake gab Felicity die Nachricht zurück, ohne sie gelesen zu haben. Er erkannte die Handschrift seines Onkels, aber was er geschrieben hatte, interessierte ihn nicht. Er war nach Seattle gekommen, um das Bancroft zu übernehmen. Und irgendwelche leidenschaftlichen Worte seines Onkels würden daran nichts ändern.

Blake ließ seinen Blick über die junge Frau schweifen. Als er erfahren hatte, dass sein Onkel das Bancroft einer Angestellten vermacht hatte, war er davon ausgegangen, dass der alte Mann so etwas wie eine heimliche Geliebte gehabt hatte, während er sich in seinem Lieblingshotel vor der Welt versteckte.

Es wäre leicht gewesen, um das zu kämpfen, was ihm gehören sollte, wenn Felicity genauso gewesen wäre, wie er sie sich vorgestellt hatte – eine Erbschleicherin. Jemand, der leicht zu manipulieren war. Doch die Frau, die hier vor ihm stand, schien nichts von alledem zu sein.

Sie wirkte stark, souverän und dazu entschlossen, ihn herauszufordern. Definitiv nicht der Typ, den sein Onkel bevorzugte – falls er jemals einen Typ gehabt hatte. Felicitys langes, platinblondes Haar war im Nacken zu einem strengen Pferdeschwanz zusammengebunden. Sie war keine klassische Schönheit, doch ihre mandelförmigen Augen hatten etwas Exotisches, das ihn faszinierte. Aus ebendiesen Augen betrachtete sie ihn jetzt misstrauisch.

»Soll ich Ihnen die Kontaktinformationen meiner Anwälte geben?«

Blake runzelte die Stirn. Das war nicht die typische Reaktion, die er von Frauen gewohnt war. Während er überlegte, was er tun sollte, wandte er den Blick von Felicity ab und sah sich in der Eingangshalle um.

Eine Frau schaute zu ihm herüber, während sie auf ihren schwarzen Leder-High-Heels auf ihn zukam. Ihr Lächeln war einladend, ebenso wie das großzügig ausgeschnittene Dekolleté ihres hautengen pinkfarbenen Kleids. Er erwiderte ihr Lächeln, und ihre Augen weiteten sich. Sie ging an ihm vorbei und berührte mit einer Hand ganz leicht seine Finger, während sie ihm ein Stück Papier zusteckte. Zweifellos ihre Zimmer- oder

Telefonnummer. Diese Art von Aufmerksamkeit war für ihn nichts Neues.

Als er vor Jahren den Posten des leitenden Vorsitzenden von Bancroft Industries übernommen hatte, war es ihm schwergefallen, mit der Bekanntheit, welche die Stellung mit sich brachte, umzugehen. Doch im Laufe der Jahre hatte er sich an die unerwünschte Aufmerksamkeit, die ihm von Leuten – vor allem von Frauen – aufgezwungen wurde, gewöhnt. Er wusste, dass es nichts mit ihm persönlich zu tun hatte; es ging nur um sein Vermögen. Die Leute rissen sich darum, in seine Nähe zu kommen, als wäre das eine Garantie für Erfolg.

Blake richtete den Blick wieder auf Felicity. Ihre Miene war ausdruckslos, ihre großen braunen Augen kühl. An den Mundwinkeln ihrer vollen, ungeschminkten Lippen zeichnete sich nicht mal der Anflug eines Lächelns ab. Er konnte deutlich spüren, wie ihre Meinung von ihm lautete. »Sehen Sie, Felicity, ich denke, wir sind uns beide darüber einig, dass es Dinge gibt, über die wir reden müssen.«

»Meine Anwälte sind gerne bereit, mit Ihnen zu reden.«

Ein Anflug von Ärger durchzuckte ihn. »Es ist besser, wenn wir beide uns unterhalten. Sie und ich.«

Sie sah ihn unnachgiebig an. »Warum? Was gibt es da noch zu sagen?«

Für eine Sekunde dachte er darüber nach, was sie wohl davon überzeugen könnte, ihm wenigstens die Gelegenheit zu geben, seine Situation zu erklären. Das Flaggschiff ihrer Hotelkette zu verlieren wäre für die Firma ein herber Rückschlag. Bis zum Tod seines Onkels hatte Blake immer vorgehabt, das alte Gebäude zu nutzen, um einen neuen Trend für ökologische Übernachtungskonzepte zu schaffen. Was für einen besseren Weg gab es, die Hotelkette als Marktführer zu etablieren, als ein heruntergekommenes, geldfressendes Gebäude in etwas zu verwandeln, dem andere aus der Branche nacheifern wollten?

Wenn er das Bancroft umgestalten und es wieder zu einer erstklassigen Adresse machen konnte, würde das neue Investoren anziehen, sodass er das Konzept landesweit und auf der ganzen Welt ausbauen konnte.

Bancroft Industries wäre damit richtungsweisend für die Konkurrenz. Der Name Bancroft würde dann weltweit nicht nur für Qualität, sondern auch für Nachhaltigkeit stehen. Seattle war landesweit bereits führend mit seinem fortschrittlichen Recyclingsystem, doch er wollte noch so viel mehr tun. Und dieses neue Zeitalter musste für die Hotelkette mit ihrem Traditionshaus eingeläutet werden.

Um ehrlich zu sein, hatte sie nicht die geringste Chance gegen seine mit allen Wassern gewaschenen Anwälte. Sie hatte das Testament. Er hatte den Namen Bancroft, und seine gemeinsame Geschichte mit seinem Onkel und den Liegenschaften der Bancrofts war unbestritten. Ihre Beziehung zu Vern war etwas, das er zu erkunden und für seine Vorteile zu nutzen gedachte. »Mein Onkel hat Ihnen dieses Hotel hinterlassen, und ich würde gerne erfahren, weshalb. Können wir uns im Restaurant unterhalten?«

»Das Restaurant ist geschlossen.«

Er schenkte ihr sein charmantestes Lächeln, mit dem er schon viele Frauen von seiner Meinung überzeugt hatte. »Sind Sie nicht diejenige, die hier das Sagen hat?«

Sie starrte ihn an, und er wusste, sie dachte über seinen Vorschlag nach. »Sie haben recht, es gehört mir.«

Ihm entging die Spitze nicht. »Also heißt das Ja?«

Sie beugte sich vor, und für eine Sekunde, nur eine einzige Sekunde, dachte er, sie würde ihn berühren. Aus irgendeinem Grund wurde ihm bei der Vorstellung heiß. Er war es gewohnt, dass die Leute ihn berührten, doch bei Felicity schien irgendetwas anders zu sein. Als sie einen Schritt zurücktrat, verspürte er einen Stich der Enttäuschung.

Sie nickte. »Vern hat mich darum gebeten, auf das Bancroft aufzupassen, und genau das habe ich vor.« Sie atmete scharf ein. »Dieser Ort ist mehr als nur ein Hotel, Mr Bancroft. Hier kann ein Vater für kurze Zeit seinem Alltagsstress entfliehen, um mit seiner Familie Urlaub zu machen, oder ein Ehemann eine Nacht mit seiner Frau verbringen, die er schon seit Jahren liebt. Das hier ist nicht nur ein Gebäude. Es ist ein besonderer Ort – ein Geschenk.«

Von der Wahrheit in ihren Worten wurde ihm leicht übel. Das Bancroft war ein besonderer Ort, doch mit seinen Verbesserungen würde es nicht nur etwas Besonderes sein, sondern auch noch ein begehrtes Reiseziel über viele weitere Jahre. »Bitte, nennen Sie mich Blake.« Er wies ihr mit einer Hand höflich den Weg zum Restaurant.

Als sie das »Dolce Vita« betraten, herrschte zwischen ihnen eine unangenehme Stille. Er war sich ihrer Gegenwart überdeutlich bewusst, während er ihr folgte – der Art und Weise, wie sich ihre Hüften sanft wiegten, des Dufts nach Kräutern und Zitrone, der sie umgab, der Haarsträhne, die sich aus ihrem Pferdeschwanz gelöst hatte. Er war versucht, sie ihr hinters Ohr zu streichen. Doch er bezweifelte, dass sie über die Geste erfreut gewesen wäre.

Als sie den leeren Gastraum erreichten, blieb sie stehen, um das Licht einzuschalten. Sie wartete, bis er sich einen Tisch ausgesucht und Platz genommen hatte, ehe sie schließlich fragte: »Also, weshalb möchten Sie mit mir reden?«

Zwischen ihren Augenbrauen bildete sich eine kleine Falte, während sie ihn beobachtete. Sie war besorgt, auch wenn sie es sich ihm gegenüber nicht anmerken lassen wollte. Er musterte die Linie in ihrer ebenmäßig seidigen Haut mit einer gewissen Faszination. Er konnte das schnelle Pochen des Pulses an ihrer Schläfe erkennen. Plötzlich verspürte er den Drang, die Hand auszustrecken und das kaum sichtbare Klopfen zu berühren, mit der Fingerspitze darüber fahren. Hastig wandte er den Blick ab. Was war nur los mit ihm, um Himmels willen? Für den Bruchteil einer Sekunde hatte er plötzlich Hitze im Schritt gespürt. »Sie arbeiten seit drei Jahren in diesem Restaurant?«

Nervös rutschte sie auf dem Stuhl hin und her, ehe sie sich ein wenig aufrechter hinsetzte. »Etwas länger als drei Jahre.«

»Wie lange haben Sie meinen Onkel gekannt?«

Sie sah ihm in die Augen. »Ein paar Monate bevor er dauerhaft ins Hotel gezogen ist, habe ich angefangen, im Restaurant als stellvertretende Küchenchefin zu arbeiten.«

Er lehnte sich zurück und verschränkte die Arme vor der Brust. Ihre Stimme war sanft und melodisch, und er ertappte sich dabei, wie er mehr dem Klang lauschte als ihren Worten. Welche Farbe hatten ihre Augen? Er hatte zunächst angenommen, sie wären braun, doch nun war er sich sicher, dass er einen Hauch von Gold in ihren Tiefen erkennen konnte. »Wann sind Sie leitende Küchenchefin geworden?«, fragte er, wobei sein Ton harscher klang, als er beabsichtigt hatte.

»Das fühlt sich nicht wie eine Unterhaltung an, sondern eher wie ein Verhör. Ich warte noch immer darauf, dass das grelle Licht angeht und der gute Cop dazukommt, um Sie zu unterstützen.«

»Was mich zum bösen Cop macht?«

Er wurde mit einem kurzen Lächeln belohnt, ehe sich ihre Lippen wieder zu einer schmalen Linie zusammenpressten. »Um Ihre Frage zu beantworten: Die Stelle des Küchenchefs habe ich zwei Monate später übernommen, als die Mutter meines vormaligen Bosses krank wurde und er nach Italien zurückkehren musste.« Sie griff nach einer Flasche Wasser und schenkte ihnen beiden ein Glas ein.

Blake schluckte schwer und versuchte, nicht auf ihren glatten Hals zu starren, während sie einen Schluck trank. Sie hatte eine kleine Sommersprosse am Halsansatz, direkt über dem Schlüsselbein. Plötzlich, vollkommen zusammenhangslos, fragte er sich, wie sie wohl schmecken würde, wenn er seine Lippen auf diese Stelle presste.

Verlangen durchströmte ihn. Er studierte ihre Augen. Aus der Nähe schimmerten sie in dem spärlich beleuchteten Raum wie Blattgold, verhangen und geheimnisvoll, ohne irgendetwas darüber preiszugeben, wer sie war oder welche Art von Beziehung sie zu seinem Onkel gehabt hatte.

Immerhin hatte sie eine Beziehung zu seinem Onkel gehabt. Das war mehr, als er von sich behaupten konnte. Bei ihrem letzten hitzigen Streit, bevor er Blake fortgeschickt hatte, hatte sein Onkel ihm gesagt, dass er in Verns Leben nur einem einzigen Zweck diente, nämlich den Namen Bancroft fortzuführen. Er hatte niemals Kinder haben wollen, und nachdem Blakes leibliche Mutter und sein Vater nun tot waren, wollte er auch Blake nicht großziehen. Die Erinnerung an diesen Streit, der fünfzehn Jahre her war, kühlte Blakes Leidenschaft ab. Langsam richtete er den Blick wieder auf ihr Gesicht. »Welche Art von Beziehung hatten Sie zu meinem Onkel?«

»Ich hoffe, ich war ihm während seiner letzten Tage eine Freundin.«

»Tatsächlich.«

Sie erstarrte. »Ich habe für Ihren Onkel gekocht. Sonst nichts. Was das Hotel betrifft, war ich ebenso überrascht wie Sie, dass er es mir hinterlassen hat. Aber er hat es getan. Und ich habe vor, es zu behalten – wenn nicht um meinetwillen, dann zumindest für jeden Angestellten, der hier arbeitet und vom Bancroft abhängig ist, um seine Familie zu ernähren. Das hier ist ihre Lebensgrundlage. Ich werde nicht zulassen, dass Sie ihnen das wegnehmen.« Ihre Worte klangen herausfordernd.

»Wenn Sie diese Angelegenheit außergerichtlich klären wollen, bin ich gerne bereit, Ihnen für das Hotel und das Restaurant ein anständiges Angebot zu machen. Sie werden genug

Geld zur Verfügung haben, um sich ein anderes Restaurant zu kaufen, wo immer Sie möchten.«

»Das ist keine akzeptable Lösung«, beschied sie ihm knapp. Ihre dichten gebogenen Wimpern senkten sich und verdeckten ihre Augen.

»Es ist nur eine Küche, ein Standort – und mit Ihrem wachsenden Ansehen sollte es nicht schwer sein, Ihre Kunden dazu zu bewegen, Ihnen zu folgen.«

Blitzartig richtete sie ihren Blick wieder auf ihn. »Man kann nicht einfach etwas Neues oder anderes schaffen, wann immer man möchte. Der Standort trägt zu einem erheblichen Teil zum Reiz eines Restaurants bei.« Sie schüttelte den Kopf. »Wollen Sie denn nicht die historische Bedeutung erhalten? Was ist mit den Leuten, die hier arbeiten? Die hier leben?«

»Es ist bewundernswert, dass Sie sich um ihr Wohlergehen sorgen.« Er strich mit der Hand über die Tischdecke. »Aber vollkommen unrealistisch. Sie können nicht all diese Leute retten und auch noch das Gebäude.«

Ihre Augen weiteten sich vor Entrüstung. »Warum sagen Sie so etwas? Haben Sie vor, das Bancroft abzureißen?«

Er schüttelte den Kopf. »Ich weiß, was dieses Hotel für die Region Seattle bedeutet. Ganz bestimmt werde ich es nicht abreißen, doch ich habe vor, es grundlegend zu renovieren. Die Fassade wird, von ein paar kleineren Verbesserungen abgesehen, fast vollständig erhalten bleiben. Innen wird das Gebäude größtenteils entkernt. Ich werde versuchen, möglichst viel zu erhalten. Mein Ziel ist es, das Bancroft zu einem nachhaltig ausgerichteten und ökologisch zertifizierten Gebäude umzurüsten und ein Beispiel dafür zu geben, was man aus alten Gebäuden machen kann.«

»Ich habe keinerlei Einwände dagegen, das Bancroft umweltfreundlicher zu gestalten, aber ich werde für dieses Vorhaben nicht den Lebensunterhalt meiner Angestellten opfern.

Sie haben keine Ahnung, wie schwer es ist, in diesem Gewerbe ein anständiges Einkommen zu erzielen, ein Einkommen, das oberhalb der Armutsgrenze liegt.«

Ihre Wangen röteten sich, während sie sprach. Der Frau lagen die Menschen, die im Bancroft beschäftigt waren, wirklich am Herzen. »Die Leute, die hier arbeiten, können sich wieder für ihre Jobs bewerben, sobald die Renovierung des Hotels abgeschlossen ist.«

»Und wie lange würde das dauern?«

Er zuckte die Achseln und nahm einen Schluck von seinem Wasser. »Ein Jahr, vielleicht auch zwei.«

Ihr Gesicht wurde aschfahl. »Nein. Auf keinen Fall. Zwei Jahre sind viel zu lange, um arbeitslos zu sein. Ich werde das Hotel behalten und Sie mit allen Mitteln bekämpfen.«

Als er ihr in die Augen blickte, erkannte er darin nicht nur Verzweiflung, sondern auch Stärke – eine Kombination, die er bei den Frauen in seiner Welt gewöhnlich nicht zu Gesicht bekam. Die meisten dieser Schönheiten überließen dem Mann in ihrem Leben alle Entscheidungen. Blake presste die Lippen zusammen. Das war die Art von Frauen, mit der er sich normalerweise umgab. Der Gedanke war deprimierend. »Das hatte ich erwartet«, entgegnete er aufrichtig.

»Das Bancroft steht doch sicher unter so etwas wie Denkmalschutz. Ist es nicht das, was historische Gesellschaften tun – die Welt vor gefühllosen Geschäftsmännern wie Ihnen beschützen?«

Blake runzelte die Stirn. Man hatte ihn schon Schlimmeres genannt, doch ihre spitze Bemerkung traf ihn dennoch. »Mein Onkel hat niemals Schutz durch das Nationale Verzeichnis historischer Stätten oder den regionalen Denkmalschutz beantragt.«

Sie lehnte sich auf ihrem Stuhl zurück und musterte ihn eindringlich. »Haben Sie Ihren Onkel geliebt?«

Ihn geliebt? »Was ist das denn für eine Frage?«

»Eine aufrichtige. Wann haben Sie Ihren Onkel zum letzten Mal getroffen? Ich habe ihn drei Jahre lang gekannt, und Sie habe ich niemals gesehen.« Die Frage sollte verletzen, und das tat sie. Er konnte sich nicht daran erinnern, wann er und sein Onkel sich zum letzten Mal persönlich begegnet waren. Vor vier Jahren? Vielleicht mehr? Es war an dem Tag gewesen, als Blake die Position des leitenden Vorstands übernommen hatte. In dem Jahr war sein Onkel aus seinem Leben verschwunden.

Als er darüber nachdachte, überkam ihn plötzlich ein Gefühl von Einsamkeit. Aber in seinem Leben gab es viele Menschen. Viele. Blake sah sein Gegenüber genervt an. »Nun, wer spielt hier jetzt den bösen Cop?«

Sie zuckte mit den Schultern. »Es hätte Vern vielleicht gutgetan, seinen Neffen um sich zu haben.«

»Ich musste ein Unternehmen leiten. Ein Unternehmen, das er unter meine Aufsicht gestellt hat. Er wusste, wie schwer es ist, die Hotels erfolgreich zu machen. Und ebenso wusste er, was mit diesem Hotel passieren muss, um die Zukunft der Firma zu sichern.« Und die Beziehung zu einem Neffen zu pflegen gehörte nicht dazu.

Sein Lächeln war schmal und bitter. Er war vierunddreißig Jahre alt. In nationalen und internationalen Kreisen galt er als erfolgreicher Geschäftsmann, und das ohne die Hilfe seines Onkels. Für einen verwaisten Neffen hatte sein Onkel Vernon kaum Verwendung gehabt. Er brauchte nicht die Frau, die vor ihm saß, um daran erinnert zu werden.

Als er weiterhin schwieg, stand Felicity auf. »Ich werde nicht nachgeben, zumindest nicht kampflos. Zerren Sie mich vor Gericht, wenn Sie wollen. In der Zwischenzeit schlage ich vor, Sie suchen sich ein anderes Hotel, in dem Sie übernachten können.«

Er stand auf und sah sie über den Tisch hinweg an. »Bin ich hier etwa nicht willkommen?«

»Wir haben noch nie einen Gast abgewiesen, aber …«

»Sind Sie eine Spielerin, Felicity?«

Ihre Augen weiteten sich. »Absolut nicht.«

»Ich schon. Ich habe in meinem Leben um viele Dinge gespielt, und ich bin bereit, es auch jetzt zu tun, mit Ihnen.«

Felicity erschrak. »Wovon reden Sie da?«

Eine verrückte Minute lang wünschte er sich verzweifelt, sie hätten sich unter anderen Umständen getroffen. Dass Onkel Vernon nicht der einzige Grund wäre, weswegen sich ihre Wege gekreuzt hatten. Oder vielleicht sollte er froh sein, dass der alte Mann ihr Aufeinandertreffen so unangenehm gestaltet hatte und es ihm so ermöglichte, sie auf Abstand zu halten, damit er sie ohne schlechtes Gewissen verklagen konnte. Doch bevor es so weit kam, hatte er noch eine letzte Idee. »Onkel Vernon hat uns in eine merkwürdige Situation gebracht. Ich bin bereit, das Ganze außergerichtlich zu klären, wenn Sie meinem Plan zustimmen.«

Sie runzelte die Stirn. »Was bieten Sie an?«

»Wir verbringen beide jeweils einen Tag mit dem anderen. Hier in Seattle fangen wir an. Sie können mir zeigen, warum Sie das Bancroft so lassen möchten, wie es ist. Dann verbringen Sie einen Tag mit mir, und ich werde Ihnen zeigen, warum ich das Hotel haben will und welche Änderungen ich geplant habe. Wenn die beiden Tage zu Ende sind, werden wir herausfinden, ob einer von uns den anderen überzeugen konnte oder ob wir diesen Kampf immer noch vor Gericht austragen müssen.«

Er sah einen Anflug von Zorn in ihren Augen aufflackern. »Warum sollte ich das tun? Das Hotel gehört mir bereits.«

»Ein Prozess um die Besitzansprüche auf das Hotel wird Ihr Leben auf den Kopf stellen, und er wird Sie jeden Cent kosten, den Sie haben. Das Endergebnis wird nicht zu Ihren Gunsten ausfallen.« Er zuckte mit den Schultern. »So haben Sie zumindest eine Fifty-fifty-Chance.«

Felicitys Gesicht wurde rot, aber in ihrem Blick flackerte Unentschlossenheit.

Er hielt ihr die Hand hin. »Wir verbringen je einen Tag mit dem jeweils anderen. Wenn wir das hinter uns haben, müssen wir uns darauf einigen, wer dem Bancroft am meisten nützen und es in die Zukunft führen kann.« Und die zusätzlichen Tage würden ihm die nötige Zeit verschaffen, einen Rechtsstreit vorzubereiten, falls es dazu kommen sollte.

»Aber wenn wir uns nicht einigen können, haben wir zwei Tage unseres Lebens vergeudet.«

»Befürchten Sie etwa, Ihre Überzeugungskraft ist dem nicht gewachsen?«

»Nein«, erwiderte sie gereizt.

»Wir haben beide auch jetzt schon mindestens zwei Tage unseres Lebens vergeudet«, erklärte er und legte dann eine Pause ein, um ihr Bedenkzeit zu lassen. »Abgemacht?«

Sie starrte einen Moment auf seine Hand, ehe sie ihm ihre reichte. Ihre Finger zitterten ein wenig, was ihm verriet, dass sie nicht so unbeeindruckt war, wie er ihr noch vor einem Moment zugestanden hatte, doch sie besaß Mut. Es gab nicht viele Männer, die bereit wären, es mit ihm aufzunehmen. Und noch weniger Frauen.

Sie zog ihre Hand zurück und schenkte ihm ein höfliches Lächeln. »Ich werde an der Rezeption Bescheid geben, dass Sie einchecken, wenn es das ist, was Sie möchten.«

»Genau das möchte ich.«

»In Ordnung. Dann bis morgen.«

Er nickte. »Bis morgen. Wann soll ich wo sein?«

Ihr Lächeln wurde selbstzufrieden. »Wir treffen uns morgen um halb sechs im Foyer.« Als er sie wenig begeistert ansah, fügte sie hinzu: »Mein Tag beginnt früh. Ich werde Marie damit beauftragen, die Housekeeping-Besprechung für mich zu übernehmen, damit wir direkt zum Hafenviertel gehen können, um Meeresfrüchte zu kaufen, bevor wir den Bauernmarkt besuchen, um zu sehen, was wir an Obst und Gemüse bekommen.«

»Ich werde da sein«, willigte er ein, während sie sich umdrehte und zur Tür hinausging. Der Raum wirkte plötzlich kalt und dunkel ohne Felicitys warme Ausstrahlung.

Blake verwarf den Gedanken und griff nach seinem Wasserglas, wobei er sich wünschte, es würde etwas Stärkeres enthalten. Er hatte noch nie Geschäft und Vergnügen miteinander vermischt, doch vielleicht war es an der Zeit, seine eigene Regel zu brechen. Felicity war kein gewöhnlicher Gegner. Sie war leidenschaftlich und eigensinnig, eine interessante Kombination. Wenn er gewinnen wollte, musste er jeden möglichen Vorteil ausnutzen, der ihm zur Verfügung stand, vielleicht sogar Verführung. Er konnte sehr überzeugend sein. Während er das Glas an die Lippen führte, ließ er sich die Möglichkeiten durch den Kopf gehen.

Kapitel 2

Auf der kurzen Strecke vom Hotel zu ihrem kleinen Apartment zwei Blocks weiter östlich nahm Felicity nichts von ihrer Umgebung wahr. Mein Gott, hatte sie eine Angst! Nicht vor Blake Bancroft, sondern vor dem, was er zerstören konnte. Gerade erst heute Morgen hatte Vern ihren Traum Wirklichkeit werden lassen und ihr eine Zukunft geschenkt. All das und mehr konnte Blake ihr nehmen.

Wenn er Erfolg hatte, würde sie ihren Job und ihr Einkommen verlieren, denn er würde sie nicht als Küchenchefin behalten. Was sollte dann aus ihr werden? Was würde aus ihrem Vater werden? Sie ballte ihre Hände zu Fäusten. Niemals wieder würde sie in die Armut ihrer Jugend abrutschen.

Als sie ihr Apartment betrat und die Tür hinter sich schloss, heulte unten auf der Straße eine Sirene auf. Pill Hill, das Viertel, in dem sich ihre Wohnung befand, war zwar erschwinglich, doch sie musste zu allen Tages- und Nachtzeiten mit dem Lärm der Krankenwagen leben, die aus den umliegenden drei Krankenhäusern zu Einsätzen ausrückten und wieder zurückrasten. Normalerweise konnte sie die Geräuschkulisse ausblenden, heute Nachmittag gelang ihr das allerdings nicht.

Noch angespannt von ihrer Begegnung mit Blake Bancroft, ging Felicity in ihrem kleinen Zuhause auf und ab. Beunruhigt ließ sie den Blick über die spärliche Einrichtung schweifen. Sie hatte ihren spartanischen Lebensstil nur allzu gerne akzeptiert, da er es ihr ermöglichte, für ihren Vater zu sorgen. Plötzlich kam die Erinnerung an den Autounfall zurück, bei dem ihre Mutter gestorben war und von dem ihr Vater eine lebenslange Behinderung davongetragen hatte. Nur Felicity war ohne sichtbare Blessuren davongekommen, aber seelische Narben lagen tief in ihrem Innern verborgen.

Auch vor dem Unfall hatte ihre Familie schon immer mit Geldsorgen zu kämpfen gehabt. Doch danach hatte echte Armut bei ihr und ihrem Vater Einzug gehalten, hatte sie in einem endlosen Strudel aus Rechnungen für die Beerdigung ihrer Mutter und die Krankenhauskosten ihres Vaters förmlich verschlungen. Mit sechzehn Jahren hatte sie alles aufgeben müssen, wovon normale Mädchen im Teenageralter träumten, damit sie rund um die Uhr für ihren Vater da sein konnte.

Draußen heulte erneut eine Sirene auf. Felicitys ganzer Körper spannte sich, und ihre Schultermuskulatur verkrampfte sich, ehe sie sich dazu zwang, die Muskeln zu lockern. Ihr Vater würde nie wieder der Mann sein, der er einst gewesen war, aber sie würde sich um ihn kümmern, solange das eben nötig war.

Nachdenklich runzelte sie die Stirn. Sie hatte Vern niemals irgendetwas über ihre Vergangenheit erzählt – nicht, dass er jemals danach gefragt hätte. Dennoch wunderte sich ein Teil von ihr, ob es mit seiner liebenswürdigen Geste mehr auf sich hatte, als einfach nur einem netten Mädchen ein Restaurant zu hinterlassen. Wenn er so reich war, wie seine Anwälte gesagt hatten, dann hätte er sie ausspionieren lassen können. Sie versuchte zu verbergen, wie arm sie früher gewesen war, aber wenn jemand entschlossen genug war, ihre Geheimnisse aufzudecken, wäre das nicht sonderlich schwierig.

Felicity rief sich innerlich zur Ordnung und holte ihre abschweifenden Gedanken wieder in die Gegenwart zurück. Sie würde niemals erfahren, was Vern dazu bewogen hatte, zu tun, was er getan hatte. Sie konnte lediglich sein Geschenk akzeptieren und dankbar dafür sein. Und sie war sehr dankbar. Beim Gedanken daran begann die Haut an ihren Armen zu prickeln, und das schwindelerregende Hochgefühl von vorhin kehrte zurück. Sie besaß ein Hotel – ein Hotel, das schön eingerichtet war, luxuriös und wunderbar friedvoll.

Als ihr das volle Ausmaß ihrer Situation bewusst wurde, blieb sie abrupt stehen. Sie besaß ein Hotel. Sie konnte mietfrei dort einziehen und sich selbst sofort eine Gehaltserhöhung geben. Die experimentelle Therapie, die ihr Vater brauchte und sich bisher niemals hatte leisten können, war nun zum Greifen nah.

Das alles kam ihr vor, als würde ein Traum wahr werden, abgesehen davon, dass Blake Bancroft in der Stadt war, um ihr ihre neue Rolle als Eigentümerin streitig zu machen.

Ihre Freude verschwand. Es musste einen Weg geben, ihn auf- oder hinzuhalten – oder das Spiel zu gewinnen, das er heute zwischen ihnen begonnen hatte.

Felicity presste die Hand an die Stirn, als würde ihr das beim Denken helfen. Was konnte sie ihm nur zeigen, das ihn davon abhalten würde, vor Gericht zu ziehen? Außer dem Kochen hatte sie keine speziellen Talente, und sie wusste noch nicht genug über das Hotel, um ihm irgendetwas Bedeutsames nahezubringen. Sie konnte ihre Kochkünste zu ihrem Vorteil nutzen, aber was gab es sonst noch? Bot sich eine Möglichkeit, ihm zu zeigen, dass er die Änderungen, die er vorgeschlagen hatte, nicht durchführen konnte?

Welcher Hoteleigentümer würde sich nicht eine kostenlose Renovierung seines Gebäudes wünschen? Doch diese Änderungen würden nicht umsonst sein. Blake würde nicht die Restaurierung übernehmen und dann verschwinden. Der Preis, den sie dafür würde bezahlen müssen, war der Besitz des Bancroft, und ihre Angestellten würden ihre Jobs verlieren. Felicity ließ die Hände sinken. Konnte sie mit Blake darüber verhandeln, dass er ihren Angestellten weiterhin Lohn ausbezahlte, wenn es zu Beurlaubungen kommen sollte?

Das würde wiederum ebenfalls bedeuten, dass sie ihren Anspruch auf das Hotel aufgeben musste.

Sie starrte aus dem Fenster im dritten Stockwerk, von dem man eine durch zwei Backsteingebäude teilweise verbaute Sicht auf den Puget Sound hatte. Zwei alte Backsteingebäude …

Was hatte er über Denkmalschutz gesagt?

Felicity ging hinüber zu ihrem Tisch und zog einen der schmiedeeisernen Mosaikstühle heraus. Sie griff nach ihrem Laptop und schaltete ihn ein. Zuallererst suchte sie im Internet nach Informationen über Blake. Was sie fand, bestärkte sie nur noch mehr in dem Wunsch, gegen ihn zu gewinnen. Danach googelte sie die Nationale Stiftung für Denkmalschutz und dann das Denkmalschutzprogramm von Seattle. Da sie die Besitzerin des Gebäudes war, sah die Antragstellung für die Bewerbung um Denkmalschutz recht unkompliziert aus. Laut ihrer Recherchen hatte es den Anschein, als würde der gesamte Vorgang, von der Bewerbung bis zur Bewilligung, nicht länger als sechs bis acht Wochen dauern.

Felicity biss sich auf die Unterlippe. Konnte sie Blake die ganze Zeit über aus dem Weg gehen, abgesehen von den beiden Tagen, zu denen sie sich verpflichtet hatte? Oder gab es irgendeine Möglichkeit, den Prozess zu beschleunigen? Sie hatte keine Ahnung, mit wem sie über ein Eilverfahren sprechen konnte, doch sie war sicher, die Anwälte, die Verns Vermögen verwaltet hatten, wussten es.

Fest entschlossen zu gewinnen, druckte Felicity den Antrag aus und trug alles ein, was sie in den letzten drei Jahren, in denen sie nun schon dort arbeitete, über das Bancroft erfahren hatte. Edward und Marie waren die Angestellten, die am längsten im Hotel beschäftigt waren. Daher konnte sie sie nach weiteren Einzelheiten befragen. In der Zwischenzeit würde sie im Internet zielstrebig alleine weitersuchen und schauen, was sie über die Vergangenheit des Hotels herausfinden konnte.

Sie erfuhr, dass das Hotel das Große Feuer von Seattle im Jahr 1889 überstanden hatte. Der Ostflügel hatte jedoch nach einem weiteren Brand, bei dem im Jahr 1993 der Küchenbereich zerstört worden war, neu aufgebaut werden müssen. Zwei Präsidenten und zahlreiche Würdenträger hatten über die Jahre bereits dort übernachtet. Während des Ersten und Zweiten Weltkriegs hatte es dem Roten Kreuz als Quartier gedient; im Kalten Krieg hatte man einen Atombunker errichtet, und es war auch schon als Wohnheim für Studentinnen einer nahe gelegenen Universität genutzt worden.

Das Hotel hatte in den vergangenen hundert Jahren schon vielen Menschen ein Dach über dem Kopf geboten. Einige dieser Menschen waren im Zweiten Weltkrieg zwangsweise aus dem Bancroft geholt und in Internierungslager geschickt worden. In einem Bericht stand, dass sich in einem Kellerraum noch immer die persönlichen Gegenstände einer japanischen Familie befanden.

Felicity lehnte sich auf ihrem Stuhl zurück. Warum hatte ihr niemals jemand etwas von diesem Raum erzählt? Sie verstand, warum sich so viele Familien dazu entschieden, dauerhaft im Bancroft zu wohnen. Ebenso wie Vern schätzten diese Gäste den unmittelbaren Zugang zu allen Attraktionen, die Seattle zu bieten hatte, inklusive erstklassiger medizinischer Versorgung.

Zudem hatte das Hotel eine überaus behagliche Atmosphäre. Es war fast das Gleiche, wie in einem eigenen Zuhause zu leben, allerdings ohne dass man sich um alles kümmern musste. Für einen älteren Menschen war das Leben im Bancroft durchaus eine Alternative zum betreuten Wohnen. Sie hätte ihren Vater liebend gerne dort untergebracht, wenn er dafür selbstständig genug gewesen wäre.

Vern war einer von vielen Dauergästen gewesen, die sich dafür entschieden hatten, ihren Ruhestand im Bancroft zu verleben. Erneut überkam sie Bedauern. Hätte sie den alten Mann anders behandelt, wenn sie gewusst hätte, wer er war? Die Antwort darauf würde sie niemals erfahren, doch zumindest war sie froh über die Zeit, die sie miteinander verbracht hatten. Aufgrund ihrer Freundschaft hatte er ihr ein Stück seines Vermächtnisses hinterlassen. Sie würde alles tun, was in ihrer Macht stand, um das zu erhalten, was Vern offensichtlich geliebt hatte.

Als Manager war Edward vielleicht dazu in der Lage, ihr noch mehr Einzelheiten über das Bancroft zu erzählen, bevor sie das Ganze den Anwälten übertrug. Sie würde die Kanzlei bitten, ihren offiziellen Antrag für das Denkmalschutzprogramm von Seattle vorzubereiten und einzureichen. Alles musste perfekt sein. Sie konnte sich keine Fehler leisten.

Mit etwas Glück würde es vielleicht gelingen, den Antrag noch vor Ende der Woche fertigzustellen. Auf jeden Fall war Eile geboten, wenn sie das Hotel und alle, die darin arbeiteten und wohnten, vor Blake Bancroft schützen wollte.

Als Felicity ihren Antrag und die Informationen, die sie gefunden hatte, eine Stunde später zusammenpackte, hatte sie das Gefühl, etwas geschafft zu haben. Bevor sie ins Hotel zurückging, musste sie noch einen Zwischenstopp einlegen. Wenn sie sich beeilte, konnte sie ihren Vater besuchen, ehe sie mit ihrer Arbeit im Restaurant beginnen musste.

* * *

»Willkommen im Bancroft. Ihr Zuhause weitab von zu Hause«, sagte der Hotelpage, als er Blakes Taschen im Schlafzimmer der Suite abstellte.

Zuhause.

Blake gab dem Pagen Trinkgeld dafür, dass er seine Taschen getragen hatte, und schloss die Tür, während er plötzlich einen Stich spürte. Wie lange war es schon her, dass er ein Zuhause gehabt hatte? In den vergangenen vierzehn Jahren hatte es Zeiten gegeben, in denen er ein Zuhause so schrecklich vermisst hatte, dass es eine Qual gewesen war.

Seine Lippen verzogen sich zu einem schiefen Lächeln. Nachdem seine Eltern gestorben waren, hatte er ganze zwei Wochen lang eine Familie und ein Zuhause gehabt, bis sein Onkel ihn fortgeschickt hatte. Er und sein Onkel waren sich zu ähnlich und niemals dazu imstande gewesen, mit dieser Tatsache klarzukommen. Nun war es zu spät. Und als Strafe dafür, dass er am Leben war, während sein Vater tot war, hatte sein Onkel einer Fremden das Einzige gegeben, was er jemals hatte haben wollen – etwas, von dem sein Onkel wusste, dass er es haben wollte – das Bancroft. Es war der einzige Ort, der sich für ihn jemals wie ein Zuhause angefühlt hatte, als seine Eltern noch gelebt hatten.

Er wusste, dass die Renovierung nur ein Vorwand war, doch er würde ihm verschaffen, was er wollte, sowohl für sich als auch für Bancroft Industries. Als kleines Kind hatte er im Internat vielleicht nicht viele Verbündete gehabt, aber jetzt verfügte er über ein Team von Profis, die ihm halfen, jeden zur Strecke zu bringen, der ihm im Weg stand.

Mit dem Gefühl, das Heft wieder fest in der Hand zu halten, griff Blake nach seinem Smartphone. Er machte einen Anruf bei Marcus Grady, dem Chef seines Anwaltsteams in San Francisco. Während er darauf wartete, dass Marcus' Sekretärin ihn durchstellte, ging Blake im Wohnbereich seiner Suite auf und ab. Das helle, luftige Dekor trug nicht dazu bei, seine innere Anspannung zu lösen.

»Blake«, begrüßte ihn Marcus. »Meine Güte, es ist gerade erst drei Tage her, dass Vernon gestorben ist. Gib einem Mann auch mal eine Pause. Ich hab noch nicht viel über deine geheimnisvolle Felicity Wright herausgefunden.«

»Was hast du?«

»Nichts, was dafür spricht, dass sie eine Erbschleicherin ist. Sie ist neunundzwanzig Jahre alt und die einzige Tochter eines Soldaten der US-Handelsmarine. Ihre Eltern hatten vor dreizehn Jahren einen Autounfall. Ihre Mutter ist dabei gestorben. Ihr Vater hat überlebt, aber ich kann nichts über ihn finden, außer dass seine Post an ein Postfach in Seattle geht. Felicity engagiert sich nicht politisch. Sie ist niemals verhaftet worden. Sie sieht sauber aus.«

Blake dachte über diese Informationen nach und verwarf sie. Darunter war nichts, was er verwenden konnte, um das Hotel zu bekommen, falls die Sache vor Gericht landete.

»Ist das alles?«

Marcus seufzte. »Ich bin noch dabei, zu graben. Ich werde mal eine ihrer Freundinnen aus Collegetagen anrufen. Vielleicht finden wir da was.« Marcus war einen Moment lang still. »Blake, das Testament deines Onkels ist ziemlich wasserdicht. Wir haben nicht sonderlich viel für einen Prozess. Ich will dich lieber früher als später darauf vorbereiten.«

»Es muss etwas geben. Jeder hat irgendwas zu verbergen. Grab tiefer.«

»Sie könnte auch einfach nur das sein, was sie zu sein scheint – ein anständiger Mensch«, erwiderte Marcus.

»Der meinem Onkel ein Multimillionen-Dollar-Hotel abgegaunert hat.«

»Oder er hat es ihr aus einem bestimmten Grund vermacht«, ergänzte Marcus. »Das weißt du nicht. Vielleicht wäre es das Beste, wenn du es ihr einfach überlassen würdest. Dich zurückziehst. So wollte es dein Onkel. Du musst nicht jeden Kampf austragen, nur damit du sagen kannst, du hast gewonnen.«

Blake blieb abrupt stehen und umklammerte sein Handy etwas fester. Nur Marcus konnte es sich erlauben, so etwas zu ihm zu sagen. »Du kennst mich schon sehr lange, aber du bewegst dich auf dünnem Eis. Treib es nicht zu weit.«

Marcus seufzte. »Na schön. Ich ruf dich an, wenn es etwas zu berichten gibt.«

»Morgen.« Blake legte auf. Er spürte ein vertrautes Gefühl der Frustration in sich aufsteigen. Rastlos ging er zu dem großen Panoramafenster, von dem man über die Skyline von Seattle hinweg das Meer sehen konnte. Er hatte gedacht, es würde einfacher sein, hier aufzutauchen und sich zurückzuholen, was ihm gehörte. Er hatte auch gedacht, es würde einfacher werden, sich im Hintergrund zu halten, während er die Dinge zu seinen Gunsten beeinflusste. In der Eingangshalle seines Hotels war er nur ein paar Minuten in Felicitys Nähe gewesen, und schon hatte er Dinge gedacht und gesagt, die er normalerweise nicht denken und sagen würde.

Blakes Finger schlossen sich fester um den Vorhang, als ihm wieder einfiel, wie es sich angefühlt hatte, ihren Körper so dicht an seinem zu spüren, auch wenn es nur für einen kurzen Moment gewesen war. Bei seiner Berührung hatte sie angefangen, ganz leicht zu zittern. Er erinnerte sich an ihre Hitze, an ihr nur schlecht verhohlenes Interesse. In wenigen Minuten hatte die Frau es geschafft, dass die Mauer, die er um sich herum errichtet hatte, zu bröckeln anfing.

Die Erinnerung allein reichte, dass er steif wurde. Mit einem frustrierten Stöhnen wandte er sich von der Aussicht ab. Er hatte einen Job zu erledigen, nämlich sich das Bancroft zurückzuholen. Und die hübsche, eigensinnige Felicity Wright würde ihm dabei nicht im Weg stehen.

* * *

Felicity betrat das »Saint Francis Haus«, die Einrichtung für betreutes Wohnen, in der ihr Vater lebte, und nahm den Fahrstuhl zu seinem Zimmer im dritten Stock. Sie klopfte leise an die Tür, von der sie wusste, dass er sie nicht öffnen würde, und trat dann ein.

Ihr Vater saß wie gewöhnlich in seinem Sessel neben dem Fenster, aus dem man auf die geschäftige Straße hinunterschauen konnte. Er hatte es immer geliebt, Menschen zu beobachten – wie sie von einem Ort zum anderen gingen. Vor dem Unfall, und wenn er nicht gerade auf der Fähre arbeitete, die Autos und Leute von einem Teil des Puget Sound zum anderen beförderte, hatte er Time-Lapse-Fotografien erstellt. Er hatte seine Kamera immer an verschiedenen Plätzen in der Stadt aufgestellt, um die Bewegungen der Leute und Autos festzuhalten. »Ein Tag im Leben« hatte er es damals genannt.

Während sie sich einen Stuhl holte, wünschte sie, er würde die Welt immer noch durch diese Kamera betrachten. Aber vielleicht tat er nun das Gleiche, indem er von morgens bis abends an diesem Fenster saß und den Tag an sich vorüberziehen sah. Sie wusste nicht, worüber er nachdachte oder ob er überhaupt noch irgendetwas registrierte. Seit dem Unfall hatte er kein Wort mehr gesagt. Sein Schweigen hielt sie allerdings nicht vom Reden ab.

»Hallo, Dad.« Sie beugte sich hinunter und gab ihrem Vater einen Kuss auf die Wange. Er war warm und glatt rasiert und roch nach Talkumpuder, wie er es seit seinem Krankenhausaufenthalt nach dem Unfall immer tat. »Du siehst gut aus«, sagte sie und drückte seine Hand. Er drückte niemals zurück.

Tagtäglich erzählte sie ihm die Einzelheiten aus ihrem oft nur allzu gewöhnlichen Leben. In den letzten drei Jahren hatte sie ihm viel von Vern erzählt. In vielerlei Hinsicht hatten die Schatten, die in Verns Blick lagen und ihn heimsuchten, sie an ihren Vater erinnert. Obwohl Vern mit den Menschen um ihn herum reden und ihnen antworten konnte, erkannte sie diesen Ausdruck von Einsamkeit und Bedauern. Sie hatte niemals herausgefunden, was Vern bereute, doch da war zweifellos etwas gewesen.

Felicity schüttelte den Gedanken ab und richtete ihre Aufmerksamkeit wieder auf den Mann neben ihr. »Heute hab ich hervorragende Neuigkeiten, Dad. Du weißt doch, diese experimentelle Therapie, die Dr. Mackie ausprobieren wollte? Du wirst schon bald deine erste Behandlung haben. Der Eingriff ist in zwei Tagen. Der Arzt möchte dich danach zur Beobachtung für ein paar Tage im Krankenhaus behalten. Und mach dir keine Sorgen wegen des Geldes. Mein Erspartes reicht dafür aus. Alles wird gut.« Zumindest für eine Weile. Sie würde nicht warten, bis mit Blake alles geklärt war. Sie und ihr Vater hatten schon zu lange auf diese Behandlung gewartet. Dieses Risiko war sie bereit einzugehen.

Auf dem Weg zwischen dem Hotel und dem Saint Francis House hatte sie Dr. Mackie angerufen, und er hatte ihr erzählt, dass das Northstar-Verfahren beträchtliche Erfolge vorzuweisen hatte.

»Die Idee hinter diesem neuen Ansatz ist, dass der Arzt die rechte Gehirnhälfte durch transkranielle Magnetstimulation ausschaltet – man nennt es TMS –, vor allem in den Bereichen, die fürs Sprechen zuständig sind, und es so der schwächeren Seite des Gehirns ermöglicht, neue Verbindungen zu knüpfen, die möglicherweise die Sprachfähigkeit wiederherstellen können.«

Ihr Vater starrte weiterhin ausdruckslos aus dem Fenster, wie immer.

»Du wirst nächste Woche jeden Tag Sprachtherapie haben«, fuhr Felicity fort. »Und falls du keine Fortschritte machst, werden wir entscheiden, ob eine zweite Behandlung ratsam ist.«

Erneut zeigte er keinerlei Anzeichen, dass er irgendetwas von dem, was sie sagte, gehört hatte.

Trotz seiner Reaktionslosigkeit konnte Felicity sich ein Lächeln nicht verkneifen. Allein der Gedanke, zur Abwechslung einmal aktiv etwas zu tun, anstatt nur abzuwarten, ob sich sein Zustand verbessern würde, gab ihr neue Hoffnung. Dr. Mackie hatte ihr die üblichen Warnungen mit auf den Weg gegeben, dass sie sich keine allzu großen Hoffnungen machen sollte, doch sie konnte einfach nicht anders. Seit dreizehn Jahren hatte ihr Vater kein Wort mehr gesagt. Es brauchte nicht einmal Worte, um die Behandlung zu einem Erfolg zu machen. Sie wollte ihrem Vater einfach nur in die Augen sehen und etwas anderes erkennen als diese Leere, die von dem Trauma, das er vor vielen Jahren erlitten hatte, herrührte.

»Nun zu den anderen Neuigkeiten«, sagte sie und ließ sich neben ihrem Vater nieder. Sie erzählte ihm alles, was ihr an diesem Tag passiert war – Verns Beerdigung, wie er ihr in seinem Testament das Hotel und das Restaurant vermacht hatte, ihre Begegnung mit Blake und dass sie ins Bancroft ziehen würde, um Geld für die neue Behandlung zu sparen.

Vor dem Unfall hatte sie mit ihrem Vater niemals über das Leben sprechen können. Sie war zu jung gewesen, um in ihm etwas anderes als nur einen Elternteil zu sehen. Der Unfall hatte ihre Rollen vertauscht. Felicity hatte immer daran geglaubt, dass ihre neu entdeckte Beziehung, so schrecklich einseitig sie auch war, eine Art Segen bedeutete, der aus ihrem gemeinsamen Unglück heraus entstanden war. Allerdings lag unter diesem tröstlichen Gefühl auch quälende Schuld, die innerlich an ihr nagte. Es kam ihr ungerecht vor, dass sie den Unfall unbeschadet überstanden hatte, während ihre Mutter und ihr Vater so teuer dafür bezahlt hatten.

Seit damals rang sie mit der Ungerechtigkeit des Lebens. Und sofort schweiften ihre Gedanken wieder ab zu Blake. War es gerecht, dass sie etwas bekommen hatte, das eigentlich sein Erbe hätte sein sollen? Hatte sie das Geschenk, das Vern ihr gemacht hatte, wirklich verdient?

In diesem Moment wünschte sie, ihr Vater könnte sprechen und ihr einen Rat geben, so wie Eltern es normalerweise taten, wenn die eigene Tochter in einer Krise steckte. Stattdessen legte sie liebevoll ihre Hand an sein Kinn. »See you later, alligator«, sagte sie, wie ihr Vater es früher immer getan hatte, bevor er fortging. Etwas leiser fügte sie ihre Antwort hinzu: »After a while, crocodile.«

Heute würde sie von ihm keinen Rat bekommen, doch nun gab es Hoffnung, dass dies vielleicht in der Zukunft wieder möglich sein würde.

* * *

Felicity befand sich auf der Terry Avenue, auf dem Rückweg zum Hotel, als sie sah, wie Mary Beth ihr von der anderen Straßenseite aus zuwinkte. Felicity beobachtete, wie die andere Frau die Straße überquerte. Sie war klein und wirkte recht zerbrechlich, auch wenn Felicity wusste, dass der Schein trog. Mary Beth war hart im Nehmen. Das hatte sie sein müssen, um die letzten Jahre zu überstehen.

»Was machst du denn hier?«, fragte Felicity, als sie näher kam. »Wo ist Amelia?« Es war noch zu früh für die Arbeit, und Felicity wusste, dass ihre Freundin gerne so viel Zeit wie möglich mit ihrem Baby verbrachte.

»Bei meinem Bruder. Bis Amelia geboren wurde, war mir gar nicht bewusst, was für ein Glück es ist, dass er noch bei mir zu Hause wohnt. Ich hab heute eine Pause gebraucht. Wir hatten eine anstrengende Nacht.«

»Zahnt sie wieder?«

»Amelia hat beschlossen, ihre beiden unteren Schneidezähne zur selben Zeit zu bekommen, aber jetzt sind sie endlich draußen. Heute Nacht mache ich mir Hoffnung auf etwas Schlaf.«

Mary Beth sah tatsächlich müde aus, und dennoch war sie angezogen, als hätte sie den ganzen Tag Zeit gehabt, ihr Outfit zusammenzustellen. Ihre Leggins, die rosafarbene Seiden-Tunika und die metallisch glänzenden Römersandalen waren stilvoll und gleichzeitig luftig genug für den warmen Tag in Seattle. Und obwohl sie vor weniger als sechs Monaten ein Baby bekommen hatte, schaffte es Mary Beth immer, makellos auszusehen – ein Überbleibsel aus ihrem früheren Leben als Society-Girl von Seattle, das sich nicht zusammen mit dem Vermögen ihrer Familie in Luft aufgelöst hatte.

Gemeinsam machten sie sich auf den Weg ins Hotel. »Warum kommst du früher zur Arbeit, wenn du zu Hause Hilfe hast? Ich bin sicher, es gibt eine Million Dinge, die du lieber tun würdest.«

Mary Beth warf Felicity einen schuldbewussten Blick zu. »Abgesehen davon, dass ich noch meine Arbeitskleidung für die Küche anziehen muss? Na schön, wenn du die Wahrheit wissen willst, ich hab die Neuigkeiten gehört und musste es mir einfach von dir selbst bestätigen lassen.« Sie blieb stehen und zwang Felicity, das Gleiche zu tun. »Hat Vern dir in seinem Testament wirklich das Hotel und das Restaurant vermacht?«

»Neuigkeiten verbreiten sich schnell«, erwiderte Felicity mit einem kleinen Lachen. »Wer hat dir das erzählt?«

»Hans hat mir eine Nachricht geschrieben.«

»Es stimmt«, gab Felicity zu und zog ihre Freundin hinüber in den Eingang zur Gasse hinter dem Bancroft, damit sie ungestört reden konnten.

»O mein Gott«, flüsterte Mary Beth. »Das sind die besten Neuigkeiten überhaupt. Es wird auch Zeit, dass in deinem Leben mal etwas Positives passiert.«

Erinnerungen an ihre Vergangenheit erwachten in Felicity. Sie sah den schäbigen Trailerpark am südlichen Rand des Puget Sound vor sich, der einst ihr Zuhause gewesen war. Sie sah ihren Vater, wie er jeden Tag in seinem Sessel saß und aus dem Fenster starrte, als würde er darauf warten, dass ihre Mutter zurückkehrte.

Das Glück war ihnen nicht gerade hold gewesen. Ihr Vater war in einer heruntergekommenen Pflegeeinrichtung untergebracht worden. Das war alles gewesen, was sie sich hatten leisten können. Und weil sie erst sechzehn gewesen war und keine anderen Verwandten hatte, die sich um sie hätten kümmern können, war sie kurzzeitig in eine Pflegefamilie gekommen, bis sie sich für mündig hatte erklären lassen können, in den Trailer zurückgekehrt war und ihren Vater mit zu sich nach Hause hatte nehmen dürfen.

»Ich kann noch immer nicht ganz glauben, dass es wahr ist.« Felicity drängte die Erinnerungen zurück und blickte an Mary Beth vorbei, hinauf zu dem Fensterbrett im siebten Stock, auf dem fünf Tauben saßen und leise gurrten, wie sie es jeden Tag taten. In deren Leben hatte sich nichts verändert, während sich bei ihr alles komplett gewandelt hatte.

»Du hast die Papiere unterschrieben, nicht wahr?«, fragte Mary Beth.

Felicity richtete ihren Blick wieder auf ihre Freundin. »Eine Menge Papiere.«

Mary Beth lächelte verschmitzt. »Dann muss es wahr sein.«

Anstatt Freude zu empfinden, spürte Felicity, wie sie eine eisige Welle der Angst überkam. »Verns Neffe ist hier, um das Testament anzufechten.«

Mary Beths Lächeln verschwand. »Das ändert aber nichts, oder?«

»Ich wünschte, das wüsste ich mit Sicherheit. Vern wollte vielleicht, dass ich das Bancroft erbe, doch Blake macht nicht den Eindruck, als würde er zu den Leuten gehören, die sich leicht geschlagen geben.« Felicity verkrampfte ihre Hände ineinander – nicht nur, weil sie etwas verlieren konnte, das plötzlich lebenswichtig für sie geworden war, sondern auch, weil sie wieder einmal vorgeben musste, unverwüstlich zu sein.

In den Tagen und Monaten nach dem Unfall hatte sie sich alle Mühe gegeben, ihre Ängste zu kontrollieren, als sich herausstellte, dass ihr Vater nie wieder in der Lage sein würde, zu arbeiten. Seine magere Rente war alles gewesen, was ihre kleine Familie vor der völligen Mittellosigkeit bewahrt hatte, und sie hatte kaum ausgereicht, um ihre Ausgaben zu decken. Felicity hatte gelernt, wie man Monat für Monat mit dem Geld über die Runden kam, und zu diesem Zeitpunkt hatte sie sich selbst das Kochen beigebracht – nicht weil sie den brennenden Wunsch danach verspürt hatte, sondern weil es notwendig gewesen war.

Während dieser Jahre hatte Felicity eine eigene Welt für sich und ihren Vater erschaffen. Die Angst davor, auch noch den heruntergekommenen Trailer zu verlieren oder die Möglichkeit, ihre Rechnungen zu bezahlen, hatte täglich gedroht, sie zugrunde zu richten, während sie sich darauf konzentrierte, die Highschool zu beenden. Doch die Vorstellung davon, alles so zu erhalten, wie es war, falls sich der Zustand ihres Vaters auf wundersame Weise verbesserte, hatte ihr etwas gegeben, woran sie sich in der Dunkelheit festhalten konnte – einen Grund, den Glauben nicht zu verlieren und weiterhin so zu tun, als ob nichts und niemand sie verletzen könnte.

»Blake Bancroft könnte am Ende derjenige sein, der mich bricht.«

»Nein«, entgegnete Mary Beth mitfühlend. »Das wird er nicht. Das werde ich nicht zulassen. Du hast so hart für mich gearbeitet, für so viele Leute. Du bist ein guter Mensch, Felicity. Vern hat das gewusst. Mit seinem Geschenk wollte er offenbar dafür sorgen, dass das Gute, das du für andere tust, zu dir zurückkommt.«

Mary Beth spielte auf Felicitys Hungry-Hearts-Programm an, in dessen Rahmen sie Obdachlose in ihre Küche holte, während das Restaurant geschlossen war, und ihnen nicht nur das Kochen beibrachte, sondern ihnen auch die Fertigkeiten und Empfehlungen mit auf den Weg gab, die sie brauchten, um sich eine Arbeitsstelle in der Gastronomie zu suchen. Mary Beth hatte ihr Programm vor Kurzem erfolgreich abgeschlossen, und Felicity hatte sie eingestellt, um mit ihr zusammen im »Dolce Vita« zu arbeiten. Mary Beth hatte ein so großes Talent fürs Backen, dass sie es spielend mit vielen gelernten Konditoren aufnehmen konnte.

»Normalerweise passieren mir keine guten Dinge, und wenn es doch so ist, macht es mich ein wenig nervös«, gab Felicity zu.

Mary Beth zog nachdenklich die Augenbrauen zusammen. »Warst du nicht diejenige, die mir einen langen Vortrag darüber gehalten hat, dass ich akzeptieren soll, was vor mir liegt, und dankbar dafür sein? Oder hat sich dieser Vortrag nur auf deine Schüler bezogen und nicht auf dich?«

Ihre Worte zauberten Felicity ein flüchtiges Lächeln aufs Gesicht. »Ich bin dankbar, glaub mir, vor allem für deine Freundschaft.« Von all ihren Freunden wusste nur Mary Beth, wie es sich anfühlte, im einen Moment ganz oben zu sein, während im nächsten alles um dich herum zusammenbrach.

Mary Beths Eltern hatten bei dem Börsen-Crash 2008 alles verloren. Ihre Familie hatte ein paar Jahre lang versucht, an ihrem teuren Lebensstil festzuhalten, doch dann hatten sie sich alle auseinandergelebt. Ihre Eltern waren nach Mexiko gegangen. Ihr Bruder war zum Militär gegangen. Sie war mit ihrem Freund zusammengezogen, bis der sie rauswarf, nachdem sie ihm erzählt hatte, dass sie schwanger war.

Eines Tages war dann eine obdachlose und hungrige Mary Beth bei Felicity aufgetaucht. Seitdem waren sie die besten Freundinnen.

Mary Beth lächelte. »Gut. Und nun lass uns diese Dankbarkeit mal für die Arbeit nutzen und etwas Wunderbares kochen.«

Felicity nickte, hakte sich bei Mary Beth unter und ging mit ihr zusammen auf dem Bürgersteig in Richtung des Hotels und der Küche des »Dolce Vita«.

Kochen würde ihr vielleicht dabei helfen, zu vergessen, wie sehr sie diesen Mann verachten sollte, der heute Morgen in ihr Leben geplatzt war. Aber statt Wut oder gar Feindseligkeit verspürte sie etwas völlig anderes, eine gewisse Wärme, wenn sie an Blakes attraktives Gesicht dachte und daran, wie weich seine Gesichtszüge durch sein Lächeln geworden waren, als er sie angesehen hatte. Sie zwang sich, die Gedanken zu verdrängen. Was hatte Mary Beth noch gesagt?

Etwas Wunderbares.

Ja, sie würden etwas Wunderbares kreieren. Davon hatte es in ihrem Leben bisher nicht allzu viel gegeben, doch Felicity mochte, wie sich das anhörte.

Kapitel 3

»Sind Sie sicher, dass Sie sich dieser Herausforderung gewachsen fühlen?«, fragte Reid Fairfax von seinem Schreibtisch in seinem Büro in der Innenstadt von Seattle aus.

Destiny Carrow saß dem Chefredakteur der Seattle Gazette, Seattles einziger Zeitung, auf einem Stuhl gegenüber und lächelte. »Selbstverständlich, deshalb bin ich ja hier. Darum habe ich auch diese fürchterliche Kritik über Felicitys Restaurant geschrieben.« Und deshalb hatte sie sich von ihrer einstigen Freundin abgewandt. Erfolg hatte immer einen Preis, und für Destiny war der Preis eben diese Freundschaft. »Was soll ich tun?«

Reid lehnte sich in seinem Sessel zurück und musterte sie nachdenklich. Der Mann war anders, als sie ihn sich vorgestellt hatte. Er sah älter aus als auf den Bildern, die sie bei ihren Nachforschungen im Internet über ihn gefunden hatte. Seine kurzen, krausen dunklen Haare waren mit Grau durchzogen. Seine hochgewachsene Gestalt mit der breiten Brust hatte ein paar Pfund mehr auf den Rippen, doch der zynische Ausdruck in seinen Augen war genau der gleiche wie auf allen Fotos von ihm.

Er war ein unnachgiebiger und höchstwahrscheinlich auch ein grausamer Mann, aber sie brauchte das, was er ihr bieten konnte – den Job in der Nachrichtenredaktion, den sie schon seit drei Jahren unbedingt haben wollte. Mit seiner Hilfe konnte sie endlich den Sprung von der Gastro-Feuilletonistin zur Nachrichtenreporterin schaffen. Zunächst auf regionaler Ebene, dann landesweit. Es war ihr Traum, und nichts, nicht einmal Freundschaft, würde ihr beim Erreichen dieses Ziels im Weg stehen.

»In Ordnung, kommen wir zu einem anderen Thema. Unser Ziel sind jetzt die Bancrofts.«

»Warum? Was soll ich für Sie tun?«

»Ich will das zerstören, was noch von ihnen übrig ist.«

Destiny runzelte fragend die Stirn. »Ich dachte, Felicity sei das Ziel.«

Er lächelte. »Sie ist nur ein Ablenkungsmanöver. Es hat einige Zeit gedauert«, fuhr er fort, »bis ich den alten Mann gefunden hatte, während er sich hier in Seattle unter falschem Namen versteckt hielt, doch schließlich ist es mir gelungen.«

»Warum wollen Sie die Bancrofts ruinieren?«

Reids Lächeln gefror. »Vernon Bancrofts Vater und mein Großvater waren Geschäftspartner. So ist Vernon zu dem Geld gekommen, das er brauchte, um diese Hotels zu eröffnen.« In Reids Augen trat ein abwesender Ausdruck, als würde er sich an eine lang zurückliegende Zeit erinnern. »Zu dem Zeitpunkt, als Vernon die Stelle seines Vaters übernahm, war mein Großvater der Finanzchef der Firma. Mein Großvater beging einst den Fehler, sich Geld von den Konten zu leihen, die er verwaltete, und deshalb entließ ihn Vernon aus dem Vorstand, löste ihre Partnerschaft auf und warf ihn aus der Firma.«

»Klingt nach Veruntreuung«, bemerkte Destiny mit dem Anflug eines Lachens.

Reid warf ihr einen erbosten Blick zu. »Er hatte sich das Geld geliehen. Er hätte es zurückgezahlt, doch Vernon hat ihm niemals die Gelegenheit dazu gegeben.«

»Das war vor langer Zeit.«

Reid schüttelte langsam den Kopf. »Vernons Handeln hat das Leben meiner Familie auf Jahre beeinflusst. Mein Großvater hat sich zu Tode getrunken. Nachdem mein Vater jahrelang versucht hat, Bancroft Industries auf einen Teil dessen zu verklagen, was sein Vermächtnis hätte sein sollen, ist er seinem Beispiel gefolgt.«

Destiny ballte die Hände im Schoß, während sie gegen den Drang ankämpfte, sich Block und Stift zu schnappen, um Notizen zu machen. Der zornige Ausdruck in Reids Augen sagte ihr, dass dies nicht klug wäre. Sie musste sich einfach alles merken und später weiter nachforschen, wenn sie hier fertig war. »Und was hat das alles mit Blake Bancroft zu tun?«

»Blake ist der einzige Bancroft, der noch übrig ist. Da ein Teil von Bancroft Industries mir gehören sollte und er der Vorstandsvorsitzende ist, ist er das Ziel«, erklärte Reid.

»Sie wollen eine Art finanzielle Wiedergutmachung für etwas, das vor vielen Jahren passiert ist?«, fragte Destiny und fühlte sich plötzlich unwohl in der Rolle, die sie übernommen hatte. Sie hatte nicht den Wunsch, ihre Karriere zu beenden, bevor sie überhaupt begonnen hatte. Blake Bancroft hatte eine Art von Macht und Einfluss, wie sie Reid Fairfax nicht besaß.

»Ich will dem Namen Bancroft genauso schaden, wie Vernon dem Namen Fairfax geschadet hat. Sie kennen doch den Ausspruch ›Leg dich nicht mit der Presse an‹.« Reids Blick wurde plötzlich wieder klar und richtete sich auf Destiny.

»Blake Bancroft ist kein Narr. Wie sollte ich ihn Ihrer Meinung nach zu Fall bringen?«

»Wir können ihm nicht seine Macht oder sein Geld wegnehmen, aber wir können ihn demütigen. Bancroft braucht Investoren genauso sehr wie jeder andere. Und niemand will auf einen Verlierer setzen. Wenn Sie das schaffen, befördere ich Sie in die Nachrichtenredaktion der Seattle Gazette.«

Destiny musterte einen Moment lang sein Gesicht, um herauszufinden, ob er sein Angebot wirklich ernst meinte. Das war alles, was sie wollte – ein Job als Reporterin. Da sie in seinem Blick nichts als Aufrichtigkeit sah, nickte sie. »In Ordnung. Ich werde mich an Blakes Fersen heften. Ich werde ihn in dem Glauben lassen, dass ich einen Artikel über Felicity schreibe. Dann fange ich an, in seiner Vergangenheit zu graben. Jeder hat Geheimnisse. Ich werde seine zu unserem Vorteil nutzen.«

Dazu entschlossen, alles zu tun, was sie tun musste, um den Job zu bekommen, verabschiedete sich Destiny von Reid und machte sich auf den Weg zur Tür. Eine Freundschaft hatte sie bereits geopfert. Was würde sie ihr Traum noch alles kosten?

* * *

Während ihr Team noch damit beschäftigt war, die Küche aufzuräumen, ging Felicity, um an der Bar nach dem Rechten zu sehen. Nach elf Uhr würden nur noch Michael und Casper Dienst haben, die späten Gästen an der Bar eine eingeschränkte Auswahl an Snacks servieren konnten. Bevor sie nach Hause ging, sah sie jedoch gerne noch einmal vorbei, wie viel bei ihnen los war. Der Gedanke entlockte ihr ein Lächeln. Heute Abend würde ihr Nachhauseweg sie nur in den zweiten Stock führen. Im Hotel zu wohnen hatte seine Vorteile.

In den gemütlichen Ohrensesseln aus Leder saßen wie schon in längst vergangenen Tagen Leute aus Seattle und Hotelgäste. Vorhin hatte sie herausgefunden, dass bei der Eröffnung vor hundertfünf Jahren die Vanderbilts und Guggenheims in diesem Raum bewirtet worden waren. Auch heute zog die Lounge mit ihren typischen Drinks noch immer Autoren, Musiker und Künstler an. An der auf Hochglanz polierten Mahagonibar dekorierte Ryan, der Barkeeper, gerade einen Grog mit einer Zimtstange und einer Zitronenspirale, ehe er das Glas auf Valeries Tablett stellte, damit sie es servieren konnte.

Ryan lächelte, als sie näher kam. »Setz dich für eine Minute.«

Felicity suchte sich an der vollen Bar einen Platz auf einem der hohen Hocker und nahm die Kochmütze ab. Mit den Fingern strich sie sich das Haar glatt und steckte sämtliche losen Strähnen zurück in ihren üblichen Pferdeschwanz. »Heute Abend ist ziemlich viel los.«

Er griff hinter sich nach einem Sektkelch und einer Flasche Champagner. »Nichts, womit wir nicht fertigwerden würden.« Er füllte das Glas und stellte es vor sie hin.

»Was ist das?«

»Eine kleine Feier, zu Ehren deiner aufregenden Neuigkeiten«, antwortete Ryan mit einem breiten Lächeln. »Es passiert ja nicht jeden Tag, dass man ein Vermögen erbt.«

Felicity betrachtete nachdenklich die aufsteigenden Bläschen in ihrem Glas. Sie sehnte sich so sehr danach, mit jemandem zu reden, der die verwirrende Mischung von Angst und Freude verstehen konnte, die sich seit der Verlesung von Verns Testament beharrlich bemerkbar machte. Sie war versucht, ihr Herz dem Mann auszuschütten, der mehr als einmal bewiesen hatte, was für ein guter Zuhörer er war. Stattdessen gestattete sie es ihrer Furcht lediglich, sich als Gedanke zu manifestieren: Noch ist es nicht meins.

Sie hob ihr Glas. »Cheers.« Dann nahm sie einen Schluck.

»Genieß es, und lass mich wissen, wenn ich irgendetwas tun kann, um zu helfen«, sagte er, bevor er weiterging, um einen anderen Gast zu bedienen.

Zu diesem Zeitpunkt war sie sich nicht sicher, ob ihr etwas anderes übrig blieb, als darauf zu vertrauen, dass sie Blake deutlich machen konnte, weshalb sie Verns Geschenk so verzweifelt behalten wollte. Sie starrte weiter in ihr Glas, während sie versuchte, sich von dem sanften, gefühlvollen Rhythmus des brasilianischen Jazz beruhigen zu lassen.

»Ist dieser Platz noch frei?«

Beim Klang von Blakes Stimme machte ihr Herz einen unkontrollierten Hüpfer. Sie fuhr zu ihm herum und sah ihn an.

Er stand ungefähr einen Meter hinter ihr. Den Anzug hatte er gegen ausgewaschene blaue Levi's und einen zweifellos teuren grauen Pullover eingetauscht. Falls das irgendwie möglich war, sah er ohne seinen Dreitausend-Dollar-Anzug sogar noch besser aus als heute Morgen.

Großartig. Sie hatte gehofft, sie würde bei ihrem nächsten Aufeinandertreffen perfekt zurechtgemacht sein, anstatt in der unattraktivsten Arbeitskleidung überhaupt zu stecken. Vor diesem Augenblick hatte sie sich in ihrer Kochjacke und ihren schwarzen Hosen immer wohlgefühlt. »Es ist ein öffentlicher Ort. Ich kann Sie nicht davon abhalten, sich hinzusetzen, wo immer Sie möchten«, erwiderte sie, wobei sie versuchte, ihr Gleichgewicht wiederzufinden und die Anziehungskraft seiner Augen und seiner Stimme zu ignorieren.

Er nahm ihre abweisenden Worte als Einladung und ließ sich neben ihr nieder. »Sie feiern?«, fragte er und nickte in Richtung ihres Glases.

Sie zuckte mit den Schultern. »Eine Aufmerksamkeit von Ryan«, sagte sie etwas atemlos, hob ihr Champagnerglas und trank einen Schluck.

Blake winkte Ryan zu sich. Der Barkeeper reagierte sofort. »Was darf es sein?«

»Das Gleiche«, antwortete Blake und deutete auf Felicitys Glas.

Ryan drehte sich um und füllte einen weiteren Sektkelch mit Champagner. Als er zurückkam, stellte er ihn vor Blake und die Flasche zwischen die beiden Gläser. »Lassen Sie mich wissen, wenn Sie sonst noch etwas brauchen«, sagte er, ehe er davonging.

Sie war sich nicht sicher, weshalb diese Interaktion sie wütend machte, aber das tat sie. Blake erwartete, bedient zu werden, und die Leute überschlugen sich förmlich, um ihm seine Wünsche zu erfüllen. Nun, sie würde nicht zu diesen Leuten gehören, gleichgültig, was sein intensiver Blick mit ihr anstellte. Er konnte seine Cocktails alleine trinken oder mit wem auch immer er wollte. Sie musste vor morgen noch ein paar Dinge erledigen.

Doch gerade als sie aufstehen wollte, stieß Blake mit seinem Glas gegen ihres. Seine Augen funkelten belustigt, und statt sich zu erheben, ließ sie sich wieder auf den Sitz zurücksinken.

»Auf die nächsten beiden gemeinsamen Tage«, sprach er einen Toast aus und beugte sich zu ihr. Ihre Blicke trafen sich. Der Moment dehnte sich aus, verlangsamte sich auf eine seltsame Art und Weise, die ihr Herz schneller schlagen ließ.

»Ja, und möge die Beste gewinnen.« Fast hätte sie »der Beste« gesagt, ehe sie sich zurückhalten konnte. Sie musste ihm nicht noch mehr Vorsprung liefern, als er sowieso schon hatte – auch nicht verbal.

Felicity hob ihr Glas, stieß mit einem klingenden Geräusch mit ihm an und nahm einen großen Schluck von ihrem Champagner, während Blake sie weiter musterte. »Als Dom Pérignon zum ersten Mal Champagner probierte, sagte er: ›Kommt schnell, ich schmecke Sterne.‹ Das beschreibt es ziemlich treffend, finden Sie nicht?«

Er trank einen Schluck und stellte sein Glas ab. Seine Lippen verzogen sich zu einem umwerfenden Lächeln. »Sie haben sehr schlanke Finger.«

Leicht zitternd stellte Felicity ihr Glas ab und faltete ihre Hände auf dem Tresen. Sie hatte schlanke Finger? War er etwa gerade dabei, mit ihr zu flirten? Beunruhigt von seinen Worten und ein wenig misstrauisch seinen Motiven gegenüber, stand

Felicity auf, während ihr Herz wieder wie verrückt zu schlagen begann.

»Da Sie ja gerade hier unten sind, möchten Sie vielleicht, dass ich Ihnen die Küche zeige? Wir werden morgen sehr viel Zeit dort verbringen.«

»Es wäre mir ein Vergnügen.«

Der raue Klang seiner tiefen, aufrichtig wirkenden Stimme verschlug ihr den Atem.

Er leerte sein Glas, stellte es auf die Bar und griff nach seinem Portemonnaie.

Felicity hielt ihn zurück, bevor er einen Geldschein herausnehmen konnte. »Das geht auf mich.« Ihre Finger streiften seine Hand. Schon bei diesem Hauch einer Berührung konnte sie spüren, wie ihn eine Art elektrische Spannung durchfuhr – und auch ihre eigene Reaktion darauf.

Er lächelte, sein Blick war warm und intensiv, als er auf sie zukam. »Nach Ihnen.«

Es dauerte einen Moment, bis sich ihr Herzschlag wieder normalisierte. Was hatte er nur an sich, das dafür sorgte, dass sie sich so merkwürdig fühlte? Sie liefen nebeneinander den Gang entlang und durch die Schwingtür, die den Gastraum vom Küchenbereich trennte. »Die Küche wurde 1966 an diesen Platz verlegt. Die Ausstattung wurde selbstverständlich modernisiert. Sie ist jetzt auf dem neuesten Stand.«

Der Blick auf ihren makellosen Arbeitsplatz erfüllte sie mit Stolz. Glänzende Edelstahlarbeitsflächen erstreckten sich vor weißen Fliesen. An der hinteren Wand stand eine Reihe von Konvektomaten. Und in der Mitte der makellosen Küche befand sich eine Kücheninsel, die mit zahlreichen Kochstationen ausgestattet war.

Als sie eintraten, hörten ihre Angestellten auf zu arbeiten und drehten sich zu ihnen um. Misstrauen stand ihnen in die Gesichter geschrieben. Felicity setzte ein fröhliches Lächeln auf und versuchte, die plötzlich angespannte Stimmung zu zerstreuen. Zusammen mit den Neuigkeiten, dass sie das Hotel und das Restaurant geerbt hatte, hatte sich gewiss auch die Information darüber verbreitet, wer Blake Bancroft war.

»Lassen Sie mich Ihnen einige meiner Angestellten vorstellen.« Sie wandte sich nach rechts. »Das ist Michael«, erklärte sie und nickte dem älteren der beiden Männer zu, die gerade dabei waren, die Arbeitsflächen abzuwischen. »Er hat vier Kinder, die alle jünger als sechs Jahre sind. Und das ist Casper. Er sorgt für seine Mutter und seine zwei Schwestern.«

Sie drehte sich zu der hinteren Wand um und zeigte auf Mary Beth, die lange Backbleche auf ein Regal neben den riesigen Öfen stapelte. »Das ist Mary Beth. Sie hat eine sechs Monate alte Tochter und einen Bruder, der bei seinem Einsatz in Afghanistan beide Beine verloren hat.« Felicity wandte sich wieder Blake zu. »In dieser Küche und im Restaurant arbeiten noch zehn weitere Personen – mit Hoffnungen und Träumen und Menschen, die von ihnen abhängig sind.« Sie ließ das letzte Wort einfach im Raum stehen.

Man musste Blake zugutehalten, dass er auf die Angestellten zuging und jeden von ihnen mit Handschlag und einem freundlichen Lächeln begrüßte. »Hört sich an, als würden Sie hier von einem engagierten Team unterstützt. Es ist nicht wichtig, wer der Chef ist. Gute Leute können immer einen guten Job finden.«

»Ihre Loyalität gilt dem Bancroft und einander. Sie lieben das, was sie tun, und deshalb sind sie bereit, hart zu arbeiten«, erwiderte Felicity.

Auf der anderen Seite des Raumes fing Mary Beth an zu gähnen. »Sorry«, entschuldigte sie sich. »Ich fühle mich, als hätte ich heute ganz besonders hart gearbeitet. Der Schlafmangel von letzter Nacht holt mich ein.«

»Geh nach Hause. Ich kann das hier fertig machen.«

Ein hoffnungsvoller Ausdruck erschien auf Mary Beths Gesicht. »Ich könnte wirklich etwas Schlaf brauchen.«

»Geht. Ihr alle«, sagte Felicity und sah auch die beiden anderen an. »Ich mach das schon.«

Casper und Michael nahmen ihr Angebot sofort an. Beide hatten zu Hause Verpflichtungen, zu denen sie heimkehren mussten. Felicity wusste das. Nach einer Umarmung von Mary Beth und einem »Gute Nacht« von den Männern wurde ihr bewusst, dass sie und Blake nun ganz allein waren.

»Wie kann ich helfen?«, fragte Blake in einem leisen Tonfall, der wie ein Streicheln nicht nur über ihre Haut, sondern über jede ihrer Nervenfasern glitt.

»Ich kann das fertig …«

»Ich war früher ganz ordentlich im Bodenwischen«, unterbrach er sie, während er sich die Ärmel hochkrempelte.

Seine Worte überraschten sie. Sie hatte ihn nicht für den Typ Mann gehalten, der Böden wischte.

Ihr Gesichtsausdruck musste ihre Gedanken verraten haben, denn er sagte mit einem leisen Lachen: »Ich wurde nicht als Vorstandsvorsitzender von Bancroft Industries geboren.« Er zuckte mit den Schultern. »Ich hatte einmal einen Ferienjob in einem unserer kleineren Hotels, in der Nähe des Lake Crescent auf der Olympic-Halbinsel.«

»Es ist schwer, bei einem Job gefeuert zu werden, wenn die Firma der eigenen Familie gehört. Das betrachte ich kaum als Referenz.«

Sein Lächeln wurde breiter. »Haben Sie Angst davor, meine Fähigkeiten auf die Probe zu stellen?« Seine Stimme wurde leiser, sein Ton herausfordernd.

Er ließ seinen Charme spielen, was es ihr schwer machte, Nein zu sagen, also gab sie nach. Sie ging zu dem Platz, an dem sie den allzeit bereiten Wischmopp und den dazugehörigen Eimer aufbewahrten, und rollte ihn zu Blake hinüber. »Okay, das will ich sehen.«

Mit einem geübten Handgriff nahm er den Mopp, wrang ihn aus und machte sich an die Arbeit. »Sie werden es nicht bereuen.«

Während er arbeitete, konzentrierte sie sich auf das Reinigen der Arbeitsflächen. Sie musste ihre Energie auf etwas anderes richten, um sich nicht von dem Spiel der Muskeln an seinen Armen und seinem Oberkörper ablenken zu lassen, während er mit dem Mopp quer über den gefliesten Boden von einer Seite zur anderen wischte.

»Sind Sie hier in der Gegend aufgewachsen?«, fragte sie und brach so die Stille, die sich in der Küche ausgebreitet hatte. Oder hatte seine Familie ihn eingeflogen, damit er an dem im Sommer besonders beliebten Urlaubsort im Olympic National Park arbeiten konnte?

»Ich bin in Seattle geboren. Ich habe mit meinen Eltern hier gelebt, bis sie bei einem Bootsunfall ums Leben gekommen sind. Danach hat Onkel Vernon mich bei sich aufgenommen.«

Bei dem angespannten Ton in seiner Stimme lief ihr ein Schauer über den Rücken. Sie hatten etwas gemeinsam. Sie waren beide verwaist oder, in ihrem Fall, so gut wie. Ihre Blicke trafen sich. In seinen Augen erkannte sie nicht nur einen unerschrockenen und scharfsinnigen Mann, sondern auch einen netten und sanftmütigen. In diesem Moment war sie sich ziemlich sicher, dass dies der echte Blake Bancroft war und nicht der hartherzige Milliardär, der dazu entschlossen war, ihr das Hotel wegzunehmen.

Aber war es von Bedeutung, wer er wirklich war? Warm und freundlich oder kalt und berechnend, er wollte haben, was ihr gehörte, und würde wahrscheinlich alles tun, was in seiner Macht stand, um es zu bekommen. »Vern hat Sie großgezogen?«

Er ging hinüber in die Ecke des Raumes, tauchte den Mopp wieder in den Eimer und wrang ihn aus, ehe er ihn in routinierten, gleichmäßigen Bewegungen über den gefliesten Boden bewegte. »Ich war achtzehn, als sie gestorben sind. Deshalb habe ich nur für zwei Wochen bei meinem Onkel gelebt, bis er mich für mein Abschlussjahr auf ein Internat und dann aufs College geschickt hat.«

Sie betrachtete ihn nachdenklich. Auch dieses Mal entging ihr die Ähnlichkeit nicht. Sie waren beide von den Erwachsenen in ihrem Leben im Stich gelassen worden und bereits früh im Leben gezwungen gewesen, auf eigenen Beinen zu stehen. Auch wenn sie aus ganz unterschiedlichen Verhältnissen stammten. Er war auf einem stattlichen Anwesen aufgewachsen, hatte höchstwahrscheinlich die besten Schulen besucht und sich in den höchsten Gesellschaftskreisen bewegt, und dann, selbst nach dem Tod seiner Eltern, war er zuerst nach Harvard und dann nach Stanford gegangen, wie sie vorhin bei ihrer Googlesuche herausgefunden hatte.

Sie andererseits hatte in einem heruntergekommenen Trailerpark auf der falschen Seite der Stadt gewohnt. Ihre Ausbildung in Kochschulen hatte sie über Stipendien finanziert.

Felicity erstarrte. Versuchte sie etwa zu rechtfertigen, weshalb sie das, was Vern ihr hinterlassen hatte, mehr verdiente als Blake? Bei dem Gedanken wurde ihr ein wenig übel. Für gewöhnlich war sie nicht egoistisch, und der Gedanke, dass sie es jetzt wurde, gefiel ihr nicht sonderlich. Leise seufzend wandte sie sich ab und beschäftigte sich damit, nachzusehen, ob in der Küche alles an seinem Platz war und die Gerätschaften über Nacht abgeschaltet waren.

Ihr fiel die handgeschriebene Nachricht wieder ein, die Vern ihr mit seinem Testament hinterlassen hatte. »Pass auf das Bancroft auf, Felicity. Du wirst wissen, was zu tun ist.«

Verwirrt schüttelte sie den Kopf. Vern hätte nicht weiter danebenliegen können, denn sie hatte absolut keine Ahnung, was sie mit dem Hotel, mit Blake oder mit ihren wahnsinnig verworrenen Gefühlen für ihn anfangen sollte. Im einen Moment misstraute sie ihm, und im nächsten faszinierte er sie.

In diesem Augenblick wünschte sich Felicity verzweifelt, sie wäre nicht so erschöpft. Sie musste in Ruhe und mit klarem Kopf über all das nachdenken. Sie war nicht bereit, Blake ihren Anspruch auf Hotel und Restaurant einfach so zu überlassen, nur weil seine Vergangenheit nicht so perfekt war, wie sie es sich vorgestellt hatte. Er war noch immer ein Fremder. Seine Motive waren fragwürdig, und für sie stand ihre Zukunft auf dem Spiel.

Ihr Blick wanderte hinüber zur anderen Seite der Küche, wo Blake den Boden wischte. Während sie ihm bei der Arbeit zusah, dachte sie über den Mann nach, der plötzlich in ihr Leben getreten war und sie dazu brachte, Dinge über sich selbst infrage zu stellen, über die sie aus Zeitgründen seit Jahren nicht nachgedacht hatte.

Vielleicht war Blakes Idee, jeweils einen Tag im Leben des anderen zu verbringen, genau die richtige Lösung für die Situation, in die Vern sie gebracht hatte. Während eines ganzen Tages würden sie beide viel über den anderen erfahren. Es war an der Zeit, den Lack abzukratzen und einen Blick hinter die Fassade und in sein Innerstes zu werfen.

Kapitel 4

Am folgenden Morgen stand Felicity in der Dunkelheit auf dem Vorplatz des Hotels und wartete. Der hell erleuchtete Säulenvorbau erlaubte es ihr, durch die Glastüren in die Eingangshalle zu sehen und zu erkennen, wann Blake herauskam. Bis es so weit war, brauchte sie den kühlen Windhauch, der ihr übers Gesicht strich, um sich zu beruhigen.

Sie sah auf und betrachtete die Hotelfassade mit der gemusterten Ziegelmauer und der Terrakotta-Verzierung. Trotz der Schönheit des italienischen Stils, in dem das Hotel erbaut war, überkam sie ein Gefühl des Verlusts.

Vern fehlte ihr. Sie wünschte, sie hätte gewusst, wer er war, bevor er starb. Die Welt hatte mehr als nur einen alten Mann verloren. Sie hatte eine Legende des Hotelgewerbes verloren. Blake führte dieses Vermächtnis fort. Nicht zum ersten Mal dachte sie darüber nach, ob sie nicht einen Kampf ausfocht, den sie eigentlich nicht gewinnen sollte.

»Morgen«, erklang eine Stimme von der Eingangstür.

Sie drehte sich um und erblickte Blake, der heute Jeans und T-Shirt sowie eine Lederjacke über dem Arm trug. Während er auf sie zukam, zog er sich die Jacke an. Felicity konnte den Blick nicht von ihm abwenden. Er sah in einem T-Shirt ebenso gut aus wie in einem Hemd. Sie schluckte, als sich ihr plötzlich die Kehle zuschnürte.

»Ich nehme an, ich sollte mich dafür entschuldigen, dass ich zu spät bin«, sagte er, weil er ihr Schweigen wohl als ein Zeichen des Missfallens deutete.

Fast hätte sie diese neue, menschlichere Seite ihres Erzfeindes zum Lächeln gebracht. »Ja, das sollten Sie vermutlich.«

»Es tut mir leid, dass ich Sie habe warten lassen«, erklärte er. »Sollen wir aufbrechen?«

Sie bemerkte seine Rastlosigkeit. War er der typische ehrgeizige Vorstandsvorsitzende, oder hatte er gestern Abend eine ähnliche Offenbarung gehabt wie sie – dass sie in vielerlei Hinsicht den gleichen Schmerz und die gleichen Erfolge kannten?

»Na dann, auf geht's.« Sie drehte sich um und lief die vier Stufen hoch zur Straße.

Er begleitete sie, blieb jedoch an der Straße stehen. »Wo ist das Auto?«

»Wir gehen zu Fuß.« Unbeirrt ging sie weiter die Terry Avenue entlang.

»Zehn Blocks?« Er beeilte sich, mit ihr Schritt zu halten.

Sie zuckte mit den Schultern. »Es geht die ganze Zeit bergab.«

»Bis wir zurücklaufen.«

Felicity warf ihm ein unschuldiges Lächeln zu und behielt ihr flottes Tempo bei. Sie brauchte die körperliche Betätigung, um sich auf die Aufgabe des heutigen Tages zu konzentrieren und sich von dem Mann abzulenken, der so faszinierend war, dass sie kaum einen klaren Gedanken fassen konnte. »Wenn Sie lieber im Hotel bleiben möchten …«

»Auf keinen Fall.« Er passte seine Schritte ihren an. »Alles, was Sie können, kann ich auch.« Am Zebrastreifen legte er eine Hand auf ihren unteren Rücken, als wollte er sie über die Straße geleiten. Seine Berührung war warm und fühlte sich irgendwie unangemessen vertraut an.

Als sie die andere Straßenseite erreichten, glaubte sie, einen kaum wahrnehmbaren Anflug von Belustigung in seinem Gesichtsausdruck zu erkennen. Sie wünschte, sie wäre schneller gegangen und hätte sich so seiner Berührung entzogen – obwohl ein Teil von ihr sich von dem Gedanken, dass es sich dabei in gewisser Weise um eine beschützende Geste handelte, angetan fühlte.

Felicity spürte, wie ihr die Wangen warm wurden. Sie wurde rot. Zumindest konnte sie die kühle Morgenluft und ihren zügigen Schritt für ihre Gesichtsfarbe verantwortlich machen.

»Das ist wirklich sehr angenehm«, sagte er und brach das Schweigen, das zwischen ihnen entstanden war. »Normalerweise verbringe ich meine Tage damit, mit dem Auto von einem Meeting zum anderen zu fahren. Ich habe nur selten Gelegenheit dazu, die Natur zu genießen.«

Die Stadt erwachte gerade erst. Auf den Straßen herrschte größtenteils noch kein Verkehr, und das Geschrei der Möwen, die sich zwischen den Fischern ihr Frühstück suchten, übertönte den Klang ihrer Schritte auf dem Asphalt. Dennoch war die Stadt nicht die Natur, zumindest nicht für die meisten Bewohner von Seattle. »Warum sind Sie von Seattle nach San Francisco gezogen?«

»Ich hab meinen Studienabschluss in Stanford gemacht. Und als ich die Firma von Onkel Vernon übernommen habe, entschloss ich mich, die Firmenzentrale dorthin zu verlegen. Welcher Bundesstaat wäre wohl besser geeignet als Kalifornien, das die strengsten Umweltgesetze im ganzen Land hat, um eine umweltfreundliche und nachhaltige Firma aufzubauen? Zumindest bin ich Hügel gewohnt«, fügte er lächelnd hinzu.

»In Ihrem Auto«, entgegnete sie, wobei es ihr nicht gelang, einen neutralen Ton anzuschlagen. »Hatten Sie nicht gesagt, Sie wären so was wie ein Experte, wenn es um umweltfreundliches Leben geht?«

»Umweltfreundliches Bauen. Und falls Sie sich Sorgen darüber machen, ob ich mit Ihnen Schritt halten kann – das brauchen Sie nicht. Ich achte auf meine Fitness.«

Das konnte sie sehen. Ehe er die Jacke angezogen hatte, hatte sie seine starken und muskulösen Arme bemerkt. Doch es war mehr als nur sein Aussehen, was sie nervös machte. Es war seine Ausstrahlung. Er wirkte so unglaublich vital. Von ihrer ersten Begegnung an hatte er sie herausgefordert – körperlich und mental. Sie war sicher, dass er das auch weiterhin tun würde, bis sich ihre Wege wieder trennten.

Sie richtete ihre Aufmerksamkeit auf den in Pink-Rot und Lavendel erstrahlenden Himmel. Im frühen Morgenlicht waren feine Schleierwolken zu erkennen. Sie würden sich bald verflüchtigen und rund um die Skyline der Stadt eine Kulisse von zerklüfteten Bergen und strahlend blauem Himmel hinterlassen. Mit jedem Schritt den Hügel hinunter wurde der Geruch von Salzwasser intensiver. Es war schon lange her, dass sie zusammen mit jemand anderem hinunter zum Hafen gelaufen war. Felicity musste zugeben, dass Blakes Gegenwart sich merkwürdig vertraut anfühlte, auch wenn sie sich wünschte, es wäre nicht so.

»Sie reden nicht viel«, stellte Blake nach zehn Minuten des Schweigens fest.

»Ich wusste nicht, dass angeregte Unterhaltung ein Teil unseres gemeinsamen Tages sein sollte.«

Sie schloss kurz die Augen und versuchte, der Anziehungskraft zu widerstehen, die er auf sie ausübte. Auch wenn er besser aussah als jeder andere Mann, der jemals ihren Küchenboden gewischt hatte, konnte sie sich nicht erlauben, Gefühle für jemanden zu entwickeln, der eigentlich ihr Feind sein sollte. Sie öffnete die Augen und sah ihn an, entgegen ihrer Absicht, genau das nicht zu tun.

Er verzog das Gesicht. »Ist es so schwer, sich mit mir zu unterhalten?«

»Also gut«, lenkte sie ein. Sie suchte nach einem unverfänglichen Thema, während sie ihrem Verlangen nachgab, seine tiefe, unwiderstehliche Stimme zu hören. »Wie haben Sie letzte Nacht geschlafen?« Um Himmels willen, sie klang wie seine Mutter. »Ich bin sicher, es ist schwierig, in einem fremden Bett zu schlafen.« Das war schon besser. Wenigstens klang sie jetzt wie eine besorgte Hotelbesitzerin.

»Es war sehr bequem. Aber ich schlafe ständig in fremden Betten.«

Felicity sah ihn mit hochgezogenen Brauen an.

»So habe ich das nicht gemeint. Ich reise viel.«

Wenn sie überhaupt irgendwas dachte, dann, dass es traurig sein musste, kein echtes Zuhause zu haben. Sie besaß nicht viele Habseligkeiten, doch sie hatte Menschen in ihrem Leben, die sie liebten. Wenn sie mit ihnen zusammen war, wusste sie, dass sie alles hatte, was sie brauchte. Gab es jemanden, der Blake liebte? Oder war seine Beziehung, oder genauer, die nicht vorhandene Beziehung zu seinem Onkel ein Hinweis darauf, wie er sein Leben lebte?

»Da müssen Sie Ihr Zuhause doch vermissen?«, fragte sie und blickte in die Ferne.

»Die meiste Zeit des Jahres lebe ich in San Francisco, aber immer in irgendwelchen Hotelzimmern.« Er zuckte die Achseln. »Das ist ein Teil des Preises, den ich dafür bezahle, im Hotelgewerbe tätig zu sein.«

Felicity runzelte nachdenklich die Stirn. »Mir würde das nicht gefallen. Ich genieße es, nach Hause in mein eigenes Reich zu kommen.«

»Wie lange leben Sie schon in Seattle?«

»Schon mein ganzes Leben lang.«

»Wollten Sie nie auf Reisen gehen oder etwas anderes erleben?« Er sah sie interessiert an.

Sie blickte in seine faszinierend blauen Augen. »Im Moment ist das einfach nicht möglich. Meine Arbeit ist hier. Alles, was ich kenne und liebe, befindet sich hier.« Bevor er weiter nachfragen konnte, weshalb es ihr unmöglich war, zu reisen, schaute sie weg und beschleunigte ihre Schritte. Wieder konnte sie seinen Blick spüren, aber er verfolgte das Thema nicht weiter. Erneut schwiegen sie beide.

Felicity sagte nichts mehr, bis sie den Hafen erreichten und sich ihnen eine atemberaubende Aussicht auf das Wasser, den Himmel und die Berge bot. »Hier entlang.« Sie deutete auf den Pier vor ihnen, an dem mehrere Fischerboote lagen. Der Geruch von Teeröl mischte sich mit dem durchdringend salzigen des Wassers, was zusammen eine Mischung ergab, die man in ganz Seattle wahrnehmen konnte. Sie ging zum Rand des Piers, wo eine Gruppe Männer den morgendlichen Fang auf Eis ausgelegt hatte.

»Sie kaufen Ihren Fisch direkt von den Booten?«, fragte Blake und blieb neben ihr, während sie sich durch die Menge aus Fischern und anderen Köchen hindurchschlängelte, die sich auf dem provisorischen Fischmarkt tummelten. »Ich bin beeindruckt.«

»Es ist mir wichtig, die regionale Wirtschaft zu unterstützen.« Sie hielt auf Jimmy Coons Auslage zu. »Guten Morgen, Jimmy. Was hast du heute für mich?«

»Für dich nur das Beste.« Er schenkte ihr ein breites Grinsen. Er hatte Königslachs und echten Dorsch gefangen. »Willst du das Übliche?«

Felicity nahm einen der Lachse, sah sich die Augen an und drückte sanft das feste Fleisch, ehe sie an dem Fisch roch. Sie nickte. »Perfekt, wie immer.«

»Ich lass es dir liefern«, sagte er, ehe sie an seiner Auslage vorbeiging, weiter die Reihe entlang zu Cal Jeffries, einem der jüngeren Fischer im Hafen.

»Sie schleppen die Meeresfrüchte aber nicht zurück zum Hotel den Hügel hoch, oder?«, fragte Blake und grinste belustigt.

»Sie liefern mir alle direkt in die Küche. Es wäre sinnlos, zwanzig Pfund Fisch mit uns herumzuschleppen, denn sobald wir hier fertig sind, gehen wir auf den Markt.« Felicity warf einen Blick auf Cals Kisten voller Austern, Venus- und Jakobsmuscheln, deren Schalen im Licht der aufgehenden Sonne glitzerten.

»Guten Morgen, Felicity«, begrüßte Cal sie. »Ich hab heute einen guten Fang gemacht. Kann ich dir vielleicht eine Kostprobe anbieten?« Er hielt ihr eine geöffnete Auster hin. »Frischer gibt's die nicht.«

Felicity drehte sich zu Blake um, der direkt neben ihr stand. »Möchten Sie mein Vorkoster sein?«

Er zögerte einen Moment, ehe er nach der Schale griff, die kleine Auster an die Lippen setzte und sie sich in den Mund gleiten ließ, während er ihr die ganze Zeit über in die Augen sah.

Felicitys Herz schlug schneller. Sie konnte den Blick nicht von seinen blauen Augen abwenden. Das Blut, das ihr durch die Adern raste, erwärmte ihre Haut.

In seinem Aftershave nahm sie eine holzige Note wahr, und noch etwas Schwereres, Moschusartiges.

Sein Puls hämmerte in seinen Schläfen, bemerkte sie, während er langsam kaute und dann schluckte. »Ich hab noch nie Austern zum Frühstück gegessen, aber die hier sind perfekt.« Noch immer schaute er ihr in die Augen, was sie nur noch mehr in seinen Bann zog.

Er atmete tief ein, und als er ausatmete, spürte Felicity die Wärme seines Atems an ihrem Hals. Ihr Herzschlag beschleunigte sich, und sie zwang sich, wegzusehen.

Blake war ihr Rivale. Das durfte sie nie vergessen. Sie machte einen Schritt zurück, um die Intensität des Augenblicks zu brechen. »Gib mir fünf Pfund von jeder Sorte, Cal.«

»Kein Problem, Felicity«, antwortete Cal. »Bis morgen.«

Felicity nickte und ging weiter, dankbar, dass sich ihre Atmung wieder beruhigt hatte. »Sind Sie bereit für den Pike Place Market?«

»Ich bin direkt hinter Ihnen«, erwiderte Blake.

Felicity wählte den Weg direkt am Wasser. Sie liebte es, den Kai entlangzugehen und dem Knirschen der Stützpfeiler zu lauschen, die sich bei jeder Welle mit den Fluten bewegten. Salzige Luft strich ihr über die Wangen, wirbelte durch ihren Pony und die kurzen Haarsträhnen, die ihr Gesicht umrahmten. In vertrautem Schweigen liefen sie nebeneinanderher, bis sie die Pike Street erreichten.

Für einen Moment blieb Felicity neben der Bank stehen, zu der sie zum ersten Mal als junges Mädchen gekommen war und wo sie ihre Hoffnungen und Träume hinaus über das glitzernd smaragdgrüne Wasser des Puget Sound geschickt hatte. Sie kam oft zu dieser Bank, wenn sie in ihrem Leben nach Antworten suchte.

»Ist irgendwas nicht in Ordnung?«, erkundigte sich Blake neben ihr.

Sie schüttelte den Kopf und verbannte die Erinnerungen an längst vergangene Tage. »Ich komme gerne hierher, um nachzudenken.«

»Und worüber denken Sie gerade nach?«, fragte er mit einem Anflug von Sorge, den sie nicht erwartet hatte.

Sie seufzte tief. »Wie soll das funktionieren, Blake? Wie sollen wir am Ende dieser beiden Tage entscheiden, wer das Hotel und das Restaurant kriegen soll? Einer von uns beiden wird in dieser Angelegenheit selbstlos sein müssen. Es geht um Millionen von Dollar. Für Sie mag es leicht sein, an so viel Geld heranzukommen, aber für mich ist es mehr, als ich jemals erwartet hatte, in meinem ganzen Leben verdienen zu können.«

»Wenn es nur um Geld geht, können wir die Entscheidung gleich hier treffen. Ich zahle Ihnen eine Million Dollar, damit

Sie Ihren Anspruch auf das Hotel an mich abtreten.«

In ihrer Kehle formte sich ein hysterisches Lachen. Mit so viel Geld konnte sie ein neues Restaurant kaufen. Doch was war mit dem Rest ihrer »Familie« – ihren engagierten Mitarbeitern?

»Es geht nicht ums Geld. Es geht um die Menschen. Eine Menge Menschen. Um jeden, der im Bancroft und im ›Dolce Vita‹ arbeitet, jeden, der den Service von beiden in Anspruch nimmt. All unsere Lieferanten, selbst die Fischer, die wir gerade getroffen haben. Sie werden alle von der Schließung des Hotels während Ihrer Renovierungsarbeiten betroffen sein. Mein Gott, Blake, Menschen wie Ihr Onkel leben in diesem Hotel. Wo sollen sie hin?«

»Es gibt andere Hotels.«

Das Kreischen der Möwen über ihnen kam ihr ohrenbetäubend vor. »Keins von denen ist das Bancroft.«

Blakes Augen verengten sich zu Schlitzen. »Sie reden über das Hotel, als ob es unersetzlich wäre.«

»Für mich ist es das, und für viele andere auch«, erwiderte sie mit belegter Stimme, und ihr Herz schmerzte, weil er einfach nicht verstehen wollte.

»Das ist also ein Nein zu meinem Angebot?«

Sie sah hinaus aufs Wasser, suchte verzweifelt nach irgendeiner einfachen Antwort. Da sie keine fand, richtete sie ihren Blick wieder auf ihn. »Ich brauche etwas Zeit, um darüber nachzudenken, was das Richtige ist.«

»Tun Sie immer das Richtige?«

Sie zwang sich, das Kinn etwas anzuheben und die Schultern zurückzuziehen. »Ich tue, was immer ich tun muss, um meine Angestellten zu beschützen. Sie sind meine Familie. Ihr Leben ist für mich ebenso wichtig wie mein eigenes.«

»Na schön, machen wir weiter. Das ist Ihr Tag. Zeigen Sie mir, warum Ihnen die Leute, die vom Hotel abhängig sind, so viel bedeuten.«

Sie nickte und war dankbar, dass sie über etwas anderes nachdenken konnte als über den Mann an ihrer Seite. »Das kann ich. Kommen Sie mit.«

Er folgte ihr über die Straße zu der ausladenden Treppe, die den Hügel hinaufführte. Am Fuß der Stufen blieb Felicity stehen und wappnete sich dafür, den steilen Hügel – er musste die Höhe von zehn Stockwerken haben – hinaufzusteigen.

Blake blieb neben ihr stehen und blickte hoch. »Versuchen Sie, mich einzuschüchtern?«

»Funktioniert es?«, fragte sie.

»Das sage ich Ihnen, wenn wir oben ankommen.«

Sie stiegen nebeneinander die breite Betontreppe hoch, auf der sich bereits einheimische Frühaufsteher und Besucher tummelten. Während sie den Weg nach oben zu den Marktständen zurücklegten, nutzte Felicity den Umstand, dass Blake ihr zuhören musste.

»Der Pike Place Market stammt aus dem Jahr 1907, demselben Jahr, in dem das Bancroft eröffnet wurde. Der Markt steht unter Denkmalschutz. Es wäre wundervoll, wenn das Bancroft den gleichen Schutz genießen würde.«

Jeglicher Humor verschwand aus Blakes Gesicht. »Ich bin nicht dagegen, Geschichtsträchtiges zu schützen, Felicity.«

Sie wollte gerade noch mehr sagen, als ihr Handy klingelte, das sie sich in die Jackentasche gesteckt hatte.

»Ich muss den Anruf entgegennehmen«, erklärte sie, nachdem sie auf den Bildschirm gesehen und die Nummer der Einrichtung für betreutes Wohnen erkannt hatte, in der ihr Vater lebte. »Hallo?«, meldete sie sich, während sie weiter die Treppen emporstiegen.

»Felicity, hier ist Marguerite.« Es war die Schwester, die normalerweise mit ihrem Vater arbeitete, doch ihre Stimme klang seltsam.

»Was ist los? Stimmt etwas nicht?«

»Ihr Vater hat sich gestern Abend geweigert, sein Abendessen zu sich zu nehmen, und heute Morgen will er sein Frühstück auch nicht essen. Sie hatten uns gebeten, anzurufen, wenn er sich weigert, das zu essen, was die Küche hier zubereitet. Er ist zu dünn, und das ist eine ständige Sorge. Wir alle wissen, dass er alles essen wird, was Sie ihm bringen.«

Felicity blieb auf der Treppe stehen. Sie sah Blake an und seufzte leise. Ihr Vater kam an erster Stelle. »Ich bin schon auf dem Weg. Ich komme, so schnell ich kann.« Sie legte auf und drehte sich zu Blake. »Es tut mir leid, ich muss gehen.«

»Einer Ihrer Angestellten?«, fragte er stirnrunzelnd.

Sie schüttelte den Kopf. »Es geht um meinen Vater. Er braucht mich.«

»Kann ich irgendetwas tun, um zu helfen?«

»Nein.« Sie fuhr sich mit der Hand durchs Haar. Es war kein Notfall, wenn ihr Vater zwei Mahlzeiten nicht zu sich nahm, aber für gewöhnlich deutete es darauf hin, dass irgendetwas anderes mit ihm nicht stimmte. »Ich weiß nicht.«

Sie blickte die Treppe hinauf und hinab, während sie versuchte, festzustellen, in welcher Richtung sie rascher zur Straße und zu einem Taxi kommen würde. »Es ist nicht dringend, aber je eher ich dort bin, desto eher können wir unseren Tag fortsetzen.«

Starke Finger schlossen sich um ihre Hand, und dann zog Blake sie mit sich. »So wird es schneller gehen.« Er sagte nichts weiter und griff sich sein Handy. Felicitys Herzschlag pochte ihr in den Ohren. Blake sprach knapp ins Telefon, beendete das Gespräch schnell wieder und sah sie aufmunternd an.

In null Komma nichts hatten sie das obere Ende der Treppe erreicht, wo Blake sie so geschickt durch das frühmorgendliche Gedränge führte, dass Felicity wusste, er musste schon einmal hier gewesen sein. Sie erreichten gerade den Vordereingang des

Marktes, in der Nähe von Rachel, dem berühmten Schwein aus Bronze, als ein großer schwarzer Wagen vorfuhr.

»Steigen Sie ein«, forderte Blake sie auf, griff nach der Autotür und hielt sie für sie auf.

Felicity kletterte auf die Rückbank, und Blake rutschte neben sie. »Wohin?«

Sosehr sie auch direkt zu ihrem Vater fahren wollte, war sie dennoch unsicher, ob sie dem Mann neben ihr diesen Teil ihres Lebens offenbaren sollte. Er war noch immer ein Unbekannter. »Fahren Sie mich zum Bancroft«, sagte sie. »Von dort aus kann ich zu Fuß gehen.«

Blake informierte seinen Fahrer und lehnte sich dann zurück.

»Wie haben Sie das gemacht?«, fragte Felicity, während ihr Atem sich langsam wieder beruhigte.

»Mein Fahrer steht immer auf Abruf bereit.«

»Und er war gerade zufällig in der Gegend?«

Mit ernstem Gesichtsausdruck sah Blake nach vorn. »Peter weiß zu jeder Zeit, wo ich bin.«

Dankbar für das Transportmittel, aber auch etwas beunruhigt durch seinen unübersehbaren Reichtum, ließ Felicity sich in die vornehme Lederausstattung sinken. »Ich besitze nicht mal ein Auto, und Sie haben einen Chauffeur«, flüsterte sie.

Während sie schnell die Steigung hinauf in Richtung Hotel fuhren, saß sie steif auf ihrem Sitz. Sie würde etwas aus der Küche holen, womit sie ihren Vater in Versuchung führen konnte, und sich dann auf den Weg ins Saint Francis House machen.

Als sie am Bancroft anhielten, öffnete Felicity die Tür, ehe der Fahrer ihr dabei behilflich sein konnte. »Danke«, sagte sie zu Peter und an Blake gewandt: »Ich weiß Ihre Hilfe wirklich zu schätzen.«

»Möchten Sie, dass ich mit Ihnen komme?«, fragte Blake, die Hand schon auf dem Türgriff und bereit, ihr zu folgen.

»Von hier aus komme ich alleine zurecht. Vielleicht kann ich Sie anrufen, wenn ich fertig bin?«, schlug sie vor.

Blake griff nach seiner Brieftasche und zog eine Visitenkarte heraus. Er hielt sie ihr hin. »Die Nummer ganz unten ist die von meinem Handy, aber wenn Sie eine der anderen Nummern wählen, wird irgendjemand wissen, wie man mich erreichen kann.«

Sie nahm die Karte, steckte sie sich in die Tasche, schloss die Tür und eilte ins Gebäude. Sie wusste genau, was sie ihrem Vater bringen konnte, um ihn zum Essen zu bewegen.

Kapitel 5

Blake sah Felicity noch einen Moment lang an, ehe sie vom Wagen zurücktrat, sich umdrehte und im Foyer des Hotels verschwand. Sie wirkte so verloren. Seine Hand umklammerte die Kante des Ledersitzes neben ihm, während er gegen den Drang ankämpfte, ihr zu folgen. Als sie dagestanden und die sanfte Augustbrise mit ihrem platinblonden Haar gespielt hatte, war ihr Gesicht von Sorge gezeichnet gewesen.

»Man kann ihre innere Stärke nur bewundern«, sagte Peter vom Fahrersitz aus. »Sie hat in den letzten Tagen viel durchgemacht.«

In Anbetracht der emotionalen Höhen und Tiefen, die sie seit dem Tod seines Onkels durchlebt haben musste, konnte Blake ihm nur zustimmen. Und dennoch legte sie eine Entschlossenheit an den Tag, die selbst ihn überraschte. Trotz seines Angebots, das Hotel für mehr Geld zu kaufen, als sie bekommen würde, wenn sie vor Gericht zogen, blieb sie unbeeindruckt. Und trotz seines Ärgers über diese Tatsache stellte er fest, dass er ihren Mut wider Willen bewunderte.

Meine Güte, wenn er sich weiter in diese Stimmung hineinsteigerte, würde es ihm in einer Minute noch leidtun, dass sie sich mit ihm herumschlagen musste.

»Peter, bringen Sie mich zum Mount-Pleasant-Friedhof. Ich muss das Grab meines Onkels sehen.« Es war einer der wenigen Orte, die so früh morgens geöffnet hatten, und irgendwie hatte er schon vorgehabt, dorthin zu fahren, seit er gestern hergeflogen war.

»Glauben Sie, er hat Ihnen dort irgendwelche Antworten hinterlassen?«, fragte Peter.

Blake lehnte sich in seinem Sitz zurück, als der Wagen losfuhr. »Nein. Vermutlich werde ich niemals erfahren, warum er getan hat, was er tat.«

Peter sah ihn im Rückspiegel an. »Warum er Felicity das Hotel vermacht hat? Oder warum er Sie vor all den Jahren weggeschickt hat?«

»Beides.«

»Dann lassen Sie uns für Ihren Seelenfrieden hoffen, dass Sie irgendwo Antworten finden werden«, sagte Peter, während er in Richtung North Queen Anne fuhr.

»Ich hab mich schon seit Langem auf das Schlimmste eingestellt. Der alte Mann kann mich nicht mehr sonderlich überraschen.«

»Er hat Sie überrascht, indem er Felicity das Hotel vermacht hat.«

Blake ließ einen Stoßseufzer vernehmen. »Das hat er in der Tat.«

»Würden Sie gerne um den Green Lake joggen, nachdem Sie auf dem Friedhof waren? Ihre übliche Stunde?«, erkundigte sich Peter.

»Das klingt hervorragend«, antwortete Blake.

Da er bereits seit zehn Jahren sein Fahrer, Butler und Vertrauter war, kannte Peter ihn und seine Gewohnheiten nur allzu genau. Blake gestattete nur sehr wenigen einen Blick hinter die Fassade, doch Peter war mehr als ein einfacher Angestellter, fast so was wie ein Freund. Der Gedanke erschreckte Blake. War es das, was Felicity für ihre Angestellten empfand? Seine kleine Chefköchin hatte sie als ihre Familie bezeichnet.

Seine kleine Chefköchin.

Wie leicht sich doch dieses Besitzdenken in seine Gedanken schlich, wenn es um Felicity ging. Er hatte heute Morgen kaum eine Stunde mit ihr verbracht, und schon war sie dabei, ihn auf ihre Seite zu ziehen.

»Himmel«, murmelte er mit zusammengebissenen Zähnen. »Ich sollte heute wohl besser eineinhalb Stunden laufen gehen. Ich denke, ich brauche mehr Abstand, um zur Ruhe zu kommen.«

Peter fixierte Blake mit einem scharfen Blick. »Sie fängt an, Ihnen unter die Haut zu gehen, nicht wahr?«

Blake atmete mit einem langen, genervten Seufzer aus. »Auf mehr als nur eine Art.«

* * *

Felicity verließ den Fahrstuhl und machte sich auf den Weg zum Zimmer ihres Vaters. Sie blickte hinunter auf das Bündel in ihren Händen. Sie hatte eine Auflaufform mit warmen, cremigen Makkaroni mit Käsesauce dabei. Es war das Lieblingsgericht ihres Vaters, das einzige, bei dem man in seinen Augen einen Funken Lebensfreude erkennen konnte, wenn er einen Bissen aß. Vielleicht würde es auch dieses Mal ein Wunder bewirken. Sie schob die Tür auf.

Stille begrüßte sie. Sie atmete tief durch, schloss die Tür und ging auf den schweigenden Mann zu, der neben dem Fenster im Sessel saß. Es würde ein weiterer warmer Augusttag werden, doch im Zimmer ihres Vaters würden konstant einundzwanzig Grad herrschen. Als sie neben ihrem Vater stand, streckte sie die Hand aus und strich ihm eine verirrte Locke seines grauen Haares aus dem Gesicht. »Hi, Dad.«

Sie setzte sich auf den leeren Stuhl, der neben ihm stand, und musterte seine Miene. Da war nichts. Keine Reaktion. Kein Zeichen, dass er sie erkannte. Nichts. Also tat sie, was sie immer tat, und begann eine einseitige Unterhaltung darüber, wie ihr Tag bisher verlaufen war. Während sie sprach, packte sie das Essen aus, das sie mitgebracht hatte, und bot es ihm mit einer Gabel an, die auf dem unberührten Tablett lag, das die Küche heute Morgen vorbereitet hatte. Er nahm die Gabel und kostete.

Atemlos wartete sie darauf, dass er sie anlächelte, obwohl sie wusste, wie unwahrscheinlich das war. Doch er verzehrte die Makkaroni bis auf den letzten Bissen. Während er aß, kamen Felicity die Tränen und rannen ihr über die Wangen. Falls sie jemals eine Bestätigung gebraucht hatte, dass die Behandlung, die sie für morgen angesetzt hatte, die richtige Entscheidung gewesen war, hatte sie nun die Antwort. »Du bist immer noch irgendwo da drinnen, oder, Dad?«

Nachdem er mit dem Essen fertig war, legte sie liebevoll einen Arm um ihn und lehnte ihren Kopf gegen seinen. Sie hatte keine Ahnung, wie lange sie ihn gehalten und den Duft seiner Seife eingeatmet hatte, bis sie schließlich von einem Klopfen an der Tür aufgeschreckt wurde. »Herein …«

Die Tür öffnete sich, und Marguerite trat ein. »Tut mir leid, Sie zu stören. Ich wollte nur nachsehen, ob Sie Erfolg hatten.«

Felicity löste sich von ihrem Vater und stand auf. »Ja, genau wie immer. Meine Makkaroni isst er.«

»Da bin ich aber froh.« Die ältere Krankenschwester lächelte. »Manchmal glaube ich, er weigert sich nur, damit Sie noch einmal herkommen und sich zu ihm setzen.«

Das würde bedeuten, er registrierte, dass sie bei ihm war. Sie klammerte sich an die Hoffnung, dass ihr Vater ihre Gegenwart tatsächlich wahrnahm, und gab ihm einen Abschiedskuss, ehe sie ihn wieder Marguerites Obhut überließ.

Als sie zurück im Bancroft war, holte Felicity die Visitenkarte hervor, die Blake ihr heute Morgen gegeben hatte. Sie starrte auf die markanten Buchstaben und Zahlen auf der strahlend weißen Karte. Dann zog sie ihr Handy aus der Tasche und wählte.

Am anderen Ende der Leitung klingelte es dreimal, bevor sich eine unbekannte Stimme meldete. »Was kann ich für Sie tun, Miss Felicity?«

Felicity war überrascht. »Mit wem spreche ich?«

»Hier ist Peter, Mr Bancrofts Fahrer.«

»Ja, natürlich. Hallo, Peter«, erwiderte sie. »Ist Mr Bancroft zu sprechen?«

»Er ist im Moment verhindert.«

In ihrem Bauch machte sich ein Gefühl der Leere breit. »Oh. Na ja, dann richten Sie ihm bitte aus, dass ich angerufen habe.«

»Ist es dringend?«, erkundigte sich Peter.

»Nein. Sagen Sie ihm einfach, dass ich mit ihm reden muss, sobald er Zeit hat. Ich bin im Hotel, Zimmer sechshundertneunundzwanzig.«

»Ich werde es ihm ausrichten.«

»Okay, danke, Peter.« Sie beendete das Gespräch, stand auf und steckte das Handy wieder in die Tasche ihrer Kochhose, bevor sie den Raum verließ. Ein kurzer Blick auf ihre Armbanduhr sagte ihr, dass sie noch fast zwei Stunden Zeit hatte, ehe sie im Restaurant anfangen musste, das Mittagessen vorzubereiten. Bis dahin sollte sie endlich das tun, was sie schon seit einer Woche vor sich herschob.

Es wurde Zeit, Verns Sachen in Kisten zu packen und sie Blake zu übergeben.

* * *

Felicity stand vor Verns Zimmer, die elektronische Schlüsselkarte in einer Hand und eine große leere Kiste in der anderen. Neben der Tür warteten noch vier weitere Kartons darauf, von ihr befüllt zu werden. Die Zimmertür sah genauso aus wie jede andere im Hotel, aber dahinter befanden sich Erinnerungen an Vern, Dinge aus seinem Leben, von denen sie nichts wusste und die sie vielleicht auch nicht wissen wollte. Doch als Eigentümerin war es ihre Aufgabe, dafür zu sorgen, dass Verns Familie seine persönlichen Gegenstände erhielt.

Trauer überkam sie, während sie auf die einfache weiße Tür starrte. Sie schaffte es nicht, sich zu bewegen. Sie stand einfach nur da und sah Vern vor sich, wie sie ihn gerade letzte Woche noch erlebt hatte, als er im Speisesaal gesessen und sich bei einem entkoffeinierten Kaffee mit zwei Süßstofftabletten und Sahne mit ihr unterhalten hatte. Sie wusste, dass er Süßigkeiten mochte, obwohl er Diabetiker war, dass er Pilze hasste und widerwillig jeden Morgen Ballaststoffpulver in seinen Kaffee gab. Sie wusste alles über seine Essgewohnheiten und darüber, worauf er bei seiner Ernährung achten musste, aber fast nichts über den Mann selbst.

Hinter der Tür befanden sich möglicherweise Antworten darauf, weshalb er seine wahre Identität verschwiegen hatte oder warum er die Tatsache, dass sein Herz schwächer wurde, für sich behalten hatte. Wenn sie in der Lage gewesen wäre, ihm die medizinische Hilfe zu besorgen, die er gebraucht hätte, dann wäre er vielleicht …

Sie atmete tief ein und aus. In der letzten Woche hatte sie sich mit diesen Was-wäre-wenns fast kaputtgemacht. Es war an der Zeit, den Schmerz hinter sich zu lassen. In dem Bewusstsein, dass es sinnlos war, dies weiter aufzuschieben, indem sie so tat, als müsste sie es nicht tun, hob sie das Kinn und öffnete die Tür. Ein breiter Streifen Sonnenlicht fiel durchs Fenster in den Flur, und sie folgte dem Licht nach drinnen.

Das Housekeeping hatte das Zimmer sauber gemacht, doch es war an ihr, sich um Verns Habseligkeiten zu kümmern. Sie lief durchs Wohnzimmer, sammelte hier und da Stapel von Papieren ein und legte sie behutsam in die Kiste. In einer der Schubladen im Wohnzimmer fand sie drei Fotos von einem Mann, einer Frau und einem Kind, das Blake bemerkenswert ähnlich sah. Waren dies Bilder aus seiner Kindheit? Vorsichtig legte sie die Fotos in die Kiste zu den Dingen, die später aussortiert werden mussten, und fuhr dann damit fortfuhr, Verns Sachen einzusammeln.

Am Schreibtisch blieb sie stehen, als sie ein gerahmtes Foto von sich und Vern entdeckte, das vor einem Monat aufgenommen worden war, als sie für ihn im »Dolce Vita« nach Feierabend eine Party gegeben hatte, um seinen dreiundachtzigsten Geburtstag zu feiern. Auf Felicitys Bitte hin waren alle Angestellten des Hotels und des Restaurants gekommen.

Der Karton glitt ihr aus den Fingern und landete mit einem dumpfen Schlag auf dem Boden. Als sie den Bilderrahmen in die Hand nahm und mit den Fingern über die kühle Glasoberfläche fuhr, schossen ihr Tränen in die Augen. Auf dem Bild lächelten sie beide, und in jenem Moment war ihr Blick frei von Sorgen. »Oh, Vern …«

»Er hat Ihnen wirklich etwas bedeutet, oder?«, erklang Blakes Stimme hinter ihr.

Sie hielt noch immer das Bild in der Hand, als sie sich umdrehte, ihn ansah und nickte. »Es tut mir leid. Ich wollte damit eigentlich auf Sie warten … aber ich habe es bereits zu lange aufgeschoben. Möchten Sie mir jetzt dabei helfen?«

»Was ist zu tun?«, fragte er mit verständnisvollem Blick. »Vielleicht finden wir beide ein paar Antworten über meinen Onkel … und Ihren Freund.«

* * *

Trotz der Tatsache, dass er sich niedergeschlagen fühlte und ihm das Herz schwer war, gingen ihm die Worte leicht und ohne Schuldzuweisung über die Lippen. Das war neu für ihn, wenn es um seinen Onkel und Felicity ging. Vielleicht hatte ihn das Joggen heute Morgen mehr entspannt als gewöhnlich, oder vielleicht fing er einfach an, zu akzeptieren, dass sie im Leben seines Onkels eine wichtigere Rolle gespielt hatte, als es bei ihm jemals der Fall gewesen war. Das Foto, das Felicity gegen ihre Brust drückte, war der Beweis dafür. In diesem Moment, mit ihr, sah sein Onkel weder manipulativ noch verärgert aus. Während Blake sich im Zimmer umschaute, war der Gedanke für ihn gleichzeitig aufbauend und deprimierend.

Felicity kam auf ihn zu und blieb neben ihm stehen. »Sollen wir zusammen das Schlafzimmer ausräumen, oder möchten Sie das lieber alleine tun?«, fragte sie und berührte ihn sanft am Arm.

Als er hinuntersah und ihre schlanken Finger auf seinem Ärmel betrachtete, wich die Kälte in seinem Innern. »Es wäre schön, wenn Sie mir dabei helfen würden.«

Schweigend arbeiteten sie Seite an Seite, gingen Verns Kleidung durch und verstauten sie in Kartons. Das meiste, was sein Onkel zurückgelassen hatte, würde für wohltätige Zwecke gespendet werden. Nur ein paar persönliche Gegenstände und die Papiere, die sie zusammengeräumt hatten, seine Armbanduhr und das Foto von ihm und Felicity hatten sie beiseitegelegt.

»Hier gibt es nicht viel, was darauf hinweist, dass Vern Familie hatte«, bemerkte Felicity.

Enttäuschung durchfuhr Blake, nicht wegen ihrer Bemerkung, sondern aufgrund der Tatsache, dass sie nichts gefunden hatten, was darauf hindeutete, warum sein Onkel ihn sein ganzes Leben lang verachtet hatte.

»Es gibt auch nichts, was auf seinen Reichtum schließen lässt, abgesehen von ein paar Finanzberichten neben dem Bett«, fügte Blake hinzu und nahm den letzten Pullover aus einer Schublade der Kommode. Er trug sie zu einem Karton, der in der Nähe stand, als plötzlich ein kleines, in Leder gebundenes Buch zu Boden fiel.

Anders als sein Herzschlag waren Blakes Finger ganz ruhig, während er das Buch aufhob. Er klappte es auf und fand darin ein Schwarz-Weiß-Foto von zwei jungen Männern.

»Erkennen Sie das Foto?«, fragte Felicity.

»Ich weiß nicht, wer der Mann rechts ist, aber der linke ist höchstwahrscheinlich mein Großvater.«

Er legte das Bild weg und besah sich die Seiten des Buches. Die erste war leer. Er blätterte zur zweiten und runzelte die Stirn.

»Was steht da?«, fragte Felicity.

»Es ist irgendeine unvollendete Nachricht, die an mich adressiert ist. Hier steht: ›Blake, ich …‹ Dann hört sie auf.« Es gelang ihm nicht, den Schmerz in seinem Innern zu verbergen, während er sprach. »Warum ist die Sache zwischen meinem Onkel und mir so ungeklärt geblieben? Wollte er mir eine Botschaft hinterlassen? Eine Warnung?« Er schob das Foto wieder ins Buch und schlug es zu.

Er fuhr sich mit den Fingern durch die Haare. Jahrelang hatte er sich gefragt, was so furchtbar an ihm war, dass die Menschen ihn von sich stießen. Seine Lehrer hatten das getan. Seine Eltern hatten es getan. Und sein Onkel ebenfalls.

»Vielleicht hat Vern angefangen, einige Dinge zu überdenken, die er über die Jahre getan hatte. Beim Abendessen fing er immer an, über das zu reden, was er im Leben bereut hat.«

»Hat er jemals von mir gesprochen?«

Sie zögerte und antwortete schließlich: »Nein.«

Blake umklammerte das Buch. »Ich weiß nicht, warum ich etwas anderes erwartet habe.«

»Es tut mir leid.«

Er runzelte die Stirn, als er die Anteilnahme in ihrem Blick sah. Ein beklemmendes Gefühl der Sorge schnürte ihm den Brustkorb zusammen. Er schüttelte die Empfindung ab und legte das Buch beiseite, zu der Armbanduhr und dem Foto. »Ich hab schon vor langer Zeit aufgehört, die Anerkennung meines Onkels zu suchen.«

Blake machte sich wieder daran, die Kommode auszuräumen. Er verschloss die letzte Kiste und stellte sie vor die Tür. Als er einen Blick auf die wenigen Habseligkeiten warf, die sein Onkel zurückgelassen hatte, überkam ihn auf einmal das Gefühl, dass auch sein Leben sehr wenig Wert hatte.

Er mochte vielleicht unglaublich reich sein, aber was konnte er schon persönlich vorweisen? Er hatte keine Familie mehr, und in seinem Leben gab es niemanden, der ihm wirklich wichtig war. Er hatte eine Menge Angestellte, doch keinen, der ihn sonderlich vermissen würde, wenn er nicht mehr da wäre. Sein eigenes Vermächtnis würde, genau wie das seines Onkels, aus den Hotels bestehen, die er der Nachwelt hinterließ.

Blake gefiel die Richtung nicht, die seine Gedanken einschlugen, und er spürte, wie er sich verspannte. »Da wir jetzt hier fertig sind, habe ich noch etwas zu erledigen.«

Felicity nahm die Armbanduhr in die Hand. »Möchten Sie die mitnehmen, oder soll ich sie irgendwo hinschicken?«

»Spenden Sie einfach alles«, sagte er ausdruckslos.

Sie blickte die Armbanduhr mit gerunzelter Stirn an. »Ich weiß nicht viel über Antiquitäten, aber ich bin sicher, diese Uhr ist wertvoll.«

Er drehte sich um und ging zur Tür. »In Wahrheit ist sie vollkommen wertlos. Tun Sie damit, was immer Sie wollen.«

Ohne zurückzublicken, eilte Blake zum Fahrstuhl, bereit, alle Überbleibsel aus dem Leben seines Onkels und sämtliche Ratschläge hinter sich zu lassen.

Auf dem Weg zurück in sein Zimmer griff er nach seinem Handy und rief Marcus an, um den Schmerz in seinem Innern zu bekämpfen, der ihn dazu brachte, sich nach Dingen zu sehnen, die er niemals haben konnte. Dinge, die ihn nur noch mehr verletzen würden. Und für dieses eine Leben war er genug verletzt worden – sowohl von seinem Onkel als auch von seinen Eltern.

Er öffnete seine Zimmertür und ging hinein, während er darauf wartete, dass Marcus den Anruf entgegennahm. Um wieder ins Gleichgewicht zu kommen, musste er sich auf seine Arbeit konzentrieren.

»Blake«, begrüßte ihn Marcus, der ihn offensichtlich an der Nummer erkannt hatte. »Kannst du niemals in Urlaub fahren und dich einfach entspannen?«

»Das hier ist kein Urlaub, das weißt du genau«, erwiderte Blake. »Du hast mir ein Update wegen des Heritage Hotel versprochen.« Er stand in Verhandlungen wegen einer kleinen Hotelanlage in der Bay Area, die um 1900 erbaut worden war. Die Lage war ideal. Das Hotel selbst zu sanieren und den Standards von Bancroft Industries anzupassen würde fast genauso teuer werden, wie es abzureißen und etwas Neues zu bauen.

»Jamison will keinen Abriss, er will, dass du der Sanierung zustimmst«, erklärte Marcus.

»Ich werde nichts zustimmen außer dem Kaufpreis.«

Blake konnte fast hören, wie Marcus die Stirn in Falten legte. »Kannst du nicht wenigstens dieses Mal ein wenig nachgeben?«

»Für siebzig Millionen Dollar sollte ich mit dem Anwesen machen können, was immer ich will.«

»Er beantragt gerade Denkmalschutz.«

Blake stöhnte frustriert. Warum mussten die Besitzer von älteren Gebäuden immer nach diesem Strohhalm greifen? Felicity war da keine Ausnahme. Denkmalschutz konnte ein Gebäude nicht vor der Zerstörung bewahren, wenn der Eigentümer es abreißen lassen wollte. »In Ordnung. Erhöhe das

Angebot auf zweiundsiebzig Millionen. Ich will dieses Objekt, Marcus.«

»Schon erledigt. Ich werde dich wissen lassen, was er dazu sagt.«

Blake legte auf und fühlte sich noch rastloser als gerade eben, als er das Zimmer seines Onkels verlassen hatte. Er hatte das verzweifelte Bedürfnis danach, wenigstens diesen einen Bereich seines Lebens zu kontrollieren. Er biss die Zähne zusammen. Vielleicht konnte er andere nicht dazu zwingen, sich seinem Willen zu beugen, doch er konnte es ihnen zumindest verdammt schwer machen, Nein zu sagen.

* * *

Später an diesem Abend redete sich Felicity ein, sie würde nicht darauf warten, dass Blake nach ihr suchte. Sie wanderte nur deshalb in die Küche zurück, nachdem alle anderen bereits längst gegangen waren, weil sie nicht schlafen konnte. Wenn sie keinen Schlaf fand, tat sie das, was sie immer tat: Sie ging ins »Dolce Vita«, um zu kochen.

Mit einem Nudelholz rollte sie den Teig für die Sfogliatelle auf ihrem Marmorbrett dünn aus. Danach würde sie den Teig wie eine Biskuitrolle aufwickeln, in Stücke schneiden und zu Taschen formen. Zum Schluss würde sie jede Tasche mit Ricottacreme füllen.

Sie legte das Nudelholz hin und nahm gerade den Teig zur Hand, als aus dem Flur vor der Küche ein Geräusch erklang. Schritte kamen näher, und die Küchentür ging auf. Sie erstarrte und hielt den Atem an. Ein Schauer der Erregung durchlief sie, als Blake auftauchte. Er trug noch immer dieselbe Jeans und dasselbe T-Shirt wie am Morgen.

»Hey«, begrüßte er sie. Er stand einfach da und trat weder ein, noch wich er zurück, doch sie spürte eine Spannung in ihm, die in ihr ihr Echo fand.

»Können Sie nicht schlafen?«

»Zu aufgewühlt vom Tag.« Er lehnte sich gegen den Türrahmen. Sein T-Shirt schmiegte sich an seine Brust, und unter dem Stoff seiner Jeans zeichneten sich unverhohlen seine muskulösen Oberschenkel und Hüften ab.

Ein anerkennendes Kribbeln erfasste Felicity, und sie richtete den Blick schnell wieder nach oben auf sein Gesicht. »Haben Sie Hunger?«

Er beobachtete sie von der Tür aus. »Tut mir leid, dass ich Sie vorhin einfach stehen gelassen hab.«

Sie sah hinunter auf den Teig in ihren Händen und knetete ihn etwas kräftiger, als eigentlich nötig war. »Sie schulden mir keine Erklärung.« Felicity schluckte, um zu verhindern, dass sich ihr die Kehle zuschnürte. »Wollen Sie eine Sfogliatella?«

Auf ihre Einladung hin trat er ein und blieb nur wenige Zentimeter von ihr entfernt stehen. Ihre Nervenenden gerieten in Aufruhr, als sein holziger Duft zu ihr drang. Obwohl er angeblich nicht schlafen konnte, schien er entspannter zu sein als heute Morgen. »Was ist das?«, fragte er.

Sie befeuchtete sich die Lippen. »Ein italienisches Gebäck – Blätterteig mit einer süßen Füllung.« Sie griff an ihm vorbei nach einer der Blätterteigtaschen, die schon fertig waren und auf der Ablage auskühlten. Sie hielt ihm das süße Teilchen vor den Mund und bot es ihm zum Probieren an, ehe ihr überhaupt bewusst wurde, was sie da tat. Blake war keine von ihren Küchenhilfen, die sich bei dieser Geste nichts dachten.

Seine Lippen öffneten sich. Ihr Brustkorb schnürte sich zusammen. Sie holte tief Luft und ließ die Spitze des Gebäcks in seinen Mund gleiten.

Blake biss ein Stück ab. Er schloss die Augen, kaute und stöhnte leise. »Das ist unglaublich. Das ist womöglich das beste Gebäck, das ich je gegessen habe.« In den Jahren, in denen sie bis spät in die Nacht in verschiedenen Restaurants gearbeitet hatte, während sie tagsüber zur Schule ging, hatte sie jede Menge Zeit gehabt, ihre Fertigkeiten zu perfektionieren.

Er öffnete die Augen und nahm ihr die Sfogliatella aus der Hand. Anstatt ihr einen Bissen anzubieten, nahm er einen Klecks der noch immer warmen Ricottafüllung mit Orangengeschmack mit dem Finger heraus und hielt ihn ihr hin. »Jetzt sind Sie an der Reihe. Genießen Sie Ihre eigene Backkunst.«

Felicity zögerte einen Moment, bevor sie die Lippen öffnete und seinen Finger damit umschloss. Sein Geruch und der Geschmack der süßen Creme überwältigten ihre Sinne. Sie starrte ihn an, unfähig, den Blick von diesen tiefblauen Augen abzuwenden. Sie konnte spüren, wie ihr Herz heftiger schlug und ihre Haut ganz warm wurde, während ihr das Blut schneller durch die Adern schoss.

Er steckte sich den Rest des Gebäckstücks in den Mund und kaute, vermutlich ohne sich darüber im Klaren zu sein, dass er ihr damit Zeit gab, ihre aufgewühlten Gefühle unter Kontrolle zu bekommen.

»Wo haben Sie gelernt, so zu kochen?«, fragte er.

»Ich habe sechs Jahre in Kochschulen hier in der Umgebung und in Kalifornien verbracht. Meinen Abschluss habe ich am Culinary Institute of America in Greystone gemacht. Danach habe ich ein staatliches Stipendium erhalten, das es mir ermöglicht hat, ein Jahr lang in Italien zu studieren und zu arbeiten. Ich war in verschiedenen Restaurants, meine wahre Berufung habe ich allerdings in Neapel gefunden. Das Essen, die Menschen, die Umgebung – all das hat mich angesprochen.«

»Warum sind Sie nach Hause zurückgekehrt, wenn Sie dort so glücklich waren?«, fragte er ehrlich interessiert.

Sie zuckte mit den Schultern. »Ich hatte Verpflichtungen.« Da sie ihre Antwort nicht genauer ausführen wollte und nicht sicher war, ob sie in seinen Augen Mitgefühl oder Misstrauen erkennen würde, wandte sie den Blick ab. »Die besten Rezepte hab ich mit nach Hause genommen. Ich hab versucht, vieles von dem, was ich in Italien gelernt habe, im ›Dolce Vita‹ nachzumachen.«

»Kein Wunder, dass Onkel Vernon jeden Abend hier gegessen hat.«

Felicity verkrampfte sich, während sie sich für eine Runde Beleidigungen über ihr Verhältnis zu seinem Onkel wappnete.

Doch stattdessen legte Blake ihr einen Finger unters Kinn und hob es an, bis sich ihre Blicke trafen. »Das war ein Kompliment.«

Irgendetwas passierte zwischen ihnen, und plötzlich war sein Lächeln charmant und seine Berührung elektrisierend.

Felicity atmete stockend ein. »Was tun wir hier, Blake? Ich hab keine Ahnung, was ich von Ihnen erwarten soll. Im einen Moment kommen wir bestens miteinander aus, und im nächsten sind wir Gegner.«

Während er mit dem Daumen zu ihrem Hals fuhr, zeigte sich ein belustigter Ausdruck auf seinem Gesicht. »Du bist eine echte Überraschung. Alles wäre so viel leichter, wenn du wie all meine anderen Konkurrenten wärst.«

»Ich bin nicht wie deine anderen Konkurrenten?«

Ihre Blicke trafen sich. »Nein, das bist du nicht.«

Sie spürte, wie ihr die Knie weich wurden und ihr Hitze in die Wangen stieg. Sie sollte einen Schritt zurück machen, sich seiner Berührung entziehen, doch es gelang ihr nicht.

Er nahm ihr Gesicht zwischen die Hände, beugte sich vor und berührte ihre Lippen in einem langsamen, sanften Kuss, der ganz anders war, als Felicity erwartet hatte. Sie hatte sich auf einen stürmischen Angriff gefasst gemacht, auf etwas, das mehr Blakes Geschäftspraktiken entsprach. Seine Zärtlichkeit dagegen überraschte und ließ ihre Zurückhaltung dahinschmelzen. Er mochte vielleicht ihr Feind sein, aber das hier war es, was sie wollte, was sie verdiente: ein gestohlener Moment in seinen Armen.

Felicity erwiderte den Kuss, verlangte mehr.

Und er gab ihr, was sie wollte. Seine Hand wanderte über ihren Rücken, hinunter bis zu ihrem Po. Er legte ihr einen Arm um die Taille und zog sie noch fester an sich. Seine Zunge fuhr ihre Lippen entlang, wie um sie zu überreden, sie zu öffnen, doch als sie dies tat, drang er nicht direkt in ihren Mund ein. Stattdessen war seine Annäherung vorsichtig und sanft, was ihr Verlangen stärker entfachte, als es ein intimerer Kuss jemals hätte tun können.

Die Zeit blieb stehen, bis er sich mit einem Stöhnen von ihr löste. Aber er hielt sie weiter in den Armen, als würde ihm das Gefühl, ihren Körper an seinem zu spüren, gefallen.

Das war vollkommen wahnsinnig. Und dennoch konnte Felicity sich nicht abwenden. Irgendeine merkwürdige Kraft hielt sie dort fest. »Das hätte nicht passieren sollen.«

»Hätte es nicht, ist es aber.« Seine Stimme war rau, was eine weitere Überraschung war.

Sie sah zu ihm auf. »Was willst du von mir, Blake? Ich bin verwirrt. Willst du das Hotel oder etwas anderes?« Sie konnte die Worte nicht aussprechen … konnte ihn nicht fragen, ob er sie wollte. Sein Kuss hatte gesagt, dass es so war. Aber warum?

»Ich will das Hotel, da kannst du dir sicher sein.« Er küsste sie auf die Stirn, eine Geste, die trotz seiner Worte charmant und irgendwie süß war. »Aber wenn wir ehrlich sind, wollen wir doch beide so viel mehr.«

Sie erstarrte. »Was?«

»Wir streiten uns vielleicht um das Hotel, auf anderen Gebieten sind wir jedoch eindeutig kompatibel.«

Sie sah ihn fragend an. »Was meinst du damit?«

»Dass wir beide sehr gut harmonieren würden.«

Eine verräterische Wärme breitete sich langsam in ihr aus. Mit aller Kraft kämpfte sie gegen das Gefühl der Schwäche an.

Sie hatte sich schon einmal mit James auf so etwas eingelassen. Diese Art von Schwäche würde sie sich nicht noch einmal erlauben.

»Du willst eine körperliche Beziehung mit mir?«

»Ja, Felicity. Sex.«

Einen Teil von ihr drängte es danach, Ja zu sagen, aber der Teil, der antwortete, war ein anderer. »Das wäre unklug und gefährlich.«

»Gefährlich oder nicht, ich will dich. Wir sind beide erwachsen. Wir können das Geschäftliche vom Angenehmen trennen.«

Er vielleicht. Felicity zwang sich, einen Schritt zurückzutreten und sich aus seiner Umarmung zu lösen. »Nicht, bevor das mit dem Bancroft geklärt ist.«

Er streckte die Hand nach ihr aus, doch sie wich noch einen weiteren Schritt zurück.

»Wir könnten das sofort klären, wenn du einfach nur mein Angebot akzeptieren würdest.«

Sie schüttelte den Kopf, einerseits um den Kopf frei zu kriegen, andererseits wegen ihrer eigenen Dummheit. »Versuchst du, mir das Hotel wegzunehmen, indem du mich verführst? Geht es darum?«

»Nein.« Er blickte ihr in die Augen. Einen Herzschlag lang blitzte etwas in seinem Blick auf, ehe Verlangen dessen Platz einnahm. »Aus irgendeinem Grund kriege ich dich nicht aus meinem Kopf. Und ich glaube, du fühlst das Gleiche.«

Felicity schüttelte den Kopf und versuchte dabei, überzeugend auszusehen. Sie hatte Erfahrung, was Beziehungen anging, war sich allerdings nicht sicher, ob diese Erfahrung für das reichte, was Blake von ihr erwarten würde.

»Komm schon, Felicity. Warum können wir nicht dem nachgeben, was wir beide wollen?«

Trotz all ihrer Zweifel und vernünftigen Gedanken durchzuckte sie allein bei der bloßen Vorstellung der Möglichkeit davon so was wie ein elektrischer Schlag. Unwillkürlich machte sie einen Schritt auf ihn zu, ehe sie sich bremste. Nein, sie konnte nicht nachgeben.

»Denk darüber nach. Keine Verpflichtungen. Keine Versprechen. Nur Leidenschaft.«

Sie holte tief Luft und atmete langsam wieder aus. »Mein erster Eindruck war richtig.«

Er runzelte die Stirn. »Welcher?«

»Du bist gefährlich.«

»Das kann auch etwas Gutes sein«, erklärte er mit einem Funkeln in den Augen.

Er schien sicher zu sein, dass er ihre geschäftliche Beziehung vom Angenehmen trennen konnte. Sie war sich jedoch absolut nicht sicher, ob sie das ebenfalls vermochte. Wenn sie sich auf eine Sache einließ, dann vorbehaltlos und vollkommen. »Nein.« Sie entfernte sich noch weiter von ihm, in der Hoffnung, der Abstand würde ihr dabei helfen, klarer zu denken. »Wir müssen wieder zurück zu unserer ursprünglichen Abmachung.«

Er hob kaum merklich eine Augenbraue. »Die da wäre?«

»Du verbringst mit mir einen Tag in meiner Welt, und danach verbringe ich einen Tag in deiner. Das Einzige, was zwischen uns passiert, betrifft das Hotel.«

Er erwiderte ihren unnachgiebigen Blick. »Bittest du mich etwa um einen weiteren Tag, wegen der ganzen Unterbrechungen heute?«

»Das scheint mir nur fair zu sein.«

Er zögerte, wobei er sie eindringlich anschaute, als wollte er sich ihre Gesichtszüge einprägen. »Ich glaube, wir müssen unsere ursprüngliche Abmachung abändern.«

»Inwiefern?«

Seine Lippen verzogen sich zu einem kleinen Lächeln. »Wenn wir morgen wieder den Tag zusammen verbringen, hast du zwei Tage Zeit gehabt, um mich davon zu überzeugen, dass das Hotel dir gehören sollte. Ich will die gleiche Zeit.«

»Eineinhalb Tage«, hielt Felicity dagegen.

Er beugte sich vor, sein Gesicht direkt neben ihrem. Seine Nähe ließ ihr Herz nur noch schneller schlagen. »Ich will zwei ganze Tage, Reisezeiten nicht mit eingeschlossen«, flüsterte er ihr ins Ohr.

Ihre Brüste prickelten. Der Flug nach San Francisco war kein Problem und würde ihnen immer noch genug Zeit lassen, sich seine Welt anzuschauen.

Er hob eine Hand und umfing ihr Kinn. Suchend schaute er ihr in die Augen. »Zwei ganze Tage. Das ist meine Bedingung.«

Ehe sie sich vom Fleck rühren konnte, bedeckten seine Lippen ihren Mund.

Felicity stöhnte leise. Dieser Kuss war anders als der vorherige. Er war fordernd, einladend, unverhohlen sinnlich.

Und er weckte ein brennendes Verlangen in ihr.

»Du bist so unglaublich verführerisch«, flüsterte er, als er sich von ihren Lippen löste. »Haben wir eine Abmachung?«

Ihr Körper stand in Flammen, und sie nickte, auch wenn sie nicht genau wusste, ob sie damit den zwei Tagen, dem Sex oder beidem zugestimmt hatte.

»Also geht es morgen früh wieder zum Hafen?«, erkundigte er sich.

Sie schüttelte den Kopf. »Mein stellvertretender Küchenchef kann sich um den Fisch und den Markt kümmern. Außerdem ist es anhand der Art und Weise, wie du durch den Pike Place Market gelaufen bist, klar geworden, dass du schon häufig dort warst. Ich würde dir nichts Neues zeigen.«

»Ich hab den Markt noch nie durch deine Augen gesehen«, erwiderte er mit einem Grinsen, ebendem Grinsen, bei dem ihr Herz anfing, schneller zu schlagen, und ihr wieder die Knie weich wurden. Sie griff seitlich nach der Ablagefläche, um sich festzuhalten.

Sie konnte nicht abstreiten, dass dieser Mann rein körperlich etwas in ihr auslöste. Die Chemie zwischen ihnen war nicht zu leugnen. Aber das hieß noch lange nicht, dass sie entsprechend handeln musste. Sie hatte sich auch zuvor schon zu Männern hingezogen gefühlt. Allerdings nicht in letzter Zeit. Sie war in den vergangenen drei Jahren viel zu beschäftigt gewesen, um auf diese Art auch nur über Männer nachzudenken. »Ich habe etwas anderes geplant. Triff mich morgen Vormittag um zehn Uhr hier in der Küche.«

Nach längerem Zögern nickte er schließlich. »In Ordnung«, willigte er ein, »solange du versprichst, dich kooperativ zu zeigen, wenn ich an der Reihe bin.«

Sie bemerkte zu spät, dass er sie in die Ecke gedrängt hatte. Wer wusste schon, wie weit diese Kooperation gehen sollte? Dennoch senkte sie den Kopf. »Ich verspreche es.«

Er streckte eine Hand aus, schnappte sich noch eine Sfogliatella von der Ablagefläche neben ihm und warf ihr ein selbstzufriedenes Lächeln zu, während er zur Tür ging. »Dann bis morgen.« Die seidige Sinnlichkeit seines Tonfalls durchflutete sie mit Wärme.

Felicity sah ihm nach, während sich die Schwingtür hinter ihm schloss. Wem wollte sie etwas vormachen? Wie wollte sie Abstand zu ihm halten, wenn sie in seiner Gegenwart schon beim kleinsten Anflug eines Lächelns in Flammen aufging?

Frustriert stöhnte sie auf, legte den Kopf in den Nacken und starrte an die Decke.

Sie war in gewaltigen Schwierigkeiten, mehr, als sie es in ihren schlimmsten Albträumen jemals für möglich gehalten hätte.

Blake war ihr Rivale, wenn es um das Bancroft ging, und dennoch konnte sie nur an das Angebot denken, das er ihr gemacht hatte. Er wollte sie. Es war nur Sex, schlicht und einfach. Ohne Bedingungen. Ohne Verpflichtungen.

Eine körperliche Beziehung zwischen beruflichen Kontrahenten? War so was überhaupt möglich?

»Oh, Vern«, seufzte Felicity. »Hast du gewusst, was du tust, als du mir dieses Geschenk gemacht hast?« Dem gerissenen alten Mann wäre das durchaus zuzutrauen gewesen.

Kapitel 6

Die Wartezimmer von Krankenhäusern hatten noch nie zu den Orten gehört, an denen Felicity sich gerne aufhielt. Sie verschränkte ihre eiskalten Hände, als würden sie so vielleicht Wärme erzeugen. Sie lehnte sich auf dem harten Stuhl zurück, während die Hoffnung ihr den Brustkorb so sehr zuschnürte, bis sie kaum noch atmen konnte. Die experimentelle Behandlung musste anschlagen. Sie musste ihr ihren Vater zurückbringen. Schon seit langer Zeit hatte sie so viele ihrer Hoffnungen und Träume darauf gesetzt.

Nach einer Weile, die sich wie Stunden anfühlte, kam ein Mann in blauer OP-Bekleidung in den Wartebereich. Der Mundschutz hing ihm lose um den Hals, und eine Haube aus Stoff, auf der alle Marvel-Actionhelden abgebildet waren, bedeckte den größten Teil seiner braunen Haare.

Mit einem Lächeln kam er auf sie zu. »Felicity Wright?«

Da sie ihrer Stimme nicht traute, nickte sie nur, während sie im Stillen verzweifelt um ein erfolgreiches Ergebnis betete. Das Blut rauschte ihr in den Ohren und dämpfte den Klang der Worte. Sie nahm einen tiefen, zittrigen Atemzug und ballte die Hände zu Fäusten.

»Seine Gehirnaktivität hat sich gesteigert. Die ersten Anzeichen sehen vielversprechend aus, trotz des langjährigen Schadens.«

Euphorie erfasste sie, durchzog alle Fragen, die ihr durch den Kopf schossen. Sie fühlte sich, als hätte sie Flügel. »Er wird wieder gesund?«, erkundigte sie sich, während ihr Freudentränen in die Augen stiegen.

»Es wird Zeit brauchen und umfangreiche Therapie, doch es sieht aus, als hätte die Behandlung gewirkt«, erwiderte der Arzt vorsichtig. »Wir müssen ihn für drei Tage hierbehalten, um seine Entwicklung zu beobachten.«

Felicity nahm den ersten freien Atemzug, seit sie ihren Vater heute Morgen hergebracht hatte. Dank Vern und seinem Geschenk verfügten sie endlich über das Geld, um nicht nur die Behandlung, sondern auch den Krankenhausaufenthalt zu bezahlen. Selbst wenn sie sonst nichts davon haben würde, die Besitzerin des Hotels zu sein – und sei es auch nur vorübergehend –, das hier genügte ihr. Vern hatte ihnen beiden, ihr und ihrem Vater, diese Chance auf Heilung ermöglicht.

Felicity lächelte den Arzt an. »Kann ich ihn sehen?«

»Selbstverständlich«, antwortete er. »Folgen Sie mir bitte.«

* * *

Als sie neben seinem Bett stand, beugte sich Felicity über ihren Vater und küsste ihn auf die Wange. »Hi, Dad.«

Er starrte an die Decke über sich – die silbrigen Tiefen seiner Augen gaben keinerlei Hinweis darauf, dass er sie erkannte.

»Du hast heute schon einen anstrengenden Tag hinter dir«, sagte sie und streckte die Hand aus, um ihm übers Haar zu streichen. Gegen alle Vernunft hoffte sie weiter darauf, dass er sie hören würde, mit den Augen blinzeln, einen Finger bewegen oder sonst irgendetwas. Aber da war nichts, außer dem monotonen Piepsen des Herzmonitors und ihrem leisen, angespannten Atmen.

Felicity setzte sich auf den Stuhl neben dem Bett und nahm seine Hand. Die belanglosen kleinen Geschichten, die sie ihm sonst immer erzählte, blieben ihr im Hals stecken. Sie war sehr froh, dass er wieder aß, sodass die Behandlung fortgesetzt werden konnte. Es gab keine unmittelbaren Ergebnisse, obwohl sie sich solche Hoffnungen gemacht hatte, dass sie den Mann zurückbringen würde, der ihr Vater einst gewesen war.

Sie schloss die Augen und sah ihren Vater vor sich, beim Vater-Tochter-Tanz in der zehnten Klasse. Er hatte so gut ausgesehen in seiner Uniform der Handelsmarine, mit den glänzenden Messingknöpfen und der weißen Mütze.

An jenem Tag war er mit einer Überraschung für sie nach Hause gekommen – einem langen, cremefarbenen Kleid, das er extra für sie gekauft hatte. An diesem Abend hatte sie sich wie eine Märchenprinzessin gefühlt, während sie in der Schulsporthalle unter Papiersternen mit ihm getanzt hatte. »Du wirst für immer meine Prinzessin sein«, hatte er gesagt, und ihr war das Herz vor Freude übergelaufen.

Eine Woche später war ihre Mutter gestorben. Nachdem sich ihr Vater von seinen körperlichen Verletzungen erholt hatte, konnte er zwar herumlaufen, doch für gewöhnlich saß er tagein, tagaus in dem Sessel am Fenster, von wo aus er der Welt stumm dabei zusah, wie sie sich weiterdrehte. Sein Gehirn war geschädigt, hatten die Ärzte gesagt. Er könnte sich vielleicht eines Tages davon erholen, aber nur mit einer teuren Behandlung, auf die sie die letzten zehn Jahre während ihrer Arbeit in verschiedenen Restaurants gespart hatte.

Dank Vern war es nun endlich möglich. Und dann würden sie mit etwas Glück die Resultate bekommen, die sie sich wünschten.

Felicity lächelte und öffnete die Augen. »Mach dir keine Sorgen, Dad. Du ruhst dich einfach aus und lässt dein Gehirn den Rest erledigen. Ich weiß, du wirst zu mir zurückkommen, wenn du dazu bereit bist.«

* * *

Zwei Stunden später war Felicity wieder im Hotel und zurück in ihrer normalen Routine. Die Last, die sie zu tragen hatte, fühlte sich plötzlich leichter an, als könnte heute nichts ihre Freude trüben. Nicht einmal Blakes Abwesenheit konnte ihrer guten Laune Abbruch tun. Heute war ein großartiger Tag.

»Hier ist der Rest«, verkündete der Fahrer der städtischen Tafel, als er Felicity die übergroßen Kisten von der Ladefläche des Wagens herunterreichte.

»Sieht aus, als wäre diese Woche viel Stangensellerie gespendet worden«, antwortete Felicity, während sie einen Blick auf das verwelkte Gemüse in der Kiste warf. Welches Gericht konnte sie ihren Schülern beibringen, das mit Sellerie gemacht wurde?

»Vielen Dank für Ihre Hilfe.« Der Fahrer nickte ihr zu, ehe er von der Ladefläche sprang und zur Fahrerkabine ging.

Felicity übergab die Kiste TJ, einem der Obdachlosen, die sich in ihrer Hungry-Hearts-Kochklasse eingeschrieben hatten. Er trug die Nahrungsmittel durch die Hintertür in die Küche. Sie folgte ihm und sah noch einmal auf ihre Armbanduhr. Es war schon nach zehn, und Blake hatte sich noch nicht blicken lassen.

Hatte ihre Ablehnung seines Angebots letzte Nacht seinen Verhandlungen um das Hotel ein Ende gesetzt? Sie hatte ziemlich deutlich gemacht, dass es ihr bei dem Abkommen zwischen ihnen beiden nur um das Hotel und das Restaurant ging. Blake war Milliardär. Sie stammten aus zwei völlig verschiedenen Welten. Sex oder irgendeine Art von persönlicher Beziehung mit diesem Mann kam gar nicht infrage.

In der Küche versammelte Felicity ihre Schüler um den Arbeitstisch, auf dem die Kisten mit den Lebensmitteln standen. Sie arbeitete seit einem Jahr mit der Tafel von Seattle zusammen, brachte den Leuten bei, wie man gesunde, proteinreiche und leckere Mahlzeiten aus dem zubereitete, was am jeweiligen Tag gespendet wurde.

Sie besah sich den Inhalt, und schließlich kam ihr eine Idee. »Heute zeige ich euch, wie man geschmorten Sellerie mit Zwiebeln, Pancetta, weißen Bohnen und Tomaten macht. Sucht euch einen Partner, und geht zu euren Arbeitsplätzen.«

»TJ und Monica, würdet ihr an alle Teams jeweils zwei Selleriestauden verteilen?« Felicity hatte einige Kochplatten in der Küche aufgestellt, wie sie es jede Woche tat. Ansässige Geschäfte hatten nicht nur die Platten, sondern auch die Pfannen und Küchenutensilien gestiftet, die ihre Gruppe benutzte. Die Stadtverwaltung stand hinter ihr und ihrem ungewöhnlichen Programm.

»Wascht den Sellerie gründlich, und schneidet dann die Blätter oben ab. Die könnt ihr später verwenden, um einem Fond Geschmack zu geben. Entfernt die Stängel von der Staude, und benutzt das Schälmesser, um die Fäden abzuziehen. Wenn ihr damit fertig seid, teilt ihr den Sellerie in ungefähr fünf Zentimeter lange Stücke.«

Alle machten sich sogleich an die Arbeit. Sie wussten, was von ihnen verlangt wurde. Die Gruppe besuchte den Lehrgang bereits seit sieben Monaten, und sie wuchs ständig weiter. Sie hatte mit sechs Schülern angefangen, doch inzwischen hatte sie hier jeden Donnerstagmorgen dreißig bis fünfunddreißig Schüler. Wenn es noch mehr wurden, würde sie ihr Programm auf einen weiteren Tag ausdehnen müssen. Felicity ging durch den Raum, beantwortete Fragen und zeigte, wie man den Schäler benutzte, um die Fäden zu entfernen.

Bei dem Kurs ging es in erster Linie darum, den Teilnehmern beizubringen, wie sie sich selbst und andere versorgen konnten. Ein weiteres Ziel war es, ihnen fachlich fundierte Kenntnisse in der Küchenarbeit zu vermitteln, die sie dann später einsetzen konnten, um Hilfsjobs in der Gastronomie zu finden. Schon bald hatte sie einige der Teilnehmer den Restaurants der Gegend weiterempfehlen können, und sie hatte Mary Beth, Michael und Casper gleich selbst eingestellt. Sie hatten sich alle als vorbildliche Schüler und nun auch als zuverlässige Angestellte erwiesen.

»Kann ich mitmachen?«

Felicity blickte auf und sah Blake, der nicht weit von ihr entfernt stand.

Er war mit einem leichten, blauen Sweatshirt bekleidet, das die Farbe seiner Augen betonte. »Ich würde gerne helfen, wenn ich kann.«

»Du weißt, wie man kocht?«, fragte Felicity und bemerkte, wie sich das Sweatshirt an seine Brust und seinen flachen Bauch schmiegte. Sie schluckte, wobei sie sich ins Gedächtnis rief, dass Blake heute nicht auf der Speisekarte stand – oder sonst irgendwann.

»Nur Toast, aber ich kann sehr gut Anweisungen befolgen.« Seine Stimme war leiser geworden, sein Tonfall herausfordernd … und erotisch. Ein Tonfall, der Verlangen so jäh in ihr weckte wie ein elektrischer Stromschlag, obwohl sie sich geschworen hatte, ihm zu widerstehen.

Sie deutete nach links. »Toby braucht einen Partner«, erklärte sie, dankbar, dass ihre Stimme sie nicht verriet.

Blake ging auf den jungen dunkelhäutigen Mann zu, der allein arbeitete. Er reichte Toby die Hand und begrüßte ihn wie einen Geschäftspartner. Der erst seit Kurzem obdachlose Mann ergriff seine Hand nur zögerlich. »Freut mich, Sie kennenzulernen«, sagte er.

Es kostete Felicity einige Anstrengung, ihre Aufmerksamkeit wieder dem Rest der Klasse zuzuwenden. »Als Nächstes braucht jeder von euch eine Zwiebel und vier Tomaten aus den Kisten. Schneidet die Zwiebel so fein, wie ihr könnt. Erinnert euch daran, wie man das Messer richtig hält. Die Finger nicht oben auf die Klinge legen.«

Als Felicity ein Messer von der Ablagefläche neben sich nahm, um zu demonstrieren, wie man den Griff halten musste, wanderte ihr Blick wieder hinüber zu Blake. Warum war sie sich seiner Gegenwart nur so intensiv bewusst? Sie musste ihn nicht einmal anschauen, um ihn vor ihrem geistigen Auge zu sehen. Er beugte sich über die Zwiebel und zeigte Toby, wie man mit der Klinge umging. Als er seinen Arm hob und senkte, konnte sie erkennen, wie sich die Muskeln seines Waschbrettbauches unter seinem dünnen Sweatshirt abzeichneten.

»Er ist wirklich nicht übel«, sagte Mary Beth von hinten über ihre Schulter.

Felicity drehte sich um. »Was?«

»Ich sehe doch, wie du ihn anschaust«, erklärte sie mit einem schelmischen Lächeln. »Ich beneide dich.«

»Es gibt keinen Grund, mich zu beneiden«, erwiderte Felicity, und obwohl sie versuchte, irgendwo anders hinzusehen, wanderte ihr Blick immer wieder zu Blake. Eigentlich müsste sie nur Sellerie und Zwiebeln riechen können, doch der einzige Duft, den sie wahrnahm, war Blakes würzig-herbes Aftershave. Felicity unterdrückte ein Stöhnen.

»Du bist verrückt, wenn du nicht zu schätzen weißt, was er zu bieten hat.«

Felicity erwiderte nichts, während sie Blake dabei zusah, wie er die Zwiebel in den Topf gab. Er reichte Toby einen Holzlöffel und ermutigte den jungen Mann, sich am Kochen zu beteiligen. Selbst als Toby umrührte, ruhte Blakes Blick auf ihr. Sie sah ihm in die Augen, in dieses unverwandte, unerschütterliche Blau, und spürte, wie ihre Welt allmählich ins Wanken geriet.

Mary Beth unterbrach den Blickkontakt zwischen Felicity und Blake. »In dieser Küche wird es von Minute zu Minute heißer. Dieser Mann könnte sich nicht weniger um die Zwiebeln in seiner Pfanne scheren.«

Felicity wandte ihre Aufmerksamkeit von Blake ab und legte das Messer zurück auf seinen Platz. »Ich will nicht über ihn reden.«

Mary Beth zog vielsagend die Brauen hoch. »Du würdest lieber Dinge tun, bei denen man nicht reden muss?«

Felicity verdrehte die Augen. »Können wir uns bitte wieder dem Kochen widmen?«

»Sicher«, willigte Mary Beth ein und blickte zurück zu Blake, »das wird ihn aber nicht davon abhalten, dich anzusehen.«

Sie würde nicht noch einmal zu ihm hinüberschauen. Es war unnötig, sich selbst zu quälen. Sie würde ihn ignorieren und sich weiter um ihre Schüler kümmern. Er war hier, um sie kennenzulernen und hoffentlich auch Mitgefühl für sie zu empfinden. Wenn ihm das, was sie mit dem Hotel und dem Restaurant tat, etwas bedeutete, würde er vielleicht nicht mehr versuchen, es ihr wegzunehmen.

»Während ihr die Zwiebeln fertig schneidet, verteile ich den Pancetta und die weißen Bohnen«, erklärte Felicity, zufrieden darüber, dass sie trotz der verräterischen Wärme, die sich in ihrem Körper ausbreitete, einigermaßen normal klang. »Wenn ihr gerade keinen Pancetta habt, könnt ihr ihn jederzeit durch Speck, Würstchen, sogar durch Hühnchen oder Tofu ersetzen. Benutzt einfach irgendeine Form von Eiweiß. Eiweiß sättigt nachhaltiger als nur Gemüse oder Kohlehydrate.«

Sie schaffte es zu drei Gruppen, um ihnen die benötigten Lebensmittel zu bringen, bevor sie langsam und hilflos hinüber zu Blake sah, der auf der anderen Seite des Raumes war.

Er starrte sie an.

Sie vergaß zu atmen.

Selbst quer durch den Raum fühlte sich sein Blick an wie eine Flamme, die ihr über die Haut züngelte. Sie reckte das Kinn und zwang sich, sich auf das zu konzentrieren, was sie gerade tat. Sie kämpfte dagegen an, die Augen zu schließen und sich einfach den Gefühlen hinzugeben, die er in ihr weckte.

»Was machen wir mit den Tomaten?«, fragte Rick, ein kahl rasierter Mann in den Dreißigern. Wo eigentlich seine Haare sein sollten, hatte er eine zusammengerollte Schlange tätowiert, was ihm das Aussehen eines harten Kerls von der Straße verlieh, auch wenn dieser Eindruck völlig falsch war.

Ricks Frage gab ihr die Möglichkeit, sich auf etwas anderes als auf Blake zu konzentrieren. Sie holte tief Luft. »Wenn die Zwiebeln goldbraun angeschwitzt sind, gebt ihr den Pancetta und die Bohnen hinzu. Während ihr wartet, bis sie braun werden, schneidet ihr die Tomaten in Würfel. Die fügt ihr zuletzt hinzu und kocht sie, bis sie warm sind.«

Es funktionierte nicht. Ihr Herzschlag wurde schneller, als er mit seinem Blick ihr Gesicht liebkoste, ihren Hals und ihn schließlich abwärtsgleiten ließ. Sie konnte spüren, wie ihre Brustspitzen hart wurden und sich Hitze in ihrem Unterleib ausbreitete.

»Felicity«, sagte Mary Beth hinter ihr, legte ihr eine Hand auf die Schulter und schubste sie vor. »Erlöse den Mann von seiner Qual, und gestatte dir zur Abwechslung mal, etwas Spaß zu haben.«

Die Worte reichten aus, um den wie auch immer gearteten Bann zu brechen, in dem Blake sie gehalten hatte, seit er den Raum betreten hatte. Felicity hob das Kinn. Sie konnte ihm widerstehen. Sie konnte alles schaffen, was sie sich vornahm.

Während sie sich an diesen Gedanken klammerte, fuhr sie mit dem Unterricht fort und meisterte ihre Aufgabe, indem sie ihn einfach nicht anschaute. Sie sah überallhin, außer zu ihm. Als sie mit dem Kochen fertig waren und das Essen auf die Teller gefüllt hatten, gingen alle in den Speisesaal, um gemeinsam ihre Mahlzeit zu genießen.

Bevor sie zwischen ihren Schülern die Runde machen konnte, legte Blake ihr seine Hand auf den Arm und hielt sie zurück. »Ein interessanter Einsatz deiner Zeit und der Ressourcen des Hotels.«

»Meine Zeit gehört mir.« Sie atmete kurz ein und erwiderte seinen Blick. Ihre Nerven spannten sich in verräterischer Erwartung – einer Erwartung, die niemals erfüllt werden würde. »Und das Hotel gehört ebenfalls mir, wenn ich es mir genau überlege. Alles außer dem Pancetta war gespendet.«

Er hob eine Augenbraue. »Ich wollte dich nicht angreifen. Zufällig halte ich das Programm für eine brillante Idee. Deine?«

Erleichtert darüber, dass sie nicht über die Verwendung der Hotelressourcen streiten würden, nickte sie. Sie presste die Lippen zusammen. Ihrer Hotelressourcen.

»Du bist eine faszinierende Frau, Felicity Wright«, sagte er leise. »Viel faszinierender, als ich erwartet hatte.«

Bei der sanften Berührung seiner Hand auf ihrem Arm begann ihr Herz schneller zu schlagen. Sie schluckte. »Danke, glaube ich.«

Er musste wissen, welchen Effekt er auf sie hatte, denn er fuhr ihr mit den Fingern über den Ärmel hoch zu ihrer Schulter, bis er den Halsansatz erreichte. Er begann, sie langsam zu streicheln. »Was hast du heute noch für mich geplant?«

Trotz des dicken Stoffes ihrer Kochjacke erwärmte sich ihre Haut unter seiner Berührung, und das Blut floss schneller durch ihre Adern. »Wir werden mit einer Tour durch das Hotel anfangen. Ich möchte dich unserem Housekeeping vorstellen, den

Servicemitarbeitern und unserem Sicherheitsteam. Wenn wir damit fertig sind, wirst du mich begleiten, während ich mich auf den Andrang beim Abendessen vorbereite. Danach werden wir uns bei Cocktails im Dachgarten entspannen.«

Er schenkte ihr ein verschmitztes Grinsen. »Ich gehöre ganz dir.«

Sie fühlte seine Worte mehr, als dass sie sie hörte; als würden sie ihren Körper liebevoll streicheln und sie von innen heraus wärmen. Sie wusste, dass er auf eine Antwort von ihr wartete, zweifellos auf etwas, das ebenso spielerisch und sexy war. Doch sie fand keine Worte. Ihr Gehirn war kaum in der Lage, einfachste Funktionen auszuführen, geschweige denn genügend Scharfsinn aufzubringen, um einen Satz zu bilden – vor allem nicht, während seine Nähe ihr die Sinne verwirrte, und ganz sicher nicht, wenn er sie berührte.

Felicity zwang sich, sich aufzurichten und sich seiner Berührung zu entziehen. Mit großer Anstrengung holte sie tief Luft, wobei sie so etwas wie eine gewisse geistige und körperliche Distanz wiedererlangte. »Lass uns gleich mit der Tour durchs Hotel beginnen.«

Sie ließ Blake stehen und ging zu Mary Beth. Da sie schon über Erfahrung verfügte, half ihr die junge Frau häufig dabei, den Unterricht zu Ende zu bringen, wenn Felicitys andere Verpflichtungen im Restaurant ihre Zeit beanspruchten. »Kannst du übernehmen?«

Mary Beths Augen funkelten, während sie abwechselnd Blake und Felicity anblickte. Sie bemerkte die Röte in Felicitys Wangen und lächelte. »Selbstverständlich.«

Felicity drehte sich zu Blake um.

Seine blauen Augen erwiderten ihren Blick. Ein Moment verging, dann streckte er die Hand aus. »Sollen wir?« Seine Stimme war leiser geworden, sein Tonfall herausfordernd und sinnlich.

Sie nahm seine Hand und spürte ein Knistern entlang ihrer Nerven. »Es wird Zeit für unsere Tour.«

Er lächelte gespannt. »Ich werde dir überallhin folgen, wohin du gehen möchtest.«

Und Felicity wusste, dass sie unabsichtlich mehr als nur seine Hand akzeptiert hatte. Als ihre Finger sich berührten, durchfuhr sie ein elektrischer Schlag. Sie schluckte schwer, während sie mit ihm aus der Küche auf den langen Flur und zum Foyer ging.

Er sah sie mit hochgezogenen Augenbrauen an, als würde er in seinem Blut ebenfalls diese sanft glühende Hitze spüren, doch er schwieg.

Sie sollte an das Hotel denken, an ihre Angestellten, an irgendetwas anderes als den Mann an ihrer Seite. Ein Blick aus dem Augenwinkel auf seinen schlanken, perfekten Körper führte sie auf eine Art und Weise in Versuchung, wie es nichts anderes jemals zuvor getan hatte.

Nicht, dass sie in ihrem Leben viel Zeit gehabt hatte, um in Versuchung geführt zu werden. Als Teenager und mit Anfang zwanzig hatte sie die meiste Zeit damit verbracht, so viel zu arbeiten, wie sie konnte, um für die Behandlung zu sparen, die ihr Vater heute Morgen bekommen hatte. Vielleicht war Blakes Anziehungskraft im Moment deshalb so stark.

Sie verbrachten die nächste Stunde mit Edwards Frau Marie, die sie auf allen Etagen durch die verschiedenen Zimmer führte. Während sie Blake die Zimmermädchen vorstellte, lobte sie stolz jedes einzelne.

Weitere zwei Stunden verbrachten sie mit dem Servicepersonal, das von Edward geleitet wurde, beobachteten die Pagen und Portiers, Concierges und Rezeptionisten im Umgang mit den Gästen, wobei diese eine so hohe Qualität boten, wie sie sich die meisten Hotels nur wünschen konnten.

Und während sie sich mit den Angestellten und Stammgästen unterhielten, ließ Blake keine Gelegenheit aus, neben ihr zu stehen und ihr mit den Fingern über den Arm zu streichen, den Rücken und die Hüften. Die Luft zwischen ihnen knisterte förmlich, während sie weiter durchs Hotel wanderten.

An diesem Nachmittag wurde der Dachgarten als Location für eine Hochzeit genutzt. Sie und Blake standen ganz hinten und verfolgten, wie das Paar sich ewige Liebe und Treue versprach. Felicity hoffte, dass Blake dank ihrer heutigen Bemühungen sehen konnte, dass das Bancroft viel mehr war als nur ein Ort zum Essen und Schlafen. Es spielte eine wichtige Rolle im Viertel: als Arbeitgeber, als sichere Unterkunft für seine Dauergäste, als ein Bildungs- und Ausbildungszentrum, als Ort, an dem gemeinsame Leben begannen.

Nachdem die Hochzeit zu Ende war, nahm sie Blake mit hinunter in die Eingangshalle und stellte ihm die Frage, die ihr auf der Seele brannte. »Konnte ich dich schon von irgendetwas überzeugen?«

»Auf jeden Fall hast du mich davon überzeugt, dass du sehr hart arbeitest und dass deine Angestellten dir gegenüber extrem loyal sind, auch wenn du das Hotel gerade erst übernommen hast.«

Sie hob eine Hand, strich sich eine lose Haarsträhne aus der Stirn und bemerkte, wie sein Blick der Bewegung folgte. »Sie kennen mich aus dem Restaurant. Ich bin eine von ihnen.«

»Im Gegensatz zu mir.«

Schon wieder waren sie sich nahe, und schon wieder war es ihr unmöglich, die Spannung zwischen ihnen zu ignorieren. »Ja«, erwiderte sie. »Du bist ein Fremder, und sie machen sich Sorgen, wie du ihr Leben verändern wirst.«

Er hob die Hand und berührte ihre Wange zärtlich mit der Rückseite seines Fingers. »Veränderung ist unvermeidlich.«

»Die meisten Menschen mögen keine Veränderungen. Sie fürchten sich davor.«

Er sah ihr in die Augen. »Hast du Angst, Felicity?«

»Vor dir? Ja. Nein … Ich weiß es nicht«, antwortete sie hastig.

Seine Augen funkelten, und ein zufriedener Ausdruck flog über sein Gesicht.

Sie trat einen Schritt zurück, um sich seiner Berührung zu entziehen. »Es gibt noch etwas, das ich dir zeigen will – ein Teil der Geschichte, der hier im Bancroft aufbewahrt wird. Komm«, forderte sie ihn auf und nahm seine Hand.

Sie führte ihn durch den Barbereich zur Hintertreppe, die schon fast vergessen war und kaum mehr benutzt wurde. Als sie vier Stufen hinuntergegangen waren, ließ sie seine Hand los, um eine Tür zu entriegeln. Sie öffnete sich, und abgestandene Luft schlug ihnen entgegen. Felicity stieg die dunkle Treppe hinunter und streckte die Hand nach dem altmodischen Lichtschalter am Treppenabsatz links an der Wand aus. Es knisterte kurz, dann flutete ein sanfter, goldgelber Lichtschein den Raum.

»Wo sind wir hier?«, fragte Blake. »Ich bin als Kind viele Male in diesem Hotel gewesen, aber ich wusste überhaupt nicht, dass es diesen Raum gibt.«

»Das ist der alte Weinkeller. Wahrscheinlich kein Ort, den deine Eltern für dich als passend erachtet hätten«, erklärte sie und machte einen Schritt in den Raum. »Dieser Keller wurde für das ursprüngliche Hotel gebaut, damals, Anfang des 20. Jahrhunderts.« Edward hatte ihr geholfen, ihn zu finden. Sie trat zur Seite und ließ Blake vorbei.

Interessiert musterte er das Gewölbe aus rotem Backstein, das die Decke bildete, die Steinfliesen auf dem Boden und die Stapel von Holzkisten, die in jeder Ecke standen. »Das ist eine merkwürdige Art, Wein aufzubewahren«, bemerkte er stirnrunzelnd.

»Das ist kein Wein. Nur zu, sieh es dir an«, ermutigte ihn Felicity.

Er entfernte sich einige Schritte von ihr und bückte sich, um eine der Holzkisten zu inspizieren. Felicity sah ihm in dem schwachen Licht dabei zu, wie er einen flachen Holzschuh mit einem Juteriemen, einen Sonnenschirm und eine Porzellanpuppe anhob.

Er wandte sich zu ihr um. »Diese Sachen gehören jemandem.«

Felicity nickte. »Sie gehören den japanischen Familien, die im Bancroft gewohnt haben. Nach den Angriffen auf Pearl Harbor, als alle Einwohner japanischer Herkunft gezwungen wurden, ihr Zuhause, ihre Geschäfte und ihre Gemeinden zu verlassen, und in Internierungslager gebracht wurden, mussten sie alles zurücklassen, was sie besaßen. In diesen Kisten befindet sich ihr Hab und Gut, ebenso wie die Erinnerung an ihre Hoffnungen und Träume.«

Er legte die Porzellanpuppe wieder oben auf die Kiste, wo er sie hergeholt hatte. »Das gehört alles in ein Museum.«

Felicity schüttelte den Kopf. »Es gehört den beiden Familien, die damals hier gelebt haben. Ich habe das Gästeverzeichnis dieser Zeit durchsucht und zwei Familiennamen gefunden: Fujimoto und Nishimura. Es wäre wunderbar, ihre Nachkommen ausfindig zu machen und ihnen die Sachen zurückzugeben. Doch in der Zwischenzeit wird ihre Geschichte hier aufbewahrt, ungestört.«

Er richtete sich wieder auf und kam zu ihr, nahm ihre Hände. »Du hast ein weiches Herz, nicht wahr?«

»Ich …« Seine Hände schlossen sich um ihre, als wäre sie ihm wirklich wichtig und er würde ihr seine Unterstützung anbieten. Sie konnte sich nicht daran erinnern, wann sie zum letzten Mal jemand so berührt hatte. In ihrer zusammengeschrumpften Familie, für die anderen im Hotel und die Leute im Viertel war sie so lange die Starke gewesen, dass sie praktisch vergessen hatte, wie es war, von jemandem getröstet zu werden. Er hatte wirklich keinen Grund, ihre Hände zu halten. Dass er es dennoch tat, traf sie mitten ins Herz.

»Ich verstehe dein Bedürfnis, ihre Erinnerungen und die Geschichte des Bancroft zu bewahren. Das tue ich wirklich …«

Sie schluckte und erstarrte. Sie konnte das »Aber« laut und deutlich hören, das nun gleich kommen würde. Sie löste ihre Hände aus seinem Griff. War sie wirklich so dumm, zu glauben, dass sie ihn beeinflussen konnte, indem sie ihm die persönlichen Gegenstände anderer Leute zeigte? »Warum kannst du nicht aus einem deiner anderen Hotels ein Vorzeigemodell für umweltfreundliches Hotelgewerbe machen?«

»Das Bancroft ist das erste Hotel, das meine Familie gekauft hat. Es ist das Flaggschiff der Kette. Das, aus dem wir ein Musterbeispiel für den Rest der Häuser machen müssen.«

Sie sah ihn genervt an. »Warum benutzt ihr dafür nicht das zweite Hotel, das deine Familie gekauft hat? Das Bayside in San Francisco ist dem Bancroft sehr ähnlich. Abgesehen davon gehört es dir tatsächlich.«

Statt dass er sich ärgerte, wie sie es wegen ihrer Bemerkung erwartet hatte, hellte sich seine Miene auf. »Du hast Nachforschungen über mich und meine Familie angestellt?«

Großer Gott, war dieser Mann gut aussehend, wenn er nicht versuchte, sie zu manipulieren. »Ich werde alles tun, was ich tun muss, um dieses Hotel zu behalten.«

»Alles?«

Sie warf ihm einen bösen Blick zu. »Treib es nicht zu weit, Blake. Ich meine es wirklich ernst. Dieses Hotel und die Menschen, die hier arbeiten, sind für mich das Wichtigste auf der Welt. Ich verspreche dir, wenn du mich dazu zwingst, werde ich alle Register ziehen, auch wenn es persönliche Entbehrungen bedeutet, um das Bancroft und seine Angestellten zu schützen.«

Ihre Blicke trafen sich. »Dazu könnte es vielleicht tatsächlich kommen«, erwiderte er, und sein Tonfall klang nicht länger amüsiert.

Sie starrte ihn an, versuchte seine Stimmung und seine Gefühle einzuschätzen, doch seine Miene blieb undurchdringlich. »Ich bin bereit.«

Sie kehrte ihm den Rücken zu und lief die Treppen hoch. »In der Zwischenzeit bist du noch immer dazu verpflichtet, den Rest des Tages mit mir zu verbringen. Bereite dich auf einen langen Nachmittag und Abend in der Küche vor. Es wird Zeit, das Mittag- und dann das Abendessen vorzubereiten.«

Kapitel 7

Felicity sah sich im Speisesaal des »Dolce Vita« um, während sich ihre Angestellten mit ihr an dem großen Tisch ganz hinten versammelten. Hier trafen sie sich immer und aßen gemeinsam, ehe das Restaurant für den Abend öffnete. Sie lächelte und ruhte vollkommen in sich – trotz der Tatsache, dass Blake neben ihr saß. Er streifte ihren Arm mit seinem, als er nach seinem Wasserglas griff. Erneut breitete sich dieses fast schon prickelnde Bewusstsein zwischen ihnen aus.

Mary Beth saß links neben Felicity, beugte sich zu ihr hinüber und erkundigte sich flüsternd: »Wie ist der Morgen mit Blake gelaufen?« Sie streckte die Hand nach der großen Servierplatte mit Michaels Gnocchi aus.

»Ich hab das Gefühl, diese Schlacht zu verlieren, bevor sie überhaupt angefangen hat«, erwiderte Felicity leise und blickte sich am Tisch um, an dem all die Menschen saßen, aus denen ihre »Familie« bestand.

Mary Beth gab die Platte an Felicity weiter. »Hast du schon etwas vom Denkmalschutzprogramm gehört?«

Felicity tat sich auf und reichte die Gnocchi dann an Blake, ohne ihn dabei anzusehen. Ihre Finger berührten sich, und ihr

Puls beschleunigte sich, obwohl sie versuchte, ihre Reaktion unter Kontrolle zu halten. »Noch nicht.«

Mary Beth runzelte die Stirn. »Also, was ist dann los mit dir, denn irgendwas ist nicht in Ordnung?«

In Felicitys Magen bildete sich ein Knoten, als sie dem Mann auf ihrer anderen Seite einen Blick zuwarf. Er unterhielt sich mit Maria, einer der jüngeren Kellnerinnen, die ihm gegenübersaß. Das hübsche Mädchen lächelte, und sie hing förmlich an seinen Lippen.

»Vergeude ich nur meine Zeit mit dem Versuch, ihn von irgendwas zu überzeugen? Während ich ihn durch das ganze Hotel schleife und ihn den Angestellten vorstelle, hat ein Teil von mir immer das Gefühl, als würde er das alles nur der Form halber mitmachen und auf eine Gelegenheit warten, mir zu zeigen, wie wenig ich über Hotelmanagement weiß. Das ist frustrierend.«

»Das kann ich mir vorstellen.« Mary Beth lächelte. »Schließlich ist das alles noch neu für dich. Aber du lernst schnell.«

Felicity runzelte die Stirn. »Weshalb lächelst du? Das ist nicht lustig.«

»Du könntest ihn jederzeit verführen und ihm so das Hotel abluchsen.«

»Hast du vergessen, dass mir das Hotel bereits gehört?«

»Vielleicht braucht er nur einen kleinen Anstupser, um einzulenken.«

»Oder er versucht, mich hinzuhalten, während er hinter meinem Rücken eine gewaltige Klage vorbereitet.«

Mary Beths Lächeln verschwand. »Darf ich dir einen Rat geben?«

Felicity nickte.

»Manchmal muss man darauf vertrauen, dass die Menschen das Richtige tun, bevor man sich selbst unglücklich macht, indem man nach Problemen sucht, die gar nicht da sind.«

Ihre Worte waren wie winzige Schnitte von einer Rasierklinge, und Felicity zuckte bei jedem einzelnen davon zusammen. »Wir hatten beide schon genug Probleme in unserem Leben.«

Felicity drehte sich noch einmal zu Blake um. Das Ganze wäre so viel einfacher, wenn er das Monster wäre, für das sie ihn so gerne gehalten hätte, doch das war er nicht.

»In Ordnung. Ich habe es mit Sorgenmachen versucht, vielleicht wird es Zeit für ein wenig Vertrauen.«

Danach gab es nichts mehr zu sagen. Alles, was sie tun konnte, war, Mary Beths praktischen Rat zu befolgen und zu sehen, wohin das führte.

Felicity dachte noch darüber nach, als ihr stellvertretender Chefkoch aufstand, um die Spezialitäten des Abends zu erläutern, während die anderen weiteraßen. Die Routine hatte eine beruhigende Wirkung auf sie. Die Angestellten würden nacheinander die aktuellen Speisen auf der Karte beschreiben, bis alle, angefangen beim Tellerwäscher bis hin zum Oberkellner, jeden neuen Wein und jedes neue Gericht in allen Einzelheiten erklären konnten.

»Die Antipasti-Spezialität des heutigen Abends sind Fiori di zucchini oder auch frittierte Zucchiniblüten. Der süße, subtile Geschmack passt hervorragend zu einem Glas Prosecco«, erklärte Hans und gestikulierte dabei wie üblich ausschweifend mit den Händen.

Während des Essens war Felicity sich die ganze Zeit bewusst, dass Blake neben ihr saß. Nachdem sie ihm den Weinkeller gezeigt hatte, hatte sich sein Verhalten ihr gegenüber kaum merklich verändert. Sie konnte nicht genau sagen, woraus diese Veränderung bestand, doch irgendetwas war anders. Da war immer noch diese sexuelle Spannung zwischen ihnen, aber auch noch etwas Neues.

Akzeptanz? Zufriedenheit? Begehren? Konnte sie der goldenen Wärme, die sie durchflutete, wenn er in der Nähe war, einen Namen geben? War es klug, sich dieses Gefühl zu erlauben? Sie runzelte die Stirn, während ihr klar wurde, wie die Situation in der Realität aussah. Vernunft war nicht gerade ihre Stärke, wenn er sie anschaute, berührte oder sein Lächeln ihr Gehirn ausschaltete und sie in ein bebendes Etwas aus glühendem Verlangen verwandelte.

Sie sollte wütend auf sich sein, weil sie zuließ, dass er diese Wirkung auf sie hatte, und dennoch, wenn sie ehrlich zu sich selbst war, genoss sie es, ihren Schutzschild einmal sinken zu lassen, nur ein klein wenig. Es konnte nicht schaden, ein bisschen zu sündigen, solange sie auf ihre Gefühle achtgab.

»Was ist denn hier los?«, fragte eine weibliche Stimme hinter Felicity. Für einen Moment herrschte Stille, ehe ihr klar wurde, wer da gesprochen hatte. Sie und Blake drehten sich im gleichen Moment nach hinten um.

Destiny Carrow warf ihnen ihr typisches unschuldsvolles Lächeln zu. »Ich hoffe, ich störe nicht.«

Felicity bemerkte, dass Blakes Augen interessiert aufblitzten, während er Destinys eng anliegendes schwarzes Kleid, zu dem sie eine schwarze Nylonstrumpfhose und Stiefel trug, begutachtete. Nur die silberne Kette um ihren Hals und ihr leuchtend rotes Haar verliehen der Frau etwas Farbe. Doch Farbe schien bei Destiny nie ein Problem zu sein. Mit ihren Worten, sowohl gesprochen als auch geschrieben, schien sie die Leute für sich einzunehmen.

Felicity drehte sich auf ihrem Stuhl um, stand auf und stellte sich vor ihre einstige Freundin. Sie versuchte, sich an den Rat zu erinnern, den Vern ihr ein paar Tage vor seinem Tod gegeben hatte, als Destinys verletzende Kritik sie hart getroffen hatte. Er hatte gesagt, sie solle Destiny keinen Platz in ihren Gedanken einräumen.

Das umzusetzen war viel schwieriger, als sie gedacht hätte, vor allem als Destinys Blick auf Blake fiel und verriet, dass ihr

Interesse geweckt war. »Das ist eine private Veranstaltung, Destiny. Hast du das Schild nicht gelesen?«, erkundigte Felicity sich, wobei ihr Ton schärfer klang, als sie beabsichtigt hatte.

Edward erhob sich ebenfalls. Ein Stirnrunzeln verunzierte sein ansonsten freundliches Gesicht. »Ich begleite sie hinaus.«

»Bist du sauer auf mich, Felicity?« Der unbekümmerte Ausdruck auf Destinys Gesicht verflüchtigte sich allmählich. »Du hast meine Kritik über dein Restaurant falsch verstanden, oder?«, fragte sie leise. »Es sollte ein Ansporn sein.«

Felicity bemühte sich, ruhig zu bleiben. Sie würde sich nicht auf Destinys Niveau herablassen. Dennoch bedachte sie ihre ehemalige Freundin mit einem wütenden Blick. »Du hast ein Recht auf deine Meinung. Zum Glück sehen meine Stammkunden das anders.«

Destiny runzelte die Stirn. »Wenn die Kritik dem Geschäft überhaupt nicht geschadet hat, worüber bist du dann so aufgebracht?«

»Warum bist du hier?«, fragte Felicity, da sie die Richtung, die das Gespräch genommen hatte, nicht weiterverfolgen wollte.

Destiny schürzte die Lippen, und ihre Augen weideten sich unverhohlen an Blakes Anblick. »Ich habe Gerüchte gehört, denen ich nachgehen wollte. Über einen gut aussehenden Fremden, der ins Hotel Bancroft gekommen ist.«

Felicity hielt den Atem an, während sie ebenfalls den Mann neben ihr ansah. Ein Anflug von Bartstoppeln bedeckte sein markantes Kinn, und obwohl er seinen teuren Anzug gegen die Kochjacke eingetauscht hatte, die sie ihm gegeben hatte, als sie in der Küche gewesen waren, war nach wie vor deutlich zu erkennen, wie breit seine Brust war. Er war entwaffnend sexy. So sehr, dass ihr der Mund trocken und die Handflächen schweißnass wurden, wenn sie ihn nur ansah. »Wir haben ständig Besucher im Bancroft. Das hier ist ein Hotel, weißt du?«

»Ah ja, aber dieser Besucher ist etwas anderes.« Destiny tippte sich mit einem ihrer perfekt manikürten Finger theatralisch an die Lippen. »Draußen auf der Straße heißt es, Blake Bancroft sei in der Stadt und dass er etwas haben will, das du bekommen hast.« Ein kalter, harter Unterton schlich sich in ihre Stimme.

Leises Stimmengemurmel erhob sich, als ihre Angestellten die Stille brachen, die sich über den Raum gelegt hatte. »Du weißt von dem Restaurant?«, fragte Felicity, überrascht darüber, dass sich die Nachricht außerhalb des Hotels so schnell verbreitet hatte und bis zu Destiny gedrungen war.

»Und dem Hotel.« Destiny suchte herausfordernd Felicitys Blick und wartete darauf, dass sie die Gerüchte dementieren würde.

»Es stimmt, aber nichts davon geht dich irgendetwas an.«

»Da liegst du falsch. Die Öffentlichkeit hat ein Recht, zu erfahren, was sich im Bancroft abspielt, vor allem wenn sich ein hässlicher Familienstreit anbahnt.«

Felicity ignorierte die spitze Bemerkung. »Du bist Restaurantkritikerin. Warum solltest du eine Geschichte über Blake und mich schreiben wollen?«, fragte sie mit skeptischer Miene.

Destinys dunkle Augen funkelten. »Ich bin eine Zeitungsreporterin, die als Restaurantkritikerin arbeitet. Diese Geschichte wird der Grundstein für meine Karriere als seriöse Journalistin sein.«

Blake stand auf und reichte Destiny seine Karte. »Wenn Sie Informationen über das Hotel haben möchten, ist das PR-Team von Bancroft Industries jederzeit gerne bereit, mit Ihnen zu sprechen.«

Destiny nahm die Karte und steckte sie in ihre Handtasche. »Ein Kommentar von Ihnen würde der Geschichte so viel mehr Aussagekraft verleihen.«

Genau das hatte ihr noch gefehlt, dass Blake die Presse auf seiner Seite hatte. Felicity unterdrückte den Zorn, der sich in ihr regte. Wenn sie ihren Gefühlen freien Lauf ließ, würde das alles nur schlimmer machen. »Bitte geh, Destiny. Das Restaurant ist noch geschlossen. Wenn du Nachforschungen anstellen willst, wirst du das während unserer Öffnungszeiten tun müssen.«

Destiny lächelte und wandte sich dann an Blake. »Sollen wir uns einen Platz suchen, wo wir uns unterhalten können? Sie sehen aus, als könnten Sie einen Drink vertragen.« Fragend hob sie eine Augenbraue und wartete auf seine Antwort.

Felicity versuchte keinerlei Reaktion zu zeigen und setzte ein ausdrucksloses Gesicht auf. In ihr herrschte Chaos.

»Das hier ist weder die richtige Zeit noch der richtige Ort für ein Interview. Wie gesagt, Sie können gerne mit meinem PR-Team sprechen.«

Destiny nahm einen Stift aus ihrer Handtasche. Sie griff nach Blakes Hand, drehte seine Handfläche nach oben und schrieb ihm dann ihre Telefonnummer auf die Haut. »Mir wäre es lieber, wenn Sie sich melden würden«, entgegnete sie mit einem leichten Lächeln. »Rufen Sie mich an.«

»Das reicht«, platzte es aus Edward heraus. »Wenn Sie nicht von alleine gehen, bringe ich Sie zur Tür.« Er trat zwischen Felicity und Destiny, wobei er die zierliche Rothaarige deutlich überragte.

Destiny wich zwei Schritte zurück, doch sie hob das Kinn, und ihre Augen verengten sich zu Schlitzen. »Das hier ist noch nicht vorbei, Felicity«, sagte sie, während sie sich umdrehte und ging.

Edward folgte ihr. Felicity nahm an, er tat es, um sicherzugehen, dass die Restaurantkritikerin das Hotel auch wirklich verließ.

Bei Destinys Abgang spürte sie, wie schwer die Enttäuschung auf ihr lastete, und das Atmen fiel ihr plötzlich schwer.

»Was läuft da zwischen euch beiden?«, fragte Mary Beth in die Stille hinein, die sich im Raum ausgebreitet hatte.

Tief innerlich tat es Felicity um die verlorene Freundschaft mit Destiny leid. Sie sah in die besorgten Gesichter ihrer Angestellten am Tisch und zwang sich zu einem Lächeln. »Casper, ich glaube, du warst gerade dran, die Spezialitäten des Abends zu erläutern.«

Casper stand auf. Ein Ausdruck von Mitgefühl erschien flüchtig auf seinem Gesicht, ehe er mit seinen Ausführungen begann.

Felicity hörte kein einziges Wort. Abwesend fuhr sie mit dem Finger über den Griff ihrer Gabel. Was war diese Woche nur los? Sie hatte die beste Nachricht ihres Lebens erhalten, als Vern ihr das Hotel hinterlassen hatte, und dennoch schien sich alles dagegen verschworen zu haben, dass sie dieses Geschenk genießen konnte.

»Freundin oder Feindin?«, fragte Blake, während er einen Arm auf die Rückenlehne ihres Stuhls legte und sich zu ihr hinüberbeugte, damit keiner außer ihnen beiden mithören konnte.

Seine Finger fühlten sich warm und tröstend auf ihrer Schulter an, und sie mochte das Gefühl seines Körpers an ihrem. »Das ist derzeit schwer zu sagen«, antwortete Felicity.

»Weißt du, jeder erfolgreiche Geschäftsmann hat falsche Freunde, die sich gegen ihn wenden, wenn er anfängt, Erfolg zu haben. Ich nehme an, sie hat eine schlechte Kritik über dich verfasst?«

Versuchte er etwa, sie aufzumuntern? »Die allerschlechteste Kritik überhaupt.«

»Nimm es nicht so schwer.«

Felicity blickte auf seine Hand, die auf ihrer Schulter lag, die Hand, auf der Destinys Telefonnummer stand. »Sie kann mir schaden, wenn du ihr dieses Interview gibst.«

Blake schenkte ihr ein schiefes Lächeln. »Ich hab sie ja noch nicht angerufen. Außerdem habe ich dir diesen Tag versprochen. Und dank unserer gemeinsamen Zeit weiß ich jetzt, wie man Sellerie schält und kocht. Wir hatten eine Führung durchs Hotel. Du hast mich als kostenlose Küchenhilfe eingesetzt. Was kommt als Nächstes?«

Sie wusste seinen unbeschwerten Tonfall zu schätzen und auch, dass er versuchte, sie aufzuheitern. »Heute Abend wirst du mir dabei helfen, alle Teller zu garnieren, bevor sie die Küche verlassen.«

Er streckte seine andere Hand nach einer Haarsträhne aus und strich sie ihr hinters Ohr. »Für gewöhnlich befreie ich Dinge lieber von ihrer Garnitur.«

Felicity spürte, wie ihr Gesicht warm wurde. »Warte, bis du den Leuten dabei zusiehst, wie sie essen, was du angerichtet hast. Das Gefühl ist unvergleichlich.«

Skeptisch hob er eine Augenbraue. »Das muss ich wohl erst selbst erleben, um es zu glauben.«

»Wenn der Abend vorbei ist, wirst du es glauben.« Erleichtert darüber, dass Destiny ihr nicht gestohlen hatte, worauf sie den ganzen Tag hingearbeitet hatte, atmete Felicity tief durch.

Sie würde Blake zeigen, dass das Bancroft mehr als nur ein Platz war, an dem man ein oder zwei Nächte verbringen oder was Gutes essen konnte. Das Bancroft war ein wichtiger Teil der Gemeinschaft und eine zweite Familie für jeden, der innerhalb seiner Mauern arbeitete.

Zumindest hoffte sie, dass sie ihm das beweisen konnte, ehe die Nacht vorbei war.

Kapitel 8

Blake lehnte sich gegen die Theke, während er Felicity bei ihrer Arbeit in der Küche des »Dolce Vita« beobachtete. Sie prüfte jeden Teller, bevor sie ihn auf den Warmhaltetisch stellte, wo die Kellner ihn abholen und zu den Gästen bringen konnten. In den letzten beiden Stunden hatte er gelernt, dass die Arbeit in einer Restaurantküche sowohl körperlich anstrengend als auch präzise choreografiert war.

»Es ist sozusagen eine Mischung aus Ballett und Profibasketball«, hatte Felicity ihm erklärt, als sie heute Abend mit der Arbeit angefangen hatten.

Sie hatte recht behalten. Es war schon lange her, dass er so hart gearbeitet hatte. Nach gerade mal zwei Stunden war er bereits erschöpft. Wie konnte Felicity das nur jeden Tag durchhalten? Er stieß sich vom Tresen ab und ging zu ihr hinüber. Sie war gerade dabei, eine lange, schmale Servierplatte mit fünf Ravioli zu garnieren.

»Welche Sorte Ravioli ist das noch mal?«, fragte er, insgeheim erstaunt, dass es ihn wirklich interessierte. Er hatte in einigen der besten Restaurants der Welt gegessen, und dennoch faszinierte ihn die Art, wie Felicity bei ihren Gerichten Geschmacksrichtungen und Texturen kombinierte.

»Butternusskürbis mit Cashewkernen in einer Maracuja-Vinaigrette an Kokosemulsion.« Sie reichte ihm einen kleinen Zweig frischen Salbei. »Zupf die Blätter ab, zerteile sie, und streu sie über den Teller.«

Er tat, wie ihm geheißen, konnte jedoch nicht aufhören, über die Frau nachzudenken, die neben ihm stand. »Warum hast du dich dazu entschlossen, Köchin zu werden?«

»Köchin zu werden?« Ihr Lachen klang brüchig. »Das ist kein Beruf, den man sich aussucht, sondern einer, der einen erwählt.«

Blake hielt inne. Es war die Art von Antwort, die normalerweise er gab – die Art, die auf höfliche Weise nichts verriet, was wiederum erst recht seine Neugier weckte. »Wie lange wird der Andrang aufs Abendessen noch anhalten?«, fragte er, während er seine Rückenmuskeln dehnte.

»Schon erschöpft?«, erkundigte sie sich mit hochgezogenen Augenbrauen.

»Ich würde lügen, wenn ich Nein sage.«

Sie lächelte, nahm ihm die Platte aus der Hand und stellte sie in die Durchreiche. »Hans?«, rief sie ihrem stellvertretenden Küchenchef zu. »Kannst du übernehmen?«

Der jüngere Koch nickte und legte den Löffel hin, den er benutzt hatte, um die Marinarasoße in einem großen Topf umzurühren. Als Felicity zur Seite trat, nahm er ihren Platz ein und inspizierte die Teller, die zum Servieren vorbereitet waren.

Blake folgte Felicity aus der Küche. »Dein stellvertretender Küchenchef wirkt sehr loyal. Alle deine Angestellten tun das.«

»Manchmal«, sagte sie abwesend. Dann fügte sie mit einem Stirnrunzeln hinzu: »Ich manipuliere sie nicht, falls du das meinst.« Sie nahm eine defensive Haltung ein.

Er hob die Hände. »Das war nur eine Beobachtung.«

Sie nickte, akzeptierte seine Entschuldigung, ohne noch etwas zu sagen, und wechselte das Thema. »Komm mit, ich will dir die andere Seite der Küchenarbeit zeigen.«

Sie gingen hinaus in den Speiseraum, und Felicity blieb gerade dort stehen, wo die Gäste sie noch nicht bemerken würden. »Schau sie dir an. Das ist der Lohn für all deine harte Arbeit.«

Sie lächelte, während sie den Blick über die Menge schweifen ließ. Jeder Stuhl im Restaurant war besetzt, und im Barbereich warteten noch weitere Leute darauf, dass etwas frei wurde. Er blickte von einem Tisch zum anderen und beobachtete, wie die Gäste ihr Essen probierten.

Er erspähte die Platte mit Ravioli, die er gerade garniert hatte, wie sie einer jungen Frau Anfang dreißig gebracht wurde. Sie bedankte sich bei der Bedienung, ehe sie erwartungsvoll nach der Gabel griff, einen Bissen der handgemachten Pasta probierte und dann genüsslich seufzte. Die Freude darüber durchströmte ihn wie ein warmes, magisches Elixier, und in ihm löste sich etwas.

Felicity hatte recht. Ihnen beim Essen zuzusehen war fast besser, als das Essen selbst zu verspeisen. »Was ist als Nächstes dran?«, fragte er.

»Ich dachte, wir könnten uns unterhalten«, erwiderte sie mit einem Lächeln.

Der Anblick ihrer sanft geschwungenen Lippen durchflutete ihn mit Wärme. Ein Gefühl der Nähe und Vertrautheit verband sie, etwas Neues und Zerbrechliches. Er hasste es, den Moment loszulassen, doch sie konnten nicht für immer im Speiseraum stehen bleiben. »Unterhalten also. Hier?«

Sie schüttelte den Kopf. »Wenn wir hierbleiben, unterbrechen uns entweder die Angestellten oder die Gäste. Wie klingt der Dachgarten?«

»Großartig.«

Ihre Miene hellte sich auf, und sie lächelte. »Wenn es dir nichts ausmacht, würde ich gerne aus diesen Kleidern raus und mir den Knoblauchgeruch abwaschen.«

»Bittest du mich etwa, dir dabei behilflich zu sein?«

»Nein.« Sie lachte leise, was gleichzeitig nervös und überrascht klang. »Wir treffen uns dort in zwanzig Minuten. Das heißt, falls du noch mehr überzeugende Argumente brauchst, weshalb das Hotel in meiner Obhut verbleiben sollte.«

»Ich bin noch nicht bereit, aufzugeben, falls du das wissen wolltest.«

Ihr Lächeln verschwand zusammen mit der Nähe des vorherigen Augenblicks. »Mach es dir hier im Foyer bequem, oder geh schon mal nach oben. Ich komme so schnell wie möglich nach und werde alles tun, was in meiner Macht steht, um deine Meinung zu ändern.«

Im nächsten Augenblick war sie verschwunden. Es sich gemütlich machen? Seit seiner ersten Begegnung mit ihr hatte er es sich nicht mehr gemütlich gemacht. Irgendetwas an Felicitys Entschlossenheit machte ihn nervös und löste einen merkwürdigen Beschützerinstinkt in ihm aus, den er seit Jahren nicht mehr empfunden hatte. Normalerweise verspürte er nur Verlangen, wenn es um Frauen ging, doch bei ihr fühlte er mehr, etwas Sanfteres, Zärtlicheres.

Blake runzelte die Stirn und drängte den Gedanken zurück, ehe er sich wieder hinter der Fassade verbarg, die er über die Jahre aufgebaut hatte. Er hatte einen Job zu erledigen, und solche Gedanken würden ihm nicht dabei helfen, das zu erreichen, was er wollte. Er war schon zu nah an seinem Ziel, um sich von Gefühlen aufhalten zu lassen.

* * *

Felicity ging zu ihrem Zimmer und schloss die Tür auf. Sie musste duschen und etwas Passendes zum Anziehen finden. Sie musste Blakes Meinung über das Hotel ändern.

Erpicht darauf, schnell zu Blake zurückzukehren, ging Felicity ins Badezimmer, stellte die Dusche an und ließ das Wasser warm werden, während sie ihre Kochkleidung auszog.

Sie hatte Blake alles über die Menschen gezeigt, die im Restaurant und im Hotel arbeiteten, was sie ihm nur zeigen konnte, und sie hatte ihm auch die Gäste gezeigt, die ihren Service in Anspruch nahmen. Es war an der Zeit, mit der letzten Waffe in ihrem Arsenal einen kräftigen Schlag zu führen.

Sie griff nach einem kleinen Kästchen neben dem Bett und stellte es auf die Tagesdecke, in der Hoffnung, dass der Inhalt den gewünschten Erfolg bringen würde.

Dann steckte sie sich die Haare hoch, damit sie nicht nass wurden, und trat unter die Dusche. Sie ließ das warme Nass sowohl den Knoblauchgeruch als auch ihre Zweifel fortwaschen. Ein paar Minuten später stellte sie, erfrischt und eindeutig wacher als zuvor, das Wasser ab. Sie griff nach einem Handtuch, und während sie sich abtrocknete, fragte sie sich, was sie am besten anziehen sollte.

Sie wollte nicht versuchen, ihn zu verführen, doch ein sexy Kleid konnte ihrem Vorhaben dienlicher sein, als eine hochgeschlossene Bluse mit Hose es jemals vermochte. Während sie darüber nachdachte, ging sie aus dem Badezimmer und zu ihrem Kleiderschrank. Sie hatte nicht viel Auswahl. Sie besaß das schwarze Etuikleid, das sie am Tag zuvor getragen hatte, ein pfirsichfarbenes Sommerkleid und ein dunkelblaues Wickelkleid aus Satin. Zusammen mit ihren roten High Heels war das attraktive und dennoch dezente blaue Kleid die perfekte Wahl für diesen Anlass.

Felicity legte das Handtuch beiseite, zog sich BH und Höschen an und schließlich ihr Kleid. Nachdem sie es zugebunden hatte, fuhr sie sich mit den Fingern durchs Haar und drapierte sich die platinblonden Locken lose über die Schultern. Sie nahm das Kästchen, trat hinaus in den Flur und machte sich auf den Weg zur Hotelbar, um die Cocktails abzuholen, um die sie den Barkeeper Ryan gebeten hatte.

Ein paar Minuten später trat sie, bewaffnet mit zwei Bellinis und dem kleinen Kästchen, das sie sich unter den Arm geklemmt hatte, hinaus in die warme Nachtluft des Dachgartens.

Blake war bereits da. Er hatte sich eine schwarze Hose und ein perfekt gebügeltes weißes Hemd angezogen. Als sie zu ihm trat, drehte er sich um, und auf seinem Gesicht erstrahlte ein anerkennendes Lächeln.

Felicity fühlte sich in der Wärme seines Blicks gefangen und geborgen. Es wäre so einfach gewesen, zu ihm hinzugehen, die Hand auszustrecken und seine Lippen zu berühren, mit dem Finger liebevoll sein Lächeln nachzufahren. Verlangen flammte in ihr auf. Sie hielt es unter Kontrolle, während sie auf ihn zuging und ihm einen hohen Champagnerkelch reichte.

»Was ist das?«, fragte er und nahm das Glas, das sie ihm hinhielt.

Sie stellte das kleine Kästchen auf den Tisch, den sie zwischen zwei Korbstühlen platziert hatte. »Ein Bellini nach Bancroft-Art.«

Er nahm einen Schluck. »Köstlich«, sagte er in einem warmen, erregenden Tonfall, während er sie von Kopf bis Fuß betrachtete. Verlangen leuchtete aus den Tiefen seiner blauen Augen.

Als Reaktion darauf loderte tief in ihrem Innern ein Gefühl von Wärme auf, während sie einen Schluck von ihrem Cocktail nahm und ihr Gesicht der Sonne zuwandte, die langsam hinter dem Horizont verschwand, wobei sie rote und orange Streifen an den Himmel warf. »Ein Sonnenuntergang hat wirklich etwas Wundervolles«, sagte sie mehr zu sich selbst, als um die Unterhaltung voranzutreiben.

Obwohl sie ihn nicht ansah, spürte sie, wie Blake sich neben sie stellte und sich mit der Hüfte gegen das Geländer des Dachgartens lehnte. Felicity sprach weiter. »Hier in Seattle scheint die Sonne über dem Horizont zu schweben, als würde sie auf etwas warten.«

Diesen Augenblick hatte sie immer geliebt. Die Sonne saß einfach da, vor allem im Sommer, und wartete, während der Himmel sich von einem dunklen Grau zu Nachtblau verdunkelte. Mit jedem Moment, der vorüberging, wurde er dunkler, bis er zunächst dunkelblau und schließlich schwarz war und die Nacht anbrach. Im Vergleich zur Sonne hatte die Nacht eine eigene, ganz andere Art von Schönheit – mysteriös und verheißungsvoll.

Diese Verheißung war es, die sie nun durchströmte.

Zwischen ihnen entstand ein Schweigen, das sich so sanft ausdehnte wie die heraufziehende Nacht. Die Solarlichter, die den Dachgarten einfassten, schalteten sich ein und tauchten alles in ein warmes, goldenes Licht. Sie wandte sich vom Geländer ab und stellte ihr Glas wieder auf den Tisch zwischen den beiden Stühlen. Dann griff sie nach dem Kästchen und öffnete den Deckel. Sie nahm drei Fotos heraus und reichte sie Blake. »Die habe ich in Verns Zimmer gefunden, bevor du gekommen bist, um mir zu helfen.«

Die warme Abendluft zauste ihm das Haar, als er die alten Fotografien entgegennahm. Sein Lächeln verschwand, und seine Stimme war ein Flüstern. »Was hast du gesagt, wo du sie gefunden hast?«

Seine Finger zitterten kaum merklich, während er sich erkennbar Mühe gab, unberührt zu wirken. Sein Blick hing an dem Kinderfoto von ihm, auf dem er zwischen seiner Mutter und seinem Vater vor dem Haupteingang des Hotels stand. Er schob es nach hinten und sah sich das zweite Bild von ihm und seinen Eltern ein paar Jahre später an, dieses Mal in genau dem

Dachgarten, in dem er und Felicity sich gerade befanden.

Seine Gesichtszüge wurden weicher, als er sich das letzte Foto anschaute – seine Mutter, die ein Baby in den Armen hielt. Felicity nahm an, dass es Blake war, auch wenn sie es nicht sicher wusste. »Ich habe nicht viele Fotografien von meinen Eltern. Nach dem Unfall wurden sie irgendwo eingelagert. Es ist so lange her, dass sich niemand mehr daran erinnert, wo sie sind.«

Felicity hatte gelesen, dass seine Eltern vor sechzehn Jahren bei einem Bootsunfall ums Leben gekommen waren. Schmerzliche Sehnsucht huschte über sein Gesicht. Sie kannte diesen Ausdruck. Es war der gleiche Ausdruck, den sie ihre ganze Kindheit über so verzweifelt zu verstecken versucht hatte.

Sie konnte den bohrenden Schmerz sehen, der ihn erfasste. Bewunderung erfüllte sie. Er hatte seine Eltern verloren, war von seinem einzigen Verwandten im Stich gelassen worden und gezwungen gewesen, das Leben selbst verstehen zu lernen. Sie war nicht sicher, wie er das geschafft hatte … wie er den Schmerz angenommen und zu etwas gemacht hatte, mit dem er leben konnte. Er hätte das, was ihm widerfahren war, in Wut verwandeln können. Stattdessen hatte er seine Energie auf die Umwelt konzentriert, so wie sie es mit den Obdachlosen getan hatte.

»Meine Eltern und ich haben eine Zeit lang im Bancroft gewohnt, während unser Haus auf Mercer Island gebaut wurde.«

»Den Fotos nach zu schließen, müssen es glückliche Zeiten gewesen sein.«

Er holte noch einmal die beiden Bilder mit ihm und seinen Eltern hervor. »Das waren sie. Meine Eltern sind kurz nach dieser letzten Aufnahme gestorben.« Seine Stimme klang erstickt, als würde er seine Emotionen zurückhalten. »Ich bin der Grund dafür, dass sie tot sind.«

»Warum sagst du so etwas?«, fragte sie.

Ein abwesender Blick lag in seinen Augen. »Ich habe das noch nie jemandem erzählt.«

Sie sagte nichts und hörte einfach nur zu.

»Mein Vater und ich haben uns an dem Tag gestritten, an dem er und meine Mutter gestorben sind. Es war eine hitzige Diskussion über irgendetwas Dummes. Ich habe ihn mit einer Handvoll Münzen beworfen. Das hat ihn so erschreckt, dass er ausgerutscht ist und sein Kopf auf dem Boden aufschlug. Meine Mom hat vermutet, dass er eine Gehirnerschütterung hätte, doch er wollte verdammt noch mal einfach nichts deshalb unternehmen. Wegen dieser Gehirnerschütterung hat er ihr Boot gegen die Felsen gefahren. Seitdem hab ich mir immer die Schuld an dem Unfall gegeben.«

Ein fast schmerzhaftes Gefühl der Zärtlichkeit machte sich in ihr breit. Das Bedürfnis, seine Hand zu ergreifen und ihre Finger mit seinen zu verschränken, stieg wie eine Welle in ihr auf. Sie wollte ihn in den Arm nehmen, ohne etwas zu sagen – um ihn wissen zu lassen, dass sie da war und mit ihm fühlte. »Nichts von dem, was deinen Eltern passiert ist, war deine Schuld. Es war ein Unfall.«

»Felicity …« Ihr Name, den er so liebevoll ausgesprochen hatte, schwebte zwischen ihnen. Langsam hob er den Blick und sah ihr in die Augen. »Ich danke dir dafür.«

»Aus der Perspektive eines Erwachsenen musst du erkennen, dass der Unfall aus allen möglichen Gründen passiert sein könnte. Deine Eltern würden nicht wollen, dass du dir die Schuld an dem gibst, was ihnen zugestoßen ist.«

Als sie die Erleichterung in seinen Augen sah, schlug ihr Herz schneller. Sie konnte nichts weiter sagen. Stattdessen hob sie einfach eine Hand und legte sie ihm an die Wange. Die Welt begann sich langsamer zu drehen, bis sie nur noch in einer schmerzlich schönen Bewegung dahinkroch, während das Verlangen, das sie so sehr zu ignorieren versucht hatte, zunahm.

Er schmiegte sein Gesicht in ihre Hand. Für einen Augenblick tauchte der Mond ihn in sein fahles Licht. Ihr stockte der Atem, entwich leise und wurde dann zu einem erstaunten Seufzen, als er die Hand ausstreckte und ihr eine Haarsträhne hinters Ohr strich.

Der Moment zog sich in die Länge, schien sich auszudehnen, ehe eine undurchdringliche, elektrisierte Stille folgte. Eine Wolke zog an dem fast vollen Mond vorüber und ließ einzig das sanfte, goldschimmernde Licht zurück, das sie einhüllte und die Welt dort draußen ausschloss.

Er sah sie weiter an und machte weder einen Schritt vor noch einen zurück. In seinen Augen leuchtete der gleiche Hunger, den sie schon vorhin in der Küche wahrgenommen hatte, und dennoch wartete er. Auf sie?

Irgendetwas war heute Abend zwischen ihnen geschehen, etwas Besonderes. Sie waren durch etwas verbunden, für das es keine Worte gab, durch etwas, das sie direkt ins Herz traf. Über ihnen zog die dünne Wolke, die den Mond bedeckt hatte, weiter, und unter das warme Gold mischte sich ein weißblaues Licht.

»Ich hatte vergessen, was mir dieser Ort einst bedeutet hat.« Er fuhr ihr mit dem Finger über die Wange, hinab zum Kinn, zum Hals und in das V zwischen ihren Brüsten, die sofort zu prickeln begannen.

Die Nacht umgab sie, und kühle Luft wehte ihnen um die Füße. Er legte ihr die Hände um die Taille und zog sie an sich. Sie spürte, wie sie sich ihm entgegenstreckte, während seine Lippen sich ihren immer weiter näherten.

Als sie sich schließlich berührten, zitterte Felicity. Dieser Kuss war anders als sein letzter – federleicht. Und er entflammte ein sengendes Verlangen in ihr.

Er löste sich von ihren Lippen und glitt mit der Zunge ganz zart an ihrem Kinn entlang, zu ihrem Hals, während ihre Haut zu brennen schien. Sie legte ihre Arme um seine Schultern und hielt sich an ihm fest.

»Du bist einfach unwiderstehlich«, flüsterte er und fuhr die Rundung ihres Ohres mit der Zunge nach.

Sie wusste, sie sollte sich ihm entziehen, gegen die Sehnsucht ankämpfen, die in ihr loderte. Dieser Mann hatte die Macht, ihr alles zu nehmen. Er sollte ihr Feind sein. Wenn sie dem Drängen ihres Körpers nachgab, hatte er die Macht, sie noch mehr zu verletzen. War dieser mögliche Schmerz das Risiko wert?

Denn alles, was sie im Moment wollte, war, sich der Lust hinzugeben, die er in ihr auslöste, und den Rest der Nacht damit zu verbringen, jeden Zentimeter seines Körpers mit ihren Lippen, ihren Händen und ihrer Zunge zu erkunden.

Wieder fanden sich ihre Münder zu einem leidenschaftlichen Kuss. Seine Zunge schob sich zwischen ihre Lippen, um ihre zu berühren. Bei dem Kontakt durchzuckte ein Stromstoß ihren Körper und traf sie bis ins Mark. Mit dem winzigen Teil ihres Gehirns, der noch zu rationalen Gedanken fähig war, löste sie sich von seinen Lippen, ohne dabei jedoch wegzusehen.

Seine dunklen Augen waren erfüllt von unverhohlener Begierde, und einen Herzschlag lang war sie versucht, dort weiterzumachen, wo sie gerade aufgehört hatten, um zu sehen, wohin sie diese Nacht führen würde. Ihr Körper stand immer noch in Flammen, als sie einen Schritt zurücktrat.

Blake hielt ihre Hände fest, ließ sie allerdings etwas Abstand zwischen sie bringen. »Kannst du mir etwas verraten?«, bat sie.

Er hob fragend eine Augenbraue, sagte aber nichts, schaute sie nur weiterhin an, als wollte er sie gleich hier und jetzt verschlingen.

Während er da im Schein des Mondes stand, das Haar leicht zerzaust, sah er umwerfender aus, als es von Rechts wegen irgendeinem Mann erlaubt sein sollte. Die Luft zwischen ihnen war geladen mit elektrischer Spannung, mit einem gemeinsamen Verlangen. So heftig, dass es ihr den Atem raubte und sie zugleich stark und schwach werden ließ.

»Hat irgendwas, das ich dir heute gezeigt habe, dich dazu gebracht, deine Pläne für das Bancroft noch einmal zu überdenken?«

»Ich würde gerne Nein sagen, aber das wäre gelogen.«

Seine Worte wärmten ihr das Herz, und sie drückte seine Hände. »Danke, dass du ehrlich bist.«

Er schenkte ihr ein unergründliches Lächeln. Seine Augen funkelten amüsiert, aber auch voller Leidenschaft. »Es gibt keinen Grund, zu lügen.«

Tausend verschiedene Gefühle durchfluteten Felicity. Dankbarkeit, Belustigung, doch vor allem Verlangen. Mit einem Stöhnen löste sie sich von ihm und ging zum Geländer, um noch einmal einen Blick auf die Stadt zu werfen. Sie musste irgendetwas anderes ansehen als ihn, denn sie wusste, wo die Nacht sonst enden würde … in seinem Bett.

»Morgen bist du dran, mir deine Welt zu zeigen.«

Er kam und stellte sich neben sie, und ihr Herz begann wieder schneller zu schlagen. Er musste sie nicht einmal berühren, damit ihr Körper auf ihn reagierte. »Muss ich etwas Besonderes einpacken?« Sie drehte sich um und sah ihn an.

Er streckte die Hand aus und streichelte mit dem Handrücken über ihr Kinn. »Für das, was ich dir zeigen will, brauchst du überhaupt keine Kleidung«, erklärte er mit einem Grinsen.

Bei seiner Berührung überlief sie ein Schauer. »Ich bin sicher, Nacktheit in der Öffentlichkeit wird in San Francisco nicht gern gesehen.«

»Ach, komm schon«, sagte er neckend. »Wir schaffen einfach einen neuen Modetrend.«

Wie um dort Beistand zu erbitten, sah sie auf zum Himmel. »Lieber Gott, wo immer er mich morgen auch hinbringt, bitte lass es dort warm sein, wenn Kleidung nicht zwingend notwendig ist.«

Er lachte. »In Ordnung. Was auch immer du mitnimmst, ich bin sicher, es wird reichen. Du solltest vielleicht ein Sommerkleid, einen Badeanzug und auf jeden Fall etwas für formelle Anlässe einpacken.«

Felicitys Lachen verschwand. Etwas Formelles? »Wann holt Peter uns ab, um uns zum Flughafen zu bringen?«

»Um zwölf Uhr mittags.«

Großartig. Damit hatte sie nach Ladenöffnung zwei Stunden Zeit, um nicht nur einen Badeanzug, sondern auch noch eine formelle Abendrobe zu finden, die einem Blake Bancroft gerecht wurde. Und sie wusste genau, wen sie um Hilfe bitten würde.

Für Felicity waren Kleider dazu da, den Körper zu bedecken und Wärme zu spenden. Mary Beth hatte in ihrem früheren Leben gelernt, wie man Kleidung zur Selbstdarstellung nutzte.

Felicity betrachtete den Mann, der vor ihr stand. Oh, sie musste sich definitiv selbst darstellen, wenn sie gewinnen wollte. In seiner Hälfte des Spielfelds würde sie jeden Vorteil ausnutzen müssen.

Kapitel 9

Blake trat aus dem Hotel Bancroft und zog sich die Kapuze seiner Windjacke über den Kopf. Er wollte gerade mit dem morgendlichen Lauf beginnen, der ihm dabei helfen sollte, die Frau zu vergessen, die zurzeit viel zu viel Platz in seinen Gedanken in Anspruch nahm, als er Destiny bemerkte, die gegenüber vom Hotel an einem Laternenpfahl lehnte. Sie trug einen grauen Jogginganzug, und als sie ihn sah, überquerte sie die Straße.

»Destiny«, begrüßte er sie, wobei er sich keine große Mühe gab, nicht genervt zu klingen. Sie hielt eine weiße Tüte und zwei Becher Kaffee in den Händen. »Nachdem Sie sich nicht gemeldet haben, wusste ich, dass ich die Dinge selbst in die Hand nehmen muss.« Sie schenkte ihm ein herausforderndes Lächeln. »Ich hab uns beiden Frühstück besorgt.«

Blake runzelte die Stirn. Er hatte Destiny nicht angerufen, weil er nicht vorhatte, ihr zu erzählen, was zwischen Felicity und ihm privat bleiben sollte. »Ich gehe joggen.«

»Macht es Ihnen was aus, wenn ich Sie begleite?«

Skeptisch hob er eine Augenbraue. »Mit Kaffee und Donuts?«

»Das sind Spinat-Feta-Wraps und … Ach, ich nehme an, es ist unwichtig, was es ist.« Sie sah sich um, ging auf die andere

Seite der Straße und überließ das Essen einem Jungen, der einen Hund spazieren führte, ehe sie zu Blake zurückkehrte.

»Ist er nicht etwas zu jung für Kaffee?«

Sie zuckte mit den Schultern. »Seine Eltern müssen ja hier irgendwo sein. Na dann, auf geht's.«

Als Blake begriff, dass er die Reporterin nicht loswerden würde, beschloss er, sie einfach abzuhängen. Er lief los, die Terry Avenue hinunter, den Weg entlang, den er vor Kurzem mit Felicity gegangen war. Am Wasser entlangzujoggen war ihm heute Morgen wie eine gute Idee vorgekommen. Jetzt war er da nicht mehr so sicher.

»Harte Nacht?«

Es war ihm schwergefallen, zu schlafen, da seine Gedanken immer wieder zu Felicity abgedriftet waren. »Sehe ich so schlimm aus?«

»Ich bezweifle, dass Sie auch nur an einem einzigen Tag Ihres Lebens schlimm ausgesehen haben, völlig unabhängig von Schlaf oder anderen Aktivitäten«, bemerkte sie, während sie neben ihm blieb.

»Ich habe nicht vor, mit Ihnen über das Bancroft zu sprechen«, erklärte er, während über ihnen eine Möwe schrie.

»Wir können reden, worüber Sie möchten.«

»Was wollen Sie, Destiny?« Er begann in seinem üblichen Rhythmus zu laufen, irritiert darüber, dass sie mit ihm Schritt hielt.

»War Ihr Onkel schon immer so manipulativ?« Ihr Ton klang unbeschwert, doch Blake spürte, dass die Frage für sie wichtiger war, als sie zugeben wollte.

»Geht es Ihnen bei der Frage um mich, um Felicity oder um Sie?« Das Geräusch ihrer Schritte unterstrich jedes Wort.

Sie sah ihn kurz an und richtete den Blick dann wieder auf die Straße, die vor ihnen lag. »Seien Sie doch nicht so dramatisch. Ich will nur wissen, warum der alte Mann es vorgezogen hat, Felicity das Hotel zu vermachen statt Ihnen. Sie hat ihm Gesellschaft geleistet, aber sonst auch nichts. Also warum sollte er ihr gegenüber so großzügig sein, wenn hinter der Geschichte nicht noch mehr steckt?«

»Ich kenne die Geschichte nicht. Wenn Sie irgendwelche Informationen haben wollen, müssen Sie direkt zu Felicity gehen.«

»Sie wird niemals mit mir reden. Nicht jetzt.«

»Wegen dieser wie auch immer gearteten Fehde zwischen Ihnen beiden? Sie hat gesagt, Sie wären mal Freundinnen gewesen.«

Am Alaskan Way kamen sie an eine Ampel und waren gezwungen, anzuhalten. Blake joggte auf der Stelle weiter, während Destiny sich vornüberbeugte und nach Atem rang. »Manchmal nimmt einem das Leben gewisse Entscheidungen ab.«

Bei ihrem Tonfall sah er sie überrascht an. »Was meinen Sie damit?«

Sie richtete sich auf. »Nichts.« Die Ampel wurde grün, und sie überquerte die Straße vor ihm.

Der Geruch von Salz, Meer und Teeröl stieg ihm in die Nase, während er ihr folgte. »Warum schreiben Sie überhaupt eine Geschichte? Da gibt es keine Schlagzeilen.« Wie bereits vor ein paar Tagen standen die Fischer aufgereiht am Kai, um ihren morgendlichen Fang zu verkaufen.

»Da liegen Sie falsch. Was auch immer zwischen Ihrem Onkel und Felicity gewesen ist, ist eine Schlagzeile wert.« Sie hatte Flecken auf den Wangen und begann Anzeichen von Erschöpfung zu zeigen.

»Was ist daran eine Schlagzeile wert, wenn ein alter Mann stirbt? Und es war ein natürlicher Tod, also denken Sie nicht mal daran, diese Richtung einzuschlagen.« In den Klang ihrer

Schritte auf dem Asphalt mischte sich Stimmengewirr von dem provisorisch aufgebauten Markt.

»Aber an dieser Geschichte ist mehr dran als der unerwartete Tod Ihres Onkels. Ich habe vor, zu beweisen, dass Felicity wusste, wer Vernon Bancroft war, ehe er starb, und ihn dazu gebracht hat, ihr das Hotel zu überlassen.«

»Aus Rache oder zum Wohl der Gemeinschaft?«

»Vielleicht ein wenig von beidem. Felicity lebt in der Vergangenheit, was das Bancroft betrifft. Der Ruhm des alten Hauses ist schon lange erloschen. Es wird Zeit, einen Schritt in die Zukunft zu machen. Das ist es doch, was Sie wollen, oder nicht?«

»Das ist alles, was ich will.« Er belog sich selbst. Das war nicht alles, was er wollte. Seine Motive waren nicht so klar, wie er sich selbst einzureden versuchte. Seine Firma wollte das eine von Felicity, sein Körper allerdings wollte noch etwas anderes.

»Dann lassen Sie uns das zusammen realisieren. Ich lade Sie heute Abend zum Essen ein. Wir können uns unterhalten und sehen, wohin uns das führt«, erwiderte sie vielsagend.

Ein Teil von ihm sah ein, dass Destinys Vorhaben für ihn und sein Anliegen von Vorteil sein konnte. Der andere Teil, der gefühlsmäßig verwirrte Teil, wollte Felicity schnell fort- und vor Destiny und allen anderen in Sicherheit bringen.

Er schüttelte den Kopf über seine eigenen Gedanken. Er konnte nicht beides haben. Es gab für ihn keine Möglichkeit, gleichzeitig das Bancroft und die Frau zu bekommen, der es im Moment gehörte. Und er war sicherlich nicht daran interessiert, über sich oder seinen Onkel Vern zu reden. »Wir sind hier fertig.«

»Dann würde ich an Ihrer Stelle ganz genau aufpassen, was ich tue.«

»Ist das eine Drohung?« Seine Stimme klang wie Eis.

»Nein, ein Versprechen.«

Sie blieb stehen, und Blake joggte weiter, wobei er sie und ihre leeren Worte hinter sich zurückließ. Er hatte es in der Firma nicht dahin gebracht, wo er jetzt war, ohne sich dabei ein paar Feinde zu machen. Destinys Worte machten ihm keine Angst. Außerdem wurden seine Security-Leute dafür bezahlt, ihn genau vor solchen Dingen zu schützen.

Was ihn verstörte, war die Tatsache, dass er Destinys Angebot, Felicitys Ruf zu schädigen und damit auch ihre Fähigkeit, das Hotel zu einem Erfolg zu machen, nicht angenommen hatte.

Warum zögerte er? Immerhin ging es hier ums Geschäft.

Hatte das, was sie ihm während der letzten beiden Tage gezeigt hatte, tatsächlich seine Meinung geändert – dass das Bancroft für viele Menschen mehr als nur ein Hotel war? Hatte er das Recht dazu, dies alles zu zerstören, egal, wie er über Felicity dachte?

Beim Gedanken an sie stöhnte Blake frustriert auf. Allem Anschein nach war er nicht dazu in der Lage, ihren Geruch zu vergessen oder die Art, wie sie sich bewegte. Ihr geschmeidiger Körper war wie eine anmutige Symphonie, und es fiel ihm nur allzu leicht, sie sich in seinen Armen vorzustellen.

Unwillkürlich spreizte er die Hände, als wollte er versuchen, die Erinnerung daran loszuwerden, wie sich Felicity letzte Nacht auf dem Balkon angefühlt hatte. Sie war weich gewesen und warm und süßer als irgendetwas, wovon er jemals gekostet hatte. Was an ihr war es, das ihn so faszinierte? Allein beim Gedanken daran, wie ihre Finger seinen Körper streiften, begann ihm das Blut in den Adern zu kochen, und sein ganzer Körper spannte sich an.

Er starrte in die Ferne und versuchte sein Verlangen wieder unter Kontrolle zu bekommen, jedoch ohne großen Erfolg. Er wusste genau, was vor ihm lag. Sie würden das Wochenende miteinander verbringen. Wenn er glaubte, es wäre schwer, ihr in Seattle zu widerstehen, würde sie auf ihrer Reise erst recht die reinste Versuchung sein. Eigentlich hatte er vorgehabt, ihr zu beweisen, dass das Bancroft es verdiente, in der Umwelttechnologie zum Marktführer zu werden. Davon würde er sie überzeugen und noch von so vielem mehr. Langsam verzogen sich seine Lippen zu einem Lächeln. In der richtigen Umgebung konnte er beides gleichzeitig schaffen.

Felicity hatte zugestimmt, ihm zwei ganze Tage Zeit zu geben, doch er hatte niemals erwähnt, wo genau er sie hinbringen wollte. Bei dieser Überlegung zog Blake sein Handy hervor. Er hatte zwei Stunden, um einen Alternativplan zu erstellen.

* * *

Als Felicity an diesem Morgen die Eingangshalle betrat, wartete Mary Beth bereits auf sie. Sie hatte kaum Zeit, ihre Freundin zu begrüßen, ehe Mary Beth mit ihr aus dem Haupteingang hinauseilte und hinüber zu Blakes unbenutzter Limousine, die in der kreisförmigen Einfahrt geparkt war.

»Ich hoffe, es macht dir nichts aus, aber als ich Peter heute Morgen hier warten sah, hab ich ihn gefragt, ob er uns durch die Stadt begleiten würde«, erklärte Mary Beth. »Ich weiß, ich hätte dich zuerst fragen sollen, aber so erschien es mir viel zielführender. Auf diese Weise haben wir mehr Zeit zum Einkaufen.«

»Nein, es macht mir nichts aus«, entgegnete Felicity, während Mary Beth sie auf den Rücksitz verfrachtete. »Wohin fahren wir?«

Mary Beth kletterte in die Limousine, und Peter schloss die Tür. »Wir fangen bei Luly Yang auf der Fourth Avenue an.«

Als Peter den Wagen startete, lehnte sich Mary Beth in den weich gepolsterten Ledersitzen zurück. »Mein Gott, ich liebe dieses Auto fast so sehr, wie ich es liebe, das Geld anderer Leute auszugeben.«

Im Rückspiegel konnte Felicity sehen, wie Peter lächelte, bevor er den Blick wieder auf die Straße richtete. Es dauerte nicht lange, die Hügel hinunter zu Seattles Einkaufsmeile zu fahren, die sich in der Innenstadt zwischen der Fifth und Sixth Avenue befand. Peter parkte die Limousine am Gehweg und kam um den Wagen herum, um die Tür zu öffnen.

Mary Beth stieg aus. »Na los, lass uns anfangen. Wir haben nicht viel Zeit.«

Felicity stand zögerlich vor dem Eingang der exklusiven Boutique. »Für meine Verhältnisse kaufen wir, glaube ich, am falschen Ende der Stadt ein. Ich kann es mir nicht leisten …«

»Felicity, du hast mir einmal geholfen. Bitte lass mich dir jetzt helfen. Das hier ist wichtig. Um in Blakes Welt mitzuspielen, musst du aussehen, als würdest du dazugehören. Außerdem«, erklärte Mary Beth, während sie sich bei Felicity unterhakte und sie in Richtung Eingang zog, »hast du als Eigentümerin des Hotel Bancroft ein gewisses Image zu wahren.«

Felicity zögerte noch einen weiteren Moment, während Mary Beths Worte einsanken. Schließlich erlaubte sie ihrer Freundin, sie in den exklusiven Designerladen zu schleppen. Mary Beth hatte recht. In den nächsten beiden Tagen musste sie sich an Blakes gehobenen Lebensstil anpassen, und sie hatte sich niemals belangloser und deplatzierter gefühlt als in seiner strahlenden Gegenwart. »Nur ein paar Sachen …«, räumte sie ein.

Mary Beth nickte, während sie durch den Laden ging. »Du liest die Food-Blogs und ich die über Mode. Ich kann mich noch an die Zeit erinnern, als das hier mein Leben war.«

Wenn es um Mode ging, wusste Mary Beth, was sie tat; das bewies sie jeden Tag, indem sie sich besser anzog als irgendjemand sonst, den Felicity kannte. Und all das tat sie mit begrenzten finanziellen Mitteln.

»Warum können wir nicht in den Geschäften einkaufen, in die du normalerweise gehst?«, fragte Felicity, immer noch abgeneigt, mehr Geld auszugeben, als absolut nötig war.

»Weil du das Beste brauchst – keine Imitation des Besten –, um es mit einem Mann wie Blake aufzunehmen.«

Felicity nickte, nicht unbedingt überzeugt.

Mary Beth reagierte mit einem selbstbewussten Lächeln, als sie sich wieder den Kleidungsstücken zwischen ihren Fingerspitzen zuwandte. »Du brauchst warme Farben. Oder etwas Schwarzes. Du würdest in Schwarz umwerfend aussehen. Oben eng, unten mit einem fließenden Rock. Lass uns deine Vorzüge herausstellen.«

»Meine was?«, lachte Felicity.

Mary Beth warf ihr einen ungläubigen Blick zu. »Hast du eigentlich einen Spiegel? Mit den richtigen Sachen bringen wir deine schmale Taille und deine weiblichen Kurven richtig zur Geltung.« Sie schüttelte den Kopf. »Ich weiß nicht, wie du das machst. Du bist die einzige Köchin, die ich kenne, der man den Beruf nicht an der Taille ansehen kann.«

»Jetzt hör aber auf, Mary Beth. Ich bin genau wie alle anderen.«

Ein herablassender Blick huschte über Mary Beths Gesicht. »Du hast wirklich keine Ahnung, wie schön du bist, oder?«

»Ich bin ein hässliches Entlein.«

»Nein, du bist ein Schwan.« Mary Beths Augen strahlten belustigt. »Warte nur ab, und schau dann genau hin. Wenn ich mir dir fertig bin, wirst du das nicht mehr abstreiten können.«

* * *

Felicity stand mit erhobenen Armen vor einem riesigen Halbkreis von Spiegeln, während Mary Beth und eine der Verkäuferinnen sie in ein Kleid nach dem anderen steckten. Obwohl sie ein wenig bestürzt darüber war, wie viel Geld sie ausgaben, zwang sich Felicity dazu, sich zu entspannen und an Mary Beths Rat über die Anpassung an Blakes Welt zu denken. Als sie bei Luly Yang fertig waren, führte Mary Beth sie in weitere Geschäfte an Seattles Einkaufsmeile.

Eineinhalb Stunden später saßen sie wieder in der Limousine. Mit einem erleichterten Seufzen lehnte Felicity sich zurück. Nach vier Geschäften, drei Kleidern, zwei Oberteilen und einem Badeanzug war sie erschöpfter, als wenn sie zwei Tage ununterbrochen gekocht hätte. »Ich bin froh, dass wir diese Kleider gefunden haben.«

»Zu diesem formellen Anlass, den Blake geplant hat, solltest du das mokkafarbene tragen, denke ich. Es passt großartig zum Ton deiner Haut.«

»Ja, es zeigt auch so viel davon«, erwiderte Felicity trocken.

»Das wird zu deinem Vorteil sein«, bemerkte Mary Beth und wandte sich dann an den Chauffeur: »Peter, fahren Sie uns zur Post Alley 1910.«

Felicity erschrak. »Wir fahren nicht zurück zum Hotel? Ich muss mich um zwölf Uhr mit Blake treffen.«

Mary Beth hob eine Augenbraue. »Hierfür hast du noch Zeit. Außerdem geht er ohne seinen Fahrer nirgendwohin.«

Die nächsten zwanzig Minuten saß sie mit Mary Beth in einem hübschen Teehaus an Seattles Pike Place Market, wo sie gemütlich eine Tasse Kamillentee tranken, der in so hauchdünnen Tassen aus Sèvresporzellan serviert wurde, dass sie fast durchsichtig zu sein schienen. Die deckenhohen Fenster gestatteten ihnen, die Besucher des Marktes zu beobachten, während sie sich zurücklehnten und ein paar Minuten entspannten. Mary Beth hatte erneut recht gehabt. Eine Tasse Tee war der perfekte Abschluss für ihren Einkaufsbummel.

»Bist du bereit für das, was Blake in den nächsten Tagen für dich geplant hat?«, fragte Mary Beth.

Felicity nickte. »Ich hab mich um alles gekümmert, was mein Vater brauchen könnte, während ich weg bin. Wenn er aus dem Krankenhaus entlassen wird, kommt er zurück in die Einrichtung für betreutes Wohnen. Für die nächsten Wochen hat er eine eigene Krankenschwester. Sie wird sich um seine Therapie kümmern und dafür sorgen, dass es ihm gut geht, solange ich fort bin.«

»Klingt, als wärst du bereit, es mit Blake aufzunehmen.«

Felicity verzog das Gesicht. »Ich denke nicht, dass irgendjemand jemals dazu bereit sein könnte, es mit diesem Mann aufzunehmen.« Sie seufzte. »Trotz der eigenen Krankenschwester macht es mich immer noch nervös, meinen Vater zu verlassen. Ich werde mir die ganze Zeit über Sorgen um ihn machen.«

»Ich werde für dich nach ihm schauen.«

Felicity lächelte ihre Freundin dankbar an. »Ich hasse es, dir noch eine zusätzliche Aufgabe aufzubürden …«

»Das ist keine Bürde«, unterbrach sie Felicity. »Mein Bruder ist überglücklich, wenn er mir mit dem Baby helfen kann. Und Amelia mag ihren Onkel ebenfalls sehr. Ich habe so ein Glück, dass ich es geschafft habe, meinem Leben eine neue Wendung zu geben.«

»Dafür ist nicht das Glück verantwortlich. Das war harte Arbeit.«

»Hast du einen Schlachtplan, wie du mit Blake auf seinem Spielfeld umgehen willst, abgesehen davon, dich entsprechend zu kleiden?«, fragte Mary Beth, während sie einen Schluck von ihrem Tee nahm.

Einen Schlachtplan. »Ich bin nicht sicher, ob ich überhaupt einen Plan habe, außer zu versuchen, ihn davon zu überzeugen, dass das Bancroft so bleiben sollte, wie es ist.«

Mary Beth nickte. »Du wirst das schon schaffen. Vor allem jetzt. Du bist anders, seit du Blake begegnet bist.«

»Wieso?« Felicity setzte ihre Tasse ab.

Mary Beth kräuselte die Nase. »Ich weiß nicht genau. Aber ich würde sagen, du lässt dich nicht mehr so leicht einschüchtern.«

Felicity lachte. »Keine Ahnung. Die Verkäuferinnen bei Luly Yang und Neiman Marcus haben mich sehr eingeschüchtert.«

Mary Beth kicherte. »Sie werden dafür bezahlt, die Leute einzuschüchtern. Aber von denen abgesehen, hast du die Dinge definitiv besser unter Kontrolle, seit du Blake getroffen hast.«

»Weil es plötzlich um so viel mehr geht.«

»Das ist nichts Schlechtes, Felicity.« Mary Beth zuckte die Achseln. »Wer weiß, vielleicht kommst du aus San Francisco zurück und bist eine Naturgewalt, mit der man rechnen muss. Blake wird keine Chance gegen dich haben.«

In diesem Moment hoffte Felicity, dass Mary Beth zum dritten Mal an diesem Tag recht behalten würde. Blake war ein mächtiger Gegner. Sie musste ebenso entschlossen und stark sein, wenn sie das, was sie sich so verzweifelt wünschte, nicht wieder verlieren wollte.

Kapitel 10

Nach dem Joggen kehrte Blake ins Hotel zurück und rief Marcus an. »Irgendwelche Neuigkeiten von Jamison, wegen des Angebots für das Heritage Hotel?«

»Er will mit dir persönlich sprechen«, erwiderte Marcus in seinem üblichen sachlichen Ton.

Blake runzelte ungeduldig die Stirn. »Das wird nicht klappen. Ich fahre weg. Können wir uns am Telefon unterhalten?«

»Er ist ein traditioneller Mensch. Er verhandelt gerne von Angesicht zu Angesicht.«

Blake warf einen Blick auf die Uhr. Er hatte noch eine Stunde, bevor er sich mit Felicity treffen musste. »Dann machen wir eine Videokonferenz. Ich will das erledigen, und zwar schnell.«

»Warum die Eile? Das ist untypisch für dich.«

»Ich will das alles nur unter Dach und Fach haben. Kümmere dich darum. Dafür bezahle ich dich«, sagte Blake.

Für einen Moment herrschte am anderen Ende der Leitung Stille. »Bekomme ich zehn Minuten, um die Verbindung aufzubauen?«, fragte Marcus.

Das würde ihm Zeit zum Duschen lassen. »Wir sehen uns online in zehn Minuten.« Blake legte auf und machte sich auf den Weg zur Dusche. Zehn Minuten später begrüßte er Donald Jamison am Computerbildschirm. »Guten Morgen, Mr Jamison. Ich weiß es zu schätzen, dass Sie sich so kurzfristig mit mir treffen.«

Der ältere Mann presste stur die Lippen aufeinander. »Sie und ich, wir wissen beide, dass ich keine andere Wahl habe, als das Anwesen an Sie zu verkaufen, aber ich wollte mit Ihnen persönlich über den Abriss des Hotels reden.« Seine Stimme zitterte, und zum ersten Mal zögerte Blake, wenn es darum ging, einen seiner Gegner in die Ecke zu drängen.

Er war im Vorteil. Dem alten Mann stand das Wasser bis zum Hals. Vor zwei Tagen hätte Blake sich durchgesetzt, ohne auch nur einen Moment darüber nachzudenken. »Warum wehren Sie sich so dagegen, dass ich das Gebäude niederreiße?«

»Die Wahrheit?«, fragte er, und sein Gesichtsausdruck war plötzlich verhärmt.

»Ja«, antwortete Blake.

Jamison sah ihm in die Augen. »Meine Jenny ist hier gestorben. Wenn Sie das Haus abreißen, nehmen Sie mir auch die letzten Erinnerungen, die ich an sie habe.«

Sofort verspürte Blake Schuldgefühle und einen ungewohnten Anflug von Mitleid. Vor seinem geistigen Auge sah er die Bilder, die Felicity ihm gestern Nacht gezeigt hatte. Seine Lippen verzogen sich zu einem Lächeln. »Das verstehe ich.« Er hielt einen Augenblick inne, dachte nach und seufzte dann. »Wären Sie für ein alternatives Angebot offen?«

»Und was wäre das?«

»Zweiundsiebzig Millionen. Sie bleiben im Hotel wohnen, um das Management und die Restaurierung zu leiten.«

In Jamisons grauen Augen leuchtete Überraschung auf, und möglicherweise waren da auch Tränen. »Sie werden es nicht abreißen?«

»Sie haben ein überzeugendes Argument vorgebracht.« Blake seufzte erneut. »Nein, ich werde es nicht abreißen.« Wie sollte er das auch guten Gewissens tun? »Ich werde Marcus den Vertrag aufsetzen lassen, wenn Sie mit dem Angebot einverstanden sind.«

Jamison nickte. »Vergeben Sie mir, wenn ich das sage, aber ich bin überrascht. Männer wie Sie geben normalerweise nicht nach. Was hat Sie dazu verleitet, Ihre Meinung zu ändern?«

»Ich kann nur sagen, dass ich unsere Vereinbarung jetzt mit anderen Augen sehe«, erwiderte Blake.

»Dafür bin ich dankbar.«

Sie klärten noch ein paar weitere wichtige Details und beendeten dann das Gespräch. Blake lehnte sich in seinem Sessel zurück. Er war noch immer etwas verwirrt über sein ungewöhnliches Verhalten. Es war das erste Mal, dass er über ein Geschäft verhandelt hatte, bei dem es überhaupt nicht um den Geldwert ging. Das war extrem untypisch für ihn, und er wollte gar nicht erst über den Grund nachdenken.

* * *

Eine Stunde später saßen Blake und Felicity im exklusiven Loungebereich seines Privatjets und warteten auf den Abflug vom Boeing-Field-Flughafen.

Felicity machte große Augen, als sie sich in den weichen Ledersitz sinken ließ und den Sicherheitsgurt anlegte. »Du hast ein eigenes Flugzeug?«

»Was hat mich verraten? Das Bancroft-Industries-Firmenzeichen auf der Seite?« Er sah die Welt kaum jemals mit den Augen eines Menschen, der kein Geschäftspartner mit einem ähnlichen Lebensstil war.

Ihr war eine seltsame Mischung von Aufregung und Anspannung anzumerken. »Das ist kein Flugzeug, es ist ein fliegendes Luxusappartement.«

Er zuckte die Achseln, während das Flugzeug die Startbahn entlangrollte. »Ich arbeite in der Regel, wenn ich reise. Das Flugzeug bietet mir ein Büro, ein Schlafzimmer, einen Essbereich, eine Bar und ein Badezimmer mit Dusche.«

Blake legte seine Hand auf Felicitys. Einen Moment lang dachte er, sie würde sie zurückziehen. Aber dann drehte sich ihre Hand langsam um und umfing seine. Er durfte da nichts hineininterpretieren. Seit sie in das Flugzeug gestiegen waren, machte sie einen besonders nervösen Eindruck. Er konnte ihr keinen Vorwurf daraus machen. Sie hatte gerade all die Menschen zurückgelassen, die sie unterstützten. Diese Frau war schutzlos und verletzlich.

Unerklärlicherweise verärgerte ihn der Gedanke. Würde er ihre Lage ausnutzen? Vor solchen Taktiken wäre er zuvor nicht zurückgeschreckt. Aber bei ihr fühlten sich seine üblichen geschäftlichen Umgangsformen falsch an.

»Fliegst du oft?«, fragte er und drückte ihre Hand, wobei er nicht sicher war, ob er das tat, um sie oder um sich selbst zu beruhigen.

»Nicht mehr seit meiner Reise nach Italien und vorher auch kaum jemals. Dir ist vielleicht aufgefallen, dass es mir schwerfällt, die Kontrolle abzugeben. Ich mag es, wenn die Dinge auf eine ganz bestimmte Art und Weise passieren.«

Als das Flugzeug abhob, zog er fragend eine Augenbraue hoch. »Hast du OCD – eine Zwangsstörung?«

»Nein, ich habe CDO, oder zumindest sollte es so heißen, wenn die Buchstaben alphabetisch geordnet wären«, erwiderte sie ernst, doch ihr Körper entspannte sich.

Blake musterte sie einen Moment lang, bis er bemerkte, wie sich ihr Mundwinkel hob. Er antwortete mit einem Lächeln. »Sehr lustig.«

Sie zuckte mit den Schultern, und ihr Blick wanderte zum Fenster, während sie an Höhe gewannen. »Ich hasse es, nicht in meinem eigenen Element zu sein. Bitte versprich mir, dass es keine Überraschungen geben wird.«

Das konnte er ihr nicht versprechen. Darum ging es ja bei diesem Kurztrip – sie zu verunsichern, aus dem Gleichgewicht zu bringen, sie von seiner Sichtweise in Bezug auf das Hotel zu überzeugen.

»Wir haben eine Abmachung. Du hattest zwei Tage, jetzt bekomme ich meine. Ich habe vor, dir zu zeigen, wie ein Hotel auf sozialer Ebene verantwortungsbewusst und gleichzeitig umweltfreundlich sein kann, ohne dabei am Service zu sparen.«

Sie sah ihn wieder an. »Genau so leite ich das Restaurant«, erwiderte sie.

»Du machst da einen hervorragenden Job. Bei einem Hotel ist das viel schwieriger, außer du nimmst einige größere Veränderungen vor.«

»Es ist nicht die Renovierung, die mich stört, sondern die Auswirkungen, die sie auf das Leben meiner Angestellten haben wird. Sie brauchen ihre Jobs, um zu überleben.«

In ihrer Stimme klang eine beinahe verzweifelte Leidenschaft mit, wann immer sie das Argument mit ihren Angestellten erwähnte. Gab es in ihrem Leben irgendwelche belastenden Ereignisse, von denen er wissen sollte? Während er darüber nachdachte, drückte er noch einmal abwesend ihre Hand. »Mach dir während der beiden nächsten Tage einfach keine Sorgen. Lass dich darauf ein, die Dinge aus einem anderen Blickwinkel zu betrachten. Versprichst du mir das?«

Er sah, wie sie einen Moment zögerte, bevor sie nickte und sich in den weichen Ledersitz sinken ließ. »Es tut mir leid. Ich will nicht schwierig sein. Ich bin es nur nicht gewohnt, morgens als Erstes Kleider kaufen zu gehen.«

»Nur Fische? Die verlangen einem viel weniger Energie ab.«

Sein Scherz entlockte ihr ein Lächeln. »Von Fischen verstehe ich etwas. Schicke Kleidung ist für mich ein Buch mit sieben Siegeln. Das ist anstrengend.« Sie seufzte. »Ich weiß nicht, wie du das machst.«

»Ich bezahle Leute dafür, dass sie es für mich tun.« In diesem Augenblick erschien die Flugbegleiterin und servierte ihnen Champagner in Waterford-Sektgläsern.

»Danke, Kayoko«, sagte Blake mit einem Lächeln zu der zierlichen japanischen Flugbegleiterin, die sich seit fünf Jahren auf Reisen um all seine Bedürfnisse kümmerte.

Felicity nahm ihr Glas und betrachtete den Inhalt. »Wenn ich das trinke, schlafe ich wahrscheinlich ein.«

Blake nahm einen Schluck von seinem Champagner und hoffte, Felicity würde es ihm gleichtun. »Es gibt ein Schlafzimmer, das du benutzen kannst, wenn du dich gerne hinlegen möchtest.«

Nachdem sie einen Schluck getrunken hatte, stellte sie das Glas ab und warf Blake einen entschuldigenden Blick zu. »Zwei Stunden Mittagsschlaf klingen großartig. Würde es dir etwas ausmachen?«

»Überhaupt nicht.« Er ließ ihre Hand los. »Kayoko zeigt dir das Schlafzimmer. Mach es dir bequem. Ich hab eine Menge Arbeit zu erledigen, während du schläfst.« Das stimmte. Er hatte das Geschäftliche in den letzten Tagen, die er in Felicitys Gegenwart verbracht hatte, ignoriert – er konnte sich nicht daran erinnern, jemals so etwas getan zu haben, seit er die Firma von seinem Onkel übernommen hatte. »Ruh dich aus. Wenn du mich brauchst, bin ich hier.«

»Das werde ich nicht.« Sie stand auf und folgte Kayoko entschlossen den Gang hinunter.

Er versuchte, den Stich zu ignorieren, den ihr Kommentar ihm versetzt hatte, während sie in dem luxuriösen Schlafzimmer verschwand, in dem er normalerweise auf langen Flügen schlief. Er stellte sich vor, wie Felicity auf den kühlen Laken lag, das Haar um ihren Kopf ausgebreitet, ihr Körper warm und willig. Der Gedanke entlockte ihm ein Stöhnen.

Wie sollte er seine Arbeit erledigen, während er wusste, dass sie nur ein paar Meter von ihm entfernt im Bett lag?

Unwillig griff er nach seinem Laptop und schaltete ihn ein. Als Kayoko zurückkam, nahm sie sein Champagnerglas und tauschte es gegen ein Scotch-Glas aus. »Ist es so offensichtlich, ja?«

Die Flugbegleiterin sah ihn verständnisvoll an. »Sie scheint anders zu sein als die Frauen, die normalerweise mit uns reisen«, erklärte sie mit einem herzlichen Lächeln.

Die Tatsache, dass Felicity alleine in seinem Bett war, unterschied sie von den anderen. Kayoko hatte recht. Etwas war anders, doch der Unterschied lag bei ihm, nicht bei Felicity. Stück für Stück riss sie die Mauern ein, die er um sich herum errichtet hatte. Seit seine Eltern ertrunken waren, hatte er sich nicht erlaubt, etwas anderes als Ehrgeiz zu verspüren. Er zog es vor, auf diese Art zu leben – in einem sicheren Kokon, frei von irgendwelchen Turbulenzen.

Es war so seltsam, dass Felicity gelungen war, was andere nicht geschafft hatten. Es ärgerte und faszinierte ihn gleichermaßen.

Wenn er es nicht besser wüsste, würde er annehmen, sein Onkel Vernon hätte ihr das Hotel vermacht, damit sie sich begegneten und einen Grund hatten, miteinander zu tun zu haben. Allerdings war das etwas, das ein liebender Onkel möglicherweise für seinen geliebten Neffen getan hätte. Und Blake wusste, dass dies weder auf Vernon noch auf ihn zutraf.

Blake spürte das Blut in seinen Adern pochen, während er hinunter in sein Whiskyglas starrte. Er hob es an seine Lippen und leerte den Inhalt in einem einzigen Zug.

Kayoko zog eine Augenbraue hoch, drehte sich jedoch schweigend um und nahm die Flasche, um ihm noch mehr von der bernsteinfarbenen Flüssigkeit einzuschenken.

»Es wird ein langer Flug«, sagte er. »Vielleicht lassen Sie die Flasche einfach gleich hier.«

Sie stellte sie ab und überließ ihn sich selbst. Er loggte sich in seinen Computer ein und öffnete die Tabellenkalkulationen, die sein Buchhalter ihm geschickt hatte. Die Zahlen halfen ihm dabei, Felicity aus seinen Gedanken zu verdrängen.

Er musste arbeiten.

* * *

Felicity stöhnte auf, als sie spürte, wie eine starke Hand über ihren nackten Bauch hinunter zu ihrer Hüfte strich. Instinktiv wandte sie sich der Liebkosung zu, während ihr Körper vor Verlangen sofort in Flammen stand.

Blake drehte sie auf den Rücken und küsste sie. Bei seiner Berührung erfasste sie ein heißes Zittern. Während er sich weiter mit ihren Lippen beschäftigte, verschwanden seine Finger unter der Decke und fuhren ganz langsam an ihrem Schenkel hinauf.

Felicity stöhnte und war versucht, die Augen zu öffnen, doch der Traum entsprach zu sehr ihren Sehnsüchten, als dass sie ihn schon beenden wollte. Stattdessen atmete sie seinen vertrauten, würzigen Duft ein, während sie von der Hitze seiner Lippen kostete.

Sein Kuss war stürmisch und leidenschaftlich und dennoch seltsam zärtlich, während er zwischen ihren Beinen Hand anlegte. Er fuhr durch die kleinen Löckchen, bevor er einen Finger zwischen die Falten gleiten ließ.

Sie biss die Zähne zusammen, als sie ein heißer, krampfartiger Schauer durchfuhr.

Er hörte nicht auf, sondern fuhr mit dem Daumen langsam vor und zurück. Jeder Muskel in ihrem Körper zog sich zusammen, während sie um Kontrolle rang, darum kämpfte, die Spannung hinauszuzögern, die sich mit jeder Bewegung seiner Finger immer weiter aufbaute. Sie konnte nicht mehr klar denken, als sie nach ihm griff.

Sie wollte ihn in sich spüren.

Ihr Herz schlug so heftig, dass sie nicht atmen konnte, während sie mit den Händen seine Schultern umklammerte und ihn neben sich nach unten zog. Erwartungsvoll biss sie sich auf die Lippe, als er sich auf ihrem Körper ausstreckte und zwischen ihre Beine legte. Er kam näher und presste sich gegen sie. Gerade als er dabei war, in sie einzudringen, wurde sie von einem harten Aufschlag wach gerüttelt. Die Welt um sie herum verlangsamte sich, und sie spürte, wie sie auf den Laken, die ihre Beine bedeckten, nach vorne rutschte.

Verwirrt sah sie sich in dem unbekannten Raum um. Es dauerte eine ganze Minute, bis sie sich erinnerte, dass sie alleine im Bett von Blakes Privatjet lag. Das Flugzeug war in San Francisco gelandet, und sie hatte die ganze Zeit über geschlafen.

War es alles nur ein Traum gewesen? Ihr Herz pochte in ihrer Brust, als sie einen zittrigen Atemzug nahm. Plötzlich war sie sich der kühlen Laken bewusst und der Stille, die sie umgab. Das Gefühl seiner Hände auf ihrem Körper war ihr so echt vorgekommen. Die erregte Spannung war noch immer da und verlangte nach Erlösung – einer Erlösung, die es so schnell nicht geben würde.

Als ihr Herz allmählich wieder gleichmäßiger schlug, stand sie auf und ging auf wackeligen Beinen in Richtung Tür. Der Himmel sollte ihr beistehen. Wenn ihr Traum ein Hinweis gewesen war, würden die nächsten paar Tage in Blakes Gegenwart sie so sehr in Versuchung führen wie nichts anderes in ihrem bisherigen Leben. Sie wappnete sich für das, was vor ihr lag, und ging hinaus in den Aufenthaltsbereich.

Blake drehte sich zu ihr um, sein Blick so hitzig wie ihre Wangen. Während er sie mit den Augen verschlang, machte sich langsam ein Lächeln auf seinem Gesicht breit. Konnte er etwa sehen, wie schnell sich ihre Brüste hoben und senkten und wie sich die harten Spitzen dabei an dem seidenen Stoff ihrer Bluse rieben, oder das Verlangen spüren, das ungestillt in ihren Adern pulsierte? Kein Mann hatte sie jemals so angesehen. Und sie hatte auf keinen Mann jemals so reagiert wie auf Blake.

Er stand auf. »Ich gehe davon aus, dass du dich jetzt nicht mehr so müde fühlst.«

Ruhelos sah sie sich in der Lounge um. Nicht mehr so müde. Erregter als je zuvor. »Ja, danke«, erwiderte sie mit trockener Kehle. »Sind wir schon da?«

»Ich habe mit dem Aussteigen auf dich gewartet. Die anderen sind schon mit unserem Gepäck vorausgegangen, um alles vorzubereiten.«

Felicity sah aus dem Fenster. Palmen wiegten sich leicht in einer sanften Brise. Ein leuchtend orangeroter Sonnenuntergang hing hinter ihnen über dem Horizont.

Sonnenuntergang? »Wie lange hab ich geschlafen?«

»Sechs Stunden.«

Sie sah ihn fassungslos an. »Wie kann das sein? Wir sind gerade erst gelandet.«

»Ja.«

Sie ging auf die Tür des Flugzeugs zu und blieb an der Gangway stehen. Vor ihr erstreckten sich smaragdgrüne Berge, die aussahen, als wären sie mit Samt überzogen, am Fuß gesäumt mit einem weißen Sandstrand. Die Sonne stand direkt über dem Horizont und warf ihr rotgoldenes Licht über das tropische Paradies. Der süße Duft von Jasmin und Orchideen hing in der Luft und verführte sie mit seiner Süße, während die Wärme ihre Haut liebkoste.

Sie drehte sich zu Blake um. »Wo sind wir?«

Er kam auf sie zu. »Hawaii. Auf Kauai, wenn du es genau wissen willst.«

»Aber wir waren auf dem Weg nach San Francisco«, sagte sie, lauter, als sie beabsichtigt hatte.

Er fasste mit der Hand unter ihren Arm und führte sie zur Treppe. »Nein, du hast angenommen, dass es nach San Francisco gehen würde, und ich hab dich in dem Glauben gelassen.«

Sie entzog ihm ihren Arm. »Du hast mich reingelegt.«

Er blieb neben ihr auf der Treppe stehen. »Du hast eingewilligt, mit mir überall hinzugehen, wo ich dich hinbringen würde, um dir alles über Umweltschutz und nachhaltiges Wohnen zeigen zu können, was ich dir zeigen will.«

Sie wollte widersprechen, doch sie erinnerte sich daran, dass sie genau diesen Bedingungen zugestimmt hatte. Niemals hätte sie sich vorgestellt, dass er sie nach Hawaii fliegen würde.

Als sie einen kurzen Blick zu dem Mann neben ihr warf, wurde ihr das wahre Ausmaß ihrer Situation bewusst. Sie würde zwei Tage lang auf Hawaii sein, während Blake versuchte, sie davon zu überzeugen, dass das Bancroft unter seiner Führung in besseren Händen war.

Wie sollte sie gewinnen, wenn er nicht fair spielte? Felicity atmete tief ein und kämpfte gegen den Drang, ihn zu erwürgen. »Hawaii?«, stöhnte sie.

Er lächelte spitzbübisch. »Hier kann ich meine Argumente für Nachhaltigkeit am besten darlegen. Welcher Ort wäre besser dazu geeignet, beschützt zu werden, als das Paradies?«

Sie strich sich die Haare aus dem Gesicht und fühlte sich bereits irgendwie geschlagen, obwohl sie noch nicht einmal hawaiianischen Boden betreten hatten. Ihre eigenen Gefühle, Blake und das tropische Paradies, das sich vor ihr ausbreitete, brachten sie in große Schwierigkeiten.

Seufzend ergab sie sich in ihr Schicksal. »Na schön, bringen wir es hinter uns.«

Auf Blakes Gesicht breitete sich ein umwerfendes Lächeln aus. »Das Paradies wartet auf uns«, sagte er, als hätte er ihre Gedanken gelesen.

Felicity setzte ihr überzeugendstes Lächeln auf und ging die Gangway runter, wo Kayoko mit zwei Blumenketten aus violetten Orchideen wartete.

Die Flugbegleiterin legte zuerst Felicity einen der traditionellen Blumengrüße um den Hals und dann Blake. »Willkommen auf Hawaii.« Sie deutete nach links. »Peter hat den Wagen bereit, um Sie ins Hotel zu bringen.«

Blake geleitete Felicity zum Auto und ließ sie auf den Rücksitz rutschen. Mit einer fließenden Bewegung glitt er neben sie und sah sie mit einem teuflischen Lächeln an, bei dem seine Augen belustigt und hungrig aufleuchteten.

Tausend verschiedene Emotionen durchströmten Felicity – Aufregung, Angst, Verlangen, Zweifel, doch vor allem Freude. Zwei ganze Tage lang lastete keinerlei Verantwortung auf ihren Schultern. Um ihren Vater würde sich Mary Beth kümmern, falls etwas sein sollte. Nach dem Hotel würde Edward sehen. Und auf das Restaurant würde Hans aufpassen. Es war bereits drei Jahre her, dass sie sich eine Auszeit vom Restaurant oder den Verpflichtungen ihrem Vater gegenüber gegönnt hatte – drei Jahre, seit sie einen Augenblick Zeit gehabt hatte, sich zu entspannen.

»Wohin fahren wir?«, fragte sie, als sie das Rollfeld und schließlich den Flughafen hinter sich ließen.

»Bancroft Industries besitzt mehrere Hotels auf dieser Insel. Wir fahren in ein einfacheres namens Mano Kea, direkt am Poipu Beach. Da übernachte ich am liebsten, wenn ich auf Kauai bin, und es ist zudem das nachhaltigste der Bancroft-Objekte.«

Und so fängt es an, dachte Felicity, während sie aus dem Fenster starrte und auf der einen Seite des Wagens den langen weißen Strand und auf der anderen Seite die aufragenden, samtenen Berge sah. Obwohl sie so nah am Ozean waren, lag ein schwerer Honigduft in der Luft und nicht der Salzgeruch, der am Hafen von Seattle vorherrschend war.

Es dauerte nicht lange, bis sie die Hauptstraße hinter sich ließen und in einer kreisförmigen Einfahrt anhielten. Peter kam um den Wagen herum, um ihnen die Tür zu öffnen. Blake stieg aus und reichte Felicity die Hand. Sie rutschte über den Sitz, um auszusteigen, und erstarrte. Das einfachere Hotel war gar kein Hotel, sondern ein Palast.

Das weiße schlossartige Steingebäude hatte drei Stockwerke. Bögen und Kolonnaden schmückten die Fassade. Hinter den Balkons, die sich quer über das ganze Gebäude zogen, befanden sich Fenster, die fein geschnitzte, filigrane Holzläden verschlossen. Drei goldene Kuppeln, die das leuchtend orangefarbene Licht der untergehenden Sonne reflektierten, ragten über dem Haupt-, dem Ost- und dem Westflügel auf. Zwei vier Meter hohe, messingbeschlagene Türen, die mit Szenen aus Hawaiis polynesischer Vergangenheit verziert waren, führten in das Gebäude hinein. Vor dem Eingang lag ein kleiner Hof mit einem eleganten Wasserfall.

»Es ist atembraubend«, erklärte Felicity, während sie Blake nach drinnen folgte, wo ihr die tropische Schönheit, die sie dort erwartete, die Sprache verschlug. Vor ihr erstreckte sich ein Paradies mit Palmen und leuchtenden Blumen, die einen Wasserfall umgaben, der die Eingangshalle mit seinem beruhigenden Klang erfüllte. »Ist er echt?«

»Er ist von Menschenhand geschaffen, funktioniert jedoch ganz ähnlich wie die alten Brunnen, ohne Motoren oder Pumpen. Wir sammeln das Wasser in einem Speicherbecken in den

Hügeln und leiten es durch eine Reihe von Aquädukten hier herunter. Die Schwerkraft erledigt den Rest.«

»Beeindruckend.«

»Ich hatte gehofft, dass du so empfinden würdest.« An Blakes Augenwinkeln bildeten sich kleine Fältchen, während er leise lachte. »Dieses Hotel ist ein nach dem höchsten Standard der Nachhaltigkeit zertifiziertes Gebäude. Es schützt nicht nur die Umwelt, sondern dient auch verschiedenen gefährdeten Arten als Zufluchtsort.«

Blake bewegte sich durch die Eingangshalle wie ein General. Innerhalb kürzester Zeit hatte er zwei Kofferträger und zwei Zimmermädchen aufgetrieben, die ihr Gepäck in eine weitläufige Suite im dritten Stockwerk brachten, die zur Linken und zur Rechten des Salons jeweils ein Schlafzimmer hatte. Bevor Felicity protestieren konnte, hatten die Zimmermädchen im einen davon schon ihren Koffer ausgepackt.

Charmant lächelnd bedachte Blake seine Angestellten mit großzügigen Trinkgeldern, dann schlossen sich die Türen hinter ihnen, und er und Felicity waren allein.

»Ich hoffe, es stört dich nicht, dass ich uns beide zusammen in der VIP-Suite einquartiert habe. Das Hotel ist immer voll. Ich musste zwei Gäste in ein anderes Hotel umbuchen und für ihre kompletten Ferien bezahlen, damit wir diese Suite haben konnten.«

»Das war großzügig von dir.« Felicity blieb stehen, wo sie war.

»So läuft das Geschäft.«

Nur dass dies nicht das übliche Tagesgeschäft war, zumindest nicht für sie. Zwei Tage im Paradies mit Blake, mit nur einem Zimmer zwischen ihnen? Wie sollte sie das überleben, wenn sie sich nicht auf die eine Sache konzentrieren konnte, die sie ganz sicher auf andere Gedanken bringen würde … Kochen?

»Ich dachte, wir könnten uns frisch machen und auf der Veranda zu Abend essen.«

»Abendessen«, wiederholte sie etwas verzweifelt. »Das ist eine großartige Idee. Ich würde gerne die Küche hier sehen. Wenn ich herausfinden soll, wie sich dieses Hotel vom Bancroft unterscheidet, dann würde ich gerne mit einer Sache beginnen, von der ich etwas verstehe.«

Blake zögerte nur für einen kurzen Moment, ehe er nickte. »Auf jeden Fall. Hier entlang.«

Als sie an ihm vorbeiging, legte er ihr eine Hand ins Kreuz, als wäre es nötig, sie aus der Suite zu geleiten, die Treppen hinunter und zur Tür hinaus, zu einem anderen Gebäude, das nicht weit vom Hauptgebäude entfernt lag. Seine Berührung reichte aus, in ihr heißes Verlangen zu wecken, das sich in ihrem Innern aufgestaut hatte, seit sie Seattle verlassen hatten, und sie spürte, wie ihr allmählich die Kontrolle entglitt.

Blake geleitete sie einen Steinweg entlang, der mit Tiki-Fackeln erleuchtet war und auf einen Torbogen zuführte. »Die Küche befindet sich in einem separaten Gebäude, da sie erst nach dem eigentlichen Bau des Hotels im frühen zwanzigsten Jahrhundert hinzugefügt wurde. Das Ziel war es, das ursprüngliche Gebäude so weit wie möglich zu erhalten.«

»Hast du das auch mit dem Bancroft vor? So viel wie möglich von dem ursprünglichen Bau zu erhalten?«, fragte sie, obwohl es so klang, als würde sie sich geschlagen geben, was sie definitiv nicht tat.

Er zuckte die Achseln. »Das kann ich erst sagen, wenn wir mit der Inspektion anfangen.«

Sie presste die Lippen zu einer schmalen Linie zusammen. Sie musste daran glauben, dass sie mit ihren Bemühungen, das Bancroft zu behalten, Erfolg haben würde.

Blake führte sie den Weg entlang, bis sie gedämpft tiefe Männerstimmen aus der Küche vernahm, zusammen mit dem

Klappern von Tellern und Besteck. Begleitet von den einladenden Düften von Gewürzen und pikantem Fleisch traten sie durch die Tür. Ihr Magen knurrte erwartungsvoll, während sie in die Edelstahlküche trat. An Herd und Grill arbeiteten zwei Frauen, die weiß-blaue Blumenkleider trugen und neben ihrem linken Ohr Blüten ins Haar gesteckt hatten, und vier Männer.

»Haku«, grüßte Blake einen der Männer hinter dem Grill.

Der Hawaiianer lächelte, wischte sich seine Hände an einem weißen Tuch ab, das er unter das Band seiner Schürze gesteckt hatte, und kam herüber, um sie zu begrüßen. »Mr Bancroft, es ist wirklich schön, Sie zu sehen.«

»Es tut mir leid, dass ich Sie zur Dinner-Zeit unterbreche«, sagte Blake, während er dem Koch die Hand schüttelte und ihm auf die Schulter klopfte.

»Kein Problem. Aloha. Normalerweise treffe ich Sie nicht in der Küche an«, erwiderte Haku und richtete seinen Blick auf Felicity.

»Ich würde Ihnen gerne eine Freundin von mir vorstellen, Felicity Wright. Sie ist die hervorragende Küchenchefin im Hotel Bancroft in Seattle.«

Blakes Kompliment kam völlig unerwartet, während der Koch ihr mit beiden Händen begeistert die Hand schüttelte. »Haku Kepoo. Es ist mir ein Vergnügen, Sie kennenzulernen. Kommen Sie, lassen Sie sich von mir zeigen, wie wir die Dinge hier handhaben – auf hawaiianische Art.« Er zog sie zurück zum Grill, ohne sich um Blake zu kümmern.

Sie wollte diese Ablenkung, rief sie sich ins Gedächtnis, während sie mitkam und Haku dabei zuhörte, wie er darüber sprach, was sie für das Abendessen zubereiteten. Dennoch hatte sie das Gefühl, etwas Schweres würde auf ihrer Brust liegen, als sie sah, wie Blakes Züge gefroren, während sie ihn zurückließ. Dieser Schmerz ergab keinen Sinn für sie, doch er war da und bestätigte alles, was sie so sehr zu verleugnen suchte.

Sie mochte Blake Bancroft. Vielleicht sogar ein wenig zu sehr.

Kapitel 11

Blake ging aus der Küche und ließ Felicity in den Händen des freundlichen Kochs zurück, ehe er sich direkt zurück zur Suite begab. Er nahm sein Smartphone zur Hand und machte einen längst überfälligen Anruf bei Marcus.

»Es ist elf Uhr abends, Blake. Ich habe den Deal mit Jamison schon abgeschlossen.«

»Ich rufe nicht wegen des Heritage Hotels an.«

»Weshalb dann? Ich habe schon geschlafen«, erwiderte Marcus, alles andere begeistert darüber, seine Stimme zu hören.

»Was hast du über Felicity?«

Marcus stöhnte. »Hätten wir darüber nicht gestern reden können?«

Blake runzelte die Stirn. »Ich war …«, abgelenkt, verzaubert, habe mich vor Lust verzehrt, »beschäftigt.«

»Wo bist du?«, fragte Marcus mit einem Gähnen.

»Hawaii.«

Für einen Moment herrschte Stille, dann das Rascheln gestärkter Laken, bevor Marcus fragte: »Du hast sie nach Hawaii gebracht?«

Blake verlagerte nervös sein Gewicht. »Das war eine spontane Entscheidung.«

»Du triffst sonst nie spontane Entscheidungen«, sagte Marcus ernst. »Das ist jetzt das zweite Mal in einer Woche. Dir muss dieses Mädchen wirklich viel bedeuten.«

Das stimmte, und er wollte mehr.

Die Erkenntnis überraschte ihn. Er wollte sie kennenlernen. Als er sie zum ersten Mal getroffen hatte, war sie für ihn nur ein weiterer geschäftlicher Rivale gewesen. Doch je mehr Zeit er mit ihr verbrachte, desto mehr wurde ihm bewusst, was für eine extrem leidenschaftliche Frau sie war.

Sie war großzügig, loyal ihren Freunden gegenüber und ihren Angestellten innig verbunden. Sie war eine von ihnen, und dennoch war sie dazu gezwungen, abseitszustehen. Allein. An jedem Tag, den er mit ihr verbrachte, entdeckte er eine neue Facette an ihr, die ihn faszinierte und in ihm den Wunsch weckte, noch mehr zu entdecken.

Sie kam ihm zu nah, was ihn gleichermaßen mit Angst und Freude erfüllte.

»Was hast du über sie herausgefunden?«, fragte er und zwang sich, seine Gedanken wieder auf das Gespräch zu konzentrieren.

»Ich habe ihren Vater gefunden.«

»Wo?«

»In einem Krankenhaus in Seattle. Er hatte am Freitag einen Eingriff, der ihm helfen soll, wieder sprechen zu lernen.«

Blake schloss seine Hand etwas fester um das Telefon. »Er kann nicht sprechen?«

»Er hat seit Jahren kein Wort gesagt.«

»War der Eingriff erfolgreich?«, wollte Blake wissen.

»Das ist zu diesem Zeitpunkt schwer zu sagen.«

Blake ließ diese Neuigkeit auf sich wirken, ehe er sich erkundigte: »Warum spricht er nicht? Was stimmt nicht mit ihm?«

»Die ganze Familie war vor Jahren in einen Autounfall verwickelt. Dabei wurde Felicitys Mutter getötet und ihr Vater verletzt.«

»Eine Hirnverletzung?«

»Ich habe nichts Genaues darüber gefunden, aber ich nehme es an.«

»Sonst noch etwas?«, fragte Blake, während seine Gedanken sich überschlugen.

»Sie hat ein Jahr im Ausland verbracht. Dort hatte sie wenig Kontakt mit anderen Leuten, außer mit ihren Arbeitgebern. Mit einem Arbeitgeber hatte sie eine kurze Affäre …«

»Grab tiefer, was ihren Vater angeht«, unterbrach Blake seinen Anwalt. »Ich will mehr wissen. Details über den Unfall. Die Krankenakte ihres Vaters. Seine Prognose.« Ihr Vater war ihre Schwachstelle. Das konnte er zu seinem Vorteil nutzen.

Marcus seufzte. »Ich muss mich um andere rechtliche Angelegenheiten deiner Firma kümmern.«

»Deshalb bezahle ich dir auch ein astronomisches Gehalt.«

»Das entschädigt in der Tat ein wenig für die Tortur, die es ist, mit dir zu arbeiten«, erwiderte Marcus etwas besser gelaunt. »Ich melde mich.«

Blake beendete das Telefonat, während ihm eine Millionen Gedanken im Kopf umherschwirrten.

Er durchquerte die Suite in Richtung Tür. Endlich hatte er einen kleinen Einblick in das, was Felicity antrieb, und er wusste, dass er mit diesem Wissen die Karte in der Hand hielt, die ihren Wettstreit entscheiden konnte.

Beschwingt wie lange nicht mehr eilte Blake den Flur hinunter, nahm auf seinem Weg nach draußen jeweils zwei Stufen auf einmal und machte sich auf den Weg zurück in die Küche, auf der Suche nach Felicity.

* * *

»Felicity?«

Blakes tiefe, einladende Stimme drang zu ihr, während er im Schein der Tiki-Fackeln, die die Terrasse vor der Küche umgaben, auf sie zukam. Sie hatte einen der unbenutzten Tische für die Mitarbeiter mit Tischwäsche, Silberbesteck und Gläsern aus der Küche gedeckt und darauf zwei Teller mit den hawaiianischen Barbecue-Rippchen angerichtet, die Haku zubereitet hatte.

Wenn die Rippchen, bei denen das Fleisch praktisch von selbst vom Knochen fiel, ein Gradmesser waren, dann war der hawaiianische Koch ein Experte, was die Zubereitung von Fleisch anging. Er hatte die Rippchen die letzten sechs Stunden in verschiedenen Soßen auf niedriger Temperatur gegart. Als sie in der Küche ein Stück davon probiert hatte, war das Fleisch in ihrem Mund praktisch geschmolzen und hatte eine wahre Geschmacksexplosion ausgelöst.

Sie bedeutete Blake, Platz zu nehmen. »Haku hat mir gezeigt, wie er sein hawaiianisches Barbecue macht.«

Blake setzte sich in den Stuhl ihr gegenüber. »Er muss dich wirklich mögen. Mir hat er das Rezept nie verraten. Er sagt, es ist seine Garantie dafür, dass er den Job hier weiterhin behält, und damit hat er recht. Die Leute kommen von der ganzen Insel, um hier zu essen.« Er musterte sie über den Rand seines Wasserglases hinweg.

»Ich kann verstehen, warum.« Felicitys Kehle schnürte sich zu. Blakes Augen waren wie ein Versprechen, verlockend, eine Aufforderung, ihm zu vertrauen.

Das konnte sie nicht. Er hatte die Macht, sie zu zerstören.

Mit zitternden Fingern griff sie nach ihrem Besteck. Schweigend aßen sie und lauschten den Palmen, die über ihnen in der Brise raschelten. Überall um sie herum tanzten sich langsam bewegende Schatten im hellen Licht der Fackeln. Hoch oben am Himmel hing ein voller Mond, ein Kreis aus purem

Gold, der genauso märchenhaft zu sein schein, wie es der Rest des Tages gewesen war.

Als er mit dem Essen fertig war, lehnte sich Blake in seinem Stuhl zurück und musterte sie. »Warum habt ihr, Destiny und du, euch zerstritten?«

Die Worte kamen unerwartet und trafen Felicity so unvorbereitet, dass sie sich unwillkürlich aufrechter hinsetzte. »Wie kommst du in so einem Moment auf Destiny?« Sie saßen im Paradies, abgeschieden, allein, und das fiel ihm ein?

Er zuckte mit den Schultern, doch die Intensität seines Blickes sagte ihr, dass die Frage alles andere als beiläufig war. »Sie hat mich abgefangen, bevor wir abgeflogen sind. Sie scheint wirklich darauf aus zu sein, dich zu ruinieren. Warum?«

Bei dem Gedanken an Destiny und Blake zusammen drehte sich Felicity der Magen um. Sie wusste, dass die Reporterin vor nichts haltmachen würde, um zu bekommen, was sie wollte. »Wir waren einmal Freundinnen, aber vor zwei Wochen hat sich etwas zwischen uns verändert. Ich bin das im Geiste immer wieder durchgegangen. Ich komme einfach nicht darauf, was passiert sein könnte. Seitdem hat sie mich im Visier, zuerst mit dieser fürchterlichen Kritik über das ›Dolce Vita‹ und dann, indem sie versucht hat, sich mit dir zusammenzutun.« Ihre Augen weiteten sich. »Darauf wirst du doch nicht eingehen, oder?«

Er runzelte die Stirn. »Ich will dich nicht zu Fall bringen, Felicity, noch würde meine Familie sich über das negative Interesse an unserem Hotel freuen. Ich will nur das, was mir zusteht.«

Nicht zum ersten Mal verspürte sie nagende Schuldgefühle. Das Bancroft sollte ihm gehören, doch Vern musste seine Gründe gehabt haben. Wenn sie nur wüsste, was diese Gründe waren, dann wäre alles so viel einfacher. »Verdammt, Vern«, flüsterte sie und war überrascht, als sie feststellte, dass sie es laut gesagt hatte.

»Er war ein gerissener alter Fuchs, nicht wahr?«

»Er war immer nur liebenswürdig zu mir, niemals manipulativ.«

Blakes Augen verengten sich zu Schlitzen. »Mein Onkel war liebenswürdig? Unmöglich. Und wenn es um mich ging, war er immer manipulativ.«

Felicity stöhnte auf. »Ich habe das Gefühl, ich übersehe irgendetwas. Eine tiefere Bedeutung in dieser Nachricht, die er mir zusammen mit dem Testament hinterlassen hat. ›Pass auf das Bancroft auf, Felicity. Du wirst wissen, was zu tun ist.‹ Aber ich weiß es nicht. Ich habe absolut keine Ahnung. Und dann ist da noch die unvollständige Nachricht an dich. Ich wünschte, ich könnte herausfinden, was das alles bedeuten soll.« Sie stand auf, nicht länger fähig dazu, ruhig sitzen zu bleiben, und ging auf der Terrasse auf und ab.

Blake schob seinen Stuhl zurück und beobachtete sie. Er zögerte einen Moment und sagte dann: »Ich konnte noch nie voraussagen, was mein Onkel tun würde.«

»Welchen Vorteil hat es, wenn wir uns streiten?«

Blake schnaubte. »Ich kannte ihn nicht gut genug, um darüber auch nur Vermutungen anzustellen.«

Die Minuten vergingen, während sie weiter hin- und hertigerte.

Er lächelte leicht. »Du weißt, dass dieses Herumgelaufe unser Problem nicht lösen wird?«

»Ja, das weiß ich. Aber ich kann nicht aufhören, darüber nachzudenken, warum Vern das getan hat. Ich meine«, sie holte mit einem Arm weit aus, während sie sich umdrehte, »warum hat er sich solche Mühe gegeben, um sicherzustellen, dass du und ich uns um das Hotel streiten würden? Warum hat er mir nicht einfach das Restaurant vermacht und dir das Hotel?«

Er stand auf, und als sie an ihm vorbeikam, nahm er sie in den Arm und drückte sie an sich.

Ihr ganzer Körper reagierte mit einer Hitzewelle, und ihr Puls begann zu rasen. Sie versuchte vergeblich, gegen das Gefühl anzukämpfen.

»Ich könnte möglicherweise davon überzeugt werden, das zu akzeptieren, Felicity.« Die tiefe Stimme, mit der er in der Dunkelheit ihren Namen sagte, brachte ihre Sinne fast ebenso in Aufruhr wie der intensive Blick, mit dem er sie ansah. Sie zwang sich, ihm in die Augen zu schauen. Während sie sich anstarrten, legte sich die Brise, und um sie herum herrschte schwüle Stille.

Felicity hielt ihre Empörung in Schach. Das war nicht die Lösung, um die Arbeitsplätze ihrer Angestellten zu erhalten. »Bis ich verstehe, warum Vern getan hat, was er getan hat, oder bis du mich vom Gegenteil überzeugen kannst, behalte ich das Bancroft.«

Plötzlich hatte sie Kopfschmerzen. Sie trat zurück aus Blakes Armen und ging hinüber zum Geländer. Sie lehnte sich dagegen, dankbar, dass erneut eine nächtliche Brise aufkam. Sie legte den Kopf in den Nacken und erlaubte dem sanften Wind, ihr Gesicht zu liebkosen.

Sie schloss die Augen und spürte Blakes Blick auf sich, genoss das Gefühl. Fast wie eine Berührung. Langsam drehte sie sich zu ihm um. Ihre Blicke trafen sich. Die Wärme, mit der er sie ansah jagte ihr einen Schauer durch den Körper. Der seidene Stoff ihrer Bluse kam ihr mit einem Mal dünner vor, die Nacht kälter als noch vor einem Moment.

»Warum kannst du mir das Hotel nicht einfach lassen? Du hast bereits so viele, aber ich nur dieses eine«, fragte Felicity mit einem müden Seufzen.

Er lehnte sich leicht zurück und sah sie an. »Im Leben geht es nicht um Anstand oder Gerechtigkeit.«

In ihrem Kopf hämmerte es, und ihre Gefühle gingen mit ihr durch. »Erzähl mir nicht, worum es im Leben geht. Während du immer in noblen Hotelzimmern gelebt hast und genug Geld hattest, um tun und lassen zu können, was du wolltest, sogar kurzfristig aus einer Laune heraus nach Hawaii zu fliegen, habe ich in der echten Welt gelebt, mit Rechnungen, Verantwortung und jeder Menge Sorgen.«

Sie klammerte sich an ihre Wut. Von Wut verstand sie mehr als von Sehnsucht oder Verlangen. Wut hatte sie in ihrem Leben immer vorangetrieben, sie immer dazu herausgefordert, über ihre Grenzen hinauszugehen, mehr zu sein. Wut hatte ihr dabei geholfen, die Scherben ihres Lebens aufzusammeln, nachdem ihre Mutter gestorben und der Vater, den sie gekannt hatte, nicht mehr da gewesen war.

Wie ein Feuer, das mit einem Funken begann, breitete sich ihre Wut aus und wurde zu einem rasenden Flammeninferno. »Du kannst mir nicht erzählen, dass du jemals erlebt hast, wie es ist, zu hungern oder zitternd in der Dunkelheit zu sitzen, weil der Strom abgestellt worden ist. Oder dass du jemals so alleine gewesen bist, dass du dich gefragt hast, ob sich auch nur irgendein Mensch auf der Welt dafür interessiert, ob du noch am Leben bist.«

Sie drehte sich wieder um und sah ihn an, während er ihren Blick ruhig erwiderte.

»Du hast recht. Ich werde niemals wissen, wie das ist, und ich bete zu Gott, dass andere Kinder auf dieser Welt niemals solchen Schmerz erfahren müssen.«

Sie blinzelte, ihr Schwung vorübergehend ausgebremst.

Er kam langsam auf sie zu, sah ihr in die Augen und nahm sie liebevoll in den Arm. »Was erwartest du, dass ich tun soll? Ich kann nicht alle Probleme der Welt lösen. Nicht einmal ich habe dafür genug Geld.«

»Tut mir leid«, sagte sie, und ihr Zorn war plötzlich verraucht. »Das war unangebracht.«

»Das muss dir nicht leidtun. Du hast ein Recht auf deine Ansichten, so wie ich ein Recht auf meine habe. Deshalb konzentriere ich meine Bemühungen auf die Umwelt. Zumindest bewirke ich da einen erkennbaren Unterschied. Ich kann die Luftqualität testen und weiß hinterher, dass sie sich verbessert hat.«

Sie runzelte die Stirn, ließ sich von ihm umdrehen und zurück zu ihrem Tisch führen. »Nur einem einzigen Kind aus der Armut zu helfen kann einen ebenso entscheidenden Unterschied machen.« Ihre Stimme bebte unter den Emotionen, die sie erfasst hatten.

Stille legte sich über das tropische Paradies um sie. Die Welt versank, während sie sich von Angesicht zu Angesicht gegenüberstanden.

»Lass uns heute Nacht nicht über das Hotel streiten«, sagte er und durchbrach die Stille, während er die Hand nach ihr ausstreckte.

Sie starrte auf seine Handfläche. Eine ungebetene Welle des Verlangens überkam sie. Wie gut würde es sich anfühlen, ihre Hand in seine zu legen, ihre Finger mit seinen zu verschränken, glauben zu können, dass sie nicht mehr so allein war?

* * *

Felicity sah unter ihren langen Wimpern zu ihm auf. Die Verletzlichkeit, die er in ihrem Blick erkannte, ließ Blakes Herz wie wild schlagen. Eine Verletzlichkeit, die ihn auf einer Ebene berührte, über die er gar nicht nachdenken wollte. Er wollte den Schmerz wegwischen, den er in ihren Augen sah, ihre schrecklichen Erinnerungen auslöschen. Und mit dem Bedürfnis, sie zu beschützen, überkam ihn ein noch stärkerer Drang, sie festzuhalten, ihren Duft zu genießen, ihre Weichheit, ihre Wärme.

Dieses Gefühl hatte er schon so lange nicht mehr gehabt. Nein, verbesserte er sich, er hatte so etwas noch nie zuvor für eine Frau empfunden. Es war nicht nur Lust, wie er sich einzureden versucht hatte, als sie in Seattle gewesen waren. Da war eine besondere Verbindung zwischen ihnen. Als wären sie zwei Teile, die ein Ganzes ergaben. Was lächerlich war. Das musste es sein. An solche Dinge glaubte er nicht, oder? Zumindest hatte er es nicht getan, bevor er sie getroffen hatte.

Sie brachte ihn dazu, dass er daran glauben wollte. Brachte ihn dazu, sich nach Dingen zu sehnen, die er vor vielen Jahren aus seinem Leben verbannt hatte, um vorwärtszukommen. Wie würde es sich anfühlen, morgens neben jemandem aufzuwachen, der ihm tatsächlich etwas bedeutete, ihre Wärme zu spüren, seine Hand auf ihrem Körper, ihre in seinem Haar?

Er hatte sich nicht erlaubt, an solche Dinge zu denken, während er den Weg an die Spitze des Imperiums seines Onkels erklommen hatte – ein Imperium, das mit seinem Großvater begonnen hatte. Da Vernon nicht geheiratet hatte oder irgendwelche Kinder hatte, wäre sein Vermächtnis an seinen viel jüngeren Bruder, Blakes Vater, übergegangen, wenn er noch am Leben gewesen wäre.

Und genau dort war Blake nun, an der Spitze. Er konnte praktisch alles und jeden bezwingen … außer Felicity. War es das, was ihn zu ihr hinzog? Die Tatsache, dass sie eine Herausforderung darstellte, die er nicht mühelos meistern konnte? Oder war da noch etwas anderes?

Heute Nacht war irgendetwas zwischen ihnen passiert – seit ihrer Zeit in Seattle hatte sich irgendetwas verändert. Die Traurigkeit in ihren Augen schien nachzulassen, seit sie auf der Insel angekommen waren. War es der Abstand zu all ihren Verpflichtungen, der es ihr ermöglichte, sich zu entspannen? Oder hatte es etwas mit ihm zu tun? Er musterte sie, während der Herzschlag in seiner Brust hämmerte, erst langsamer und dann wieder schneller wurde.

Im silbernen Schein des Mondes traf ihn erneut mit Macht die Erkenntnis, wie schön sie war. Bei ihrem ersten Treffen hatte er sie für nichts Besonderes gehalten. Wie sehr hatte er sich geirrt. Eine Brise wehte über die Terrasse und fuhr in ihr offenes Haar. Strähnen wirbelten ihr ins Gesicht, und sie strich sie zurück, steckte sie sich hinters Ohr.

Die unschuldige Geste erregte seine Aufmerksamkeit. Er nahm sich einen Moment Zeit, um ihren Anblick zu genießen – unbeschwert und wunderschön. Ein Geschenk, das er haben wollte.

Er hatte ihr eine Affäre angeboten, und sie hatte abgelehnt. Sie wollte mehr als nur einen Sexpartner. Was war es, wonach sie sich sehnte? Liebe? Existierte dieses Gefühl überhaupt? Er schloss seine Augen angesichts des Stichs, den er in der Nähe seines Herzens verspürte, trat zurück und löste sich von ihr und der merkwürdigen Anziehung, die sie heute Abend auf ihn ausübte.

Er schüttelte die unliebsamen Gedanken ab. »Komm, lass uns den Tisch abräumen und das Geschirr zurück in die Küche bringen, bevor wir hoch in die Suite gehen.«

Oben angekommen, führte Blake Felicity in das luxuriöse Schlafzimmer mit dem Doppelbett, über das eine Tagesdecke mit einem grünen, exotischen Blumenmuster gebreitet war. Er wandte seinen Blick vom Bett ab und schaute wieder zu Felicity, die still wie eine Statue vor ihm stand.

Zu seiner Überraschung hob sie die Hand und strich ihm mit den Fingern übers Kinn. Bei ihrer Berührung durchlief ihn ein Schauer. In diesem Moment wusste er, sie wollte, dass er sie küsste, und er wusste auch, was es ihm abverlangte, sich zurückzuhalten.

Er fuhr ihr mit dem Daumen über die Lippen. Sie konnte kaum ein Stöhnen unterdrücken. Er kam näher. Sie roch so gut, sie schien ihm wie eine einzelne Rose in einem Strauß exotischer Blumen.

Die Luft zwischen ihnen war schwer vor gegenseitigem Begehren. Die Intensität seiner Gefühle verschlug ihm den Atem und ließ ihm das Herz in der Brust rasen. Und gerade als er dachte, er sei nicht stark genug, wegzugehen, löste er sich von ihr.

Sein Verlangen nach ihr entbehrte jeder Vernunft, und dennoch wusste er, dass, wenn sie jemals auf diese Art und Weise zusammen sein würden, sie es sein würde, die den ersten Schritt machen musste. Wenn sie ihn küssen wollte, würde sie die Initiative ergreifen müssen.

»Gute Nacht, Felicity«, sagte er und wandte sich ab. Es war das erste Mal, dass er sich selbst etwas versagt hatte, das er haben wollte.

Draußen vor dem Zimmer schloss er die Tür und lehnte sich an das Holz, während er gegen die Versuchung ankämpfte. Er sehnte sich verzweifelt nach den Dingen, die er so selten in seinem Leben gehabt hatte. Er musste Felicity aus seinen Gedanken verdrängen, oder er würde nie wieder in der Lage sein, zu schlafen.

Doch selbst als er dort stand, überwältigte ihn die Einsamkeit seines Lebens. Um was ging es bei ihrer Auseinandersetzung überhaupt – uneingeschränkte Überlegenheit auf seinem Gebiet? Oder gab es noch andere Dinge, für die es sich zu kämpfen lohnte – wie Menschen, Beziehungen und Liebe?

Mit einem Stöhnen stieß er sich von der Tür ab. Da war es wieder, dieses Wort. Liebe. Ein nutzloser Begriff, der Menschen dumme Dinge tun ließ.

Er musste ihr ein Hotel abnehmen. Nur darauf musste er sich konzentrieren. Sie war das Einzige, was zwischen ihm und seinem Ziel stand.

Kapitel 12

Blake stand früh auf, und während Felicity noch schlief, machte er sich auf den Weg zu einem Meeting mit den Managern seiner Hotels auf der Insel. Er hatte ihnen gestern Abend eine Nachricht zukommen lassen, dass sie sich im Konferenzraum des Mano Kea Hotel mit ihm treffen sollten.

Er war der Erste, der ankam, und so nahm er sich eine Tasse Kaffee, die Haku bereitgestellt hatte, zusammen mit einem leichten Frühstück, bestehend aus exotischen Früchten und Macadamianuss-Scones. Er wollte gerade nach einem greifen, als an der Tür Unruhe aufkam. Er drehte sich um, erblickte jedoch nicht seine Manager, sondern ein Mitglied seines Security-Teams.

»Entschuldigen Sie die Störung, Sir«, sagte Patrick, einer seiner Sicherheitsleute. Er stieß einen jungen Mann mit kahl rasiertem Kopf und dunklen, abschätzig dreinblickenden Augen in einen Stuhl neben der Tür. Mit einer Hand hielt er den Mann an der Schulter fest, während er Blake eine Kamera mit einem langen Teleobjektiv entgegenstreckte.

»Ich dachte, Sie wüssten gerne, dass ich diesen Mann bei dem Versuch erwischt habe, in der Nähe Ihrer Suite seitlich am Gebäude hochzuklettern. Dieser Fotoapparat hing um seinen Hals.«

Blake nahm die Kamera entgegen, schaltete sie ein und sah sich die Digitalfotos auf der Speicherkarte an. Auf dem Bildschirm erschienen verschiedene Aufnahmen von ihm und Felicity seit ihrer Ankunft in Hawaii. »Sie sind uns gefolgt. Wieso?«

Der junge Mann sah ihn rebellisch an. »Das hier ist ein freies Land.«

»Und die Gesetze dieses großartigen Landes, von dem Sie gerade sprechen, sind immer noch gültig. Ich kann Sie wegen unerlaubten Betretens eines Privatgrundstücks und versuchten Einbruchs verklagen, von Stalking gar nicht zu reden.« Blake erwiderte den Blick des anderen unnachgiebig. »Und unglücklicherweise für Sie ist der Polizeichef der Insel ein Freund von mir.«

Die Gesichtszüge des anderen verhärteten sich. »Sie machen mir keine Angst.«

»Oh, Sie werden Angst haben, wenn ich mit Ihnen fertig bin, falls Sie nicht anfangen zu reden«, erklärte Blake in drohendem Tonfall.

Der Fotograf funkelte ihn zornig an. »Ihr reichen Typen seid doch alle gleich. Ihr denkt, mit Geld könnt ihr euch alles kaufen.«

»Ich habe mehr als nur Geld zu bieten«, erwiderte Blake und schob die Ärmel hoch, um seine muskulösen Unterarme zu enthüllen. Er wusste, dass er niemals zu körperlicher Gewalt greifen würde, aber als Einschüchterungstaktik war es im Internat hilfreich gewesen, wenn er bedroht worden war. »Jetzt reden Sie besser.«

Der rebellische Ausdruck in den Augen des Fotografen verwandelte sich plötzlich in Furcht. »Ich habe nur getan, was mir aufgetragen wurde.«

»Und das wäre?«, fragte Blake.

»Bilder von Ihnen und Ihrer Freundin zu machen, in …«, er zögerte.

Patrick verstärkte seinen Griff um die Schulter des Mannes. »Sprich weiter.«

»In kompromittierenden Situationen«, erklärte er hastig mit schmerzverzerrter Stimme.

»Wer bezahlt Sie?«, fragte Blake.

»Ich kenne ihren Namen nicht.«

»Beschreiben Sie sie«, forderte Blake, drehte die Kamera um und öffnete das Fach für die Speicherkarte.

»In den Zwanzigern. Rote Haare. Gut aussehend.«

Destiny. Versuchte sie immer noch einen Weg zu finden, um Felicity in Misskredit zu bringen? Blake entnahm die Speicherkarte, behielt sie und gab dem jungen Mann die Kamera zurück. »Patrick hier wird Sie zum Flughafen begleiten. Sie werden den nächsten Flug nehmen und nie wieder hierher zurückkommen. Haben Sie mich verstanden?«

Der Fotograf drückte die Kamera gegen seine Brust und nickte.

»Und wenn Sie zurückgehen zu Destiny, richten Sie ihr bitte etwas von mir aus.«

»Was denn?«

Blake warf die Speicherkarte auf den Boden und trat kräftig drauf, woraufhin das Plastik zersprang. Er hob ein paar der Stücke auf und streute sie dem jungen Mann in die Hand. »Sagen Sie ihr, meine Antwort lautet immer noch Nein.«

Als Blake sich abwandte, zerrte Patrick den Mann auf die Füße und führte ihn zur Tür hinaus.

Blake hatte keine Zeit, darüber nachzudenken oder sonst irgendetwas zu tun, da die fünf Manager, die er hergebeten hatte, gerade eintrafen. Er ordnete seine Gedanken, begrüßte jeden Einzelnen von ihnen und bat sie, sich beim Frühstück zu bedienen, damit sie mit dem Meeting anfangen konnten. Obwohl er sich wirklich darauf freute, sich von ihnen auf den neuesten Stand bringen zu lassen, war er weit mehr an der Frau interessiert, die auf dem kleinen Bildschirm der Kamera zu sehen gewesen war.

Hol dich der Teufel, Destiny, dachte Blake nicht zum ersten Mal, bevor er sich den aktuellen Geschäften widmete.

* * *

Das Geräusch der Hotelzimmertür, die ins Schloss fiel, hatte Felicity geweckt. Sie stand auf und lächelte. Es war noch früh genug, um hinunter in die Küche zu gehen und Haku zu fragen, ob sie für sich und Blake ein leichtes Frühstück zubereiten könnte.

Auf ihrem Weg in die Küche hörte sie Blakes Stimme und folgte dem Klang zu einem Konferenzraum im hinteren Teil des Hotels. Sie warf einen Blick hinein und sah, wie Blake sich mit zwei Männern unterhielt.

Sie wusste, dass sie ihre Anwesenheit bekannt machen sollte, doch als der Ton zwischen ihnen heftiger wurde, trat sie von der Tür zurück und stand einfach nur da, unfähig, sich vom Fleck zu rühren. Sie hörte Blake zu, und einem Mann, der, wie sie erfuhr, einer seiner Sicherheitsleute war. Der jüngere Mann musste ein Fotograf sein, der bei dem Versuch erwischt worden war, Fotos von ihr und Blake zu machen. Als Destinys Name als der der Drahtzieherin fiel, überkam Felicity eine heftige Wut. Wie konnte Destiny es wagen, sich ihre Beziehung zu Blake zunutze zu machen?

Welche Beziehung? Zwischen ihnen war nichts, außer ein paar unschuldigen Küssen. Und trotz Blakes offensichtlichem Unmut über das Vorgehen des Fotografen kannte sie seine wahren Beweggründe nicht. Möglicherweise verhielt er sich nur so, um sie zu beschützen. Bei Männern wie ihm war der Beschützerinstinkt Frauen gegenüber tief verwurzelt, oder?

Wenn Blake diesen Fotografen wegschickte, wie er es vorhatte, würde das ihr Problem lösen? Oder würden dann andere versuchen, sie in einem intimen Moment zu erwischen, um es gegen sie zu verwenden?

Die restliche Zeit über, die sie noch auf Hawaii verbrachten, musste sie sehr vorsichtig sein. Sie konnte sich die schlechte Publicity, die solche Bilder mit sich brachten, nicht leisten, während sie darum kämpfte, sich als Besitzerin des Bancroft zu etablieren.

Plötzlich wurde es lauter und unruhiger, als drei Männer und zwei Frauen sich gerade in dem Moment auf den Weg zu dem Raum machten, als Blakes Sicherheitsmann und der junge Fotograf herauskamen. Felicity ging weiter in Richtung Küche, allerdings nicht, bevor sie hörte, wie Blake die fünf Neuankömmlinge begrüßte. Wie er das tat, verriet ihr, dass es vermutlich Angestellte von ihm waren.

Die lobenden Worte, die er für sie übrig hatte, entlockten ihr ein Lächeln. Blake mochte vielleicht vorgeben, ein knallharter Geschäftsmann zu sein, doch in den letzten Tagen hatte sie das Gute hinter dieser Fassade erkannt.

Sie wusste nicht viel über ihn. Aber sie wusste, dass er unter seinem geschäftsmäßigen Äußeren ein wirklich gütiges Herz hatte. Von dieser Tatsache war sie mehr fasziniert, als sie es eigentlich sein sollte. Und wenn sie ihn ansah, wie sie es gerade erst vor einem Moment getan hatte, schlug ihr Herz schneller, und in ihr breitete sich ein sehr seltsames Gefühl aus.

* * *

Eine Stunde später kam Blake zurück in ihre Suite. Sie teilten sich die Krabbenküchlein und Eier Benedikt mit Speck und Sauce hollandaise, die sie in der Küche für sie beide zubereitet hatte, ehe sie in den ersten Tag seines Teils ihrer Vereinbarung starteten.

Nach einer zwanzigminütigen Fahrt hielten sie vor einem strahlend weißen Gebäude, das sich über einen weißen Sandstrand erstreckte. Himmelblaue Infinity Pools flossen von einer Stufe in die nächste, bis sie die Wasserlinie erreichten und so den Eindruck erweckten, als wäre das Hotel selbst eine Erweiterung des Meeres. Sie dachte an Atlantis, während Blake sie vom Auto in die Eingangshalle führte.

»Das Leilani ist der ganze Stolz von Bancroft Industries. Von allen Hotels weltweit hat es den niedrigsten Ausstoß an Treibhausgasen. Es wurde vor drei Jahren mit dem Ziel maximaler Nachhaltigkeit erbaut. Wir nennen es unsere grüne Perle.«

»Warum haben wir nicht hier übernachtet?«, stellte sie die offensichtlichste Frage.

»Weil ich mehr Privatsphäre haben wollte«, erklärte er mit einem Stirnrunzeln, während ihm zweifellos wieder der Fotograf von heute Morgen einfiel. »Komm.« Er reichte ihr die Hand. Sie verschränkte ihre Finger mit seinen und folgte ihm ins Hotel.

Die Eingangshalle bestand gänzlich aus weißem Stein und abgerundeten Ecken sowie mehreren Stufen, die zur Rezeption führten. Im Zentrum der Eingangshalle befand sich ein tiefblauer, ovaler Teich. Entlang des Randes standen Palmen und exotische Tropenblumen, die sich sanft hin und her wiegten, als würden sie von einer Brise im Innenraum bewegt. Von weiter oben stürzte weißes, schäumendes Wasser herab, plätscherte geräuschvoll in das Wasserbecken und ließ leichte Wellen entstehen, die sich beidseitig bis zum Rand ausbreiteten.

»Das Leilani setzt auf geothermische und Solarenergie, um alle Gebäude mit Strom zu versorgen und die Pools zu heizen. Während des Baus konnten wir dreiundneunzig Prozent der angefallenen Bauabfälle recyceln. Du hast draußen vielleicht ein riesiges blaues Rohr gesehen.«

Sie schüttelte den Kopf. Sie hatte ihre Aufmerksamkeit auf die sich endlos ausdehnenden Pools gerichtet. »Was tut dieses Rohr?«

»Es pumpt Meerwasser, mit dem das Hotel gekühlt wird«, erklärte Blake. »Einer unserer größten Energiesparer ist unser Kühlungssystem. Das Hotel fördert Wasser aus der Tiefe nach oben und lässt es durch zwei dreihundertsechzig Tonnen schwere Kälteanlagen zirkulieren, die alle Gebäude klimatisieren. Wenn es erwärmt ist, fließt das Salzwasser über den Wasserfall ab und wird über die Pools, die du vor dem Hotel gesehen hast, zurück ins Meer geleitet. Dieser Mechanismus spart uns jedes Jahr geschätzte sechsunddreißigtausend Dollar Stromkosten. Außerdem verringert es den Kohlendioxidausstoß jährlich um mehr als dreihundertzweiundachtzigtausend Pfund.«

Während ihr der Kopf nicht nur von der Technik schwirrte, die hier eingesetzt wurde, sondern auch von den Einsparungen, ließ sie sich von Blake zu einer offenen Treppe geleiten. Er legte ihr eine Hand auf den unteren Rücken, und seine Berührung war warm und beruhigend, während er seine Führung durch das exquisite Hotel fortsetzte.

»Wir verwenden nur Papierprodukte, die zu hundert Prozent recycelt sind, und Tinte auf Sojabasis, aber letztes Jahr haben wir ungefähr einhundertfünfzehn Tonnen Abfall, die dazu geeignet sind, verwertet – das entspricht ungefähr dem Gewicht von drei Buckelwalen –, die sonst im Müll gelandet wären. Das sind circa neunzehn Prozent des Hausmülls, den das Hotel erzeugt hat. Die wiederverwertbaren Plastik- und Papiermaterialien werden alle getrennt und zur Aufbereitung zurück aufs Festland transportiert.«

Ehrfurchtsvoll bestaunte Felicity die Schönheit dieses Ortes. Überall sprang ihr Luxus ins Auge, während sie durch die Aufenthaltsbereiche, Ballsäle, Speisesäle liefen und schließlich zu den Gästezimmern kamen.

»Wir sind Teil eines Recycling-Programms, das es uns erlaubt, übrig gebliebene Hygieneartikel an ›Clean the World‹ zu spenden, eine Organisation, die die einzelnen Teile mit Dampf reinigt und desinfiziert, ehe sie die Sachen in Entwicklungsländer schickt, um Krankheiten zu bekämpfen, die durch mangelnde Hygiene entstehen. Und in einigen unserer Hotels experimentieren wir mit Großgebinden anstelle von Einwegflaschen.«

Das Ausmaß der Bemühungen des Hotels war in der Tat beachtlich, allerdings fiel ihr eine Sache ein, die er vielleicht nicht hatte berücksichtigen können.

»Was ist mit dem unbenutzten Toilettenpapier?«

Er lachte. »Wir haben einen endlosen Vorrat an Toilettenpapier, aber wir umgehen die Mülldeponie, indem wir die Umkleideräume und Privathäuser der Angestellten mit Hunderten übrig gebliebenen Toilettenpapierrollen ausstatten.«

Sie starrte Blake an. Er hatte wirklich an alles gedacht. Sie folgte ihm durch mehrere aufwendig hergerichtete Zimmer. Als sie mit diesem Teil der Führung fertig waren, musste Felicity nach dem fragen, was sie am meisten sehen wollte. »Bringst du mich in die Küche?«

»Ich bin überrascht, dass du es so lange ausgehalten hast«, erwiderte er lächelnd. »Hier entlang.«

Der Fahrstuhl mit der gläsernen Rückwand fuhr erneut in die offen gestaltete Eingangshalle hinunter. Sie stiegen im ersten Stock aus und liefen einen langen Gang entlang, der mit Mosaiken, die das Inselleben darstellten, dekoriert war.

»Es ist ein wunderschönes Hotel, Blake«, gab sie mit einem winzigen Stich im Magen zu. Wenn er das Bancroft auch nur teilweise so renovieren konnte, wie er es ihr heute gezeigt hatte, würde das Hotel nicht nur schöner und energieeffizienter werden, sondern auch noch die Umwelt schonen. Felicity unterdrückte ein Stöhnen. Sein Versuch, sie ins Wanken zu bringen, funktionierte.

Als sie die Küche betraten, sog sie scharf die Luft ein und hoffte, dass man ihr ihre Gefühle nicht sofort am Gesicht ablesen konnte. Beim Anblick der hochmodernen Großküche wurden ihr fast die Knie weich. Sie griff nach der nächstgelegenen Arbeitsfläche, um sich festzuhalten, während Blake damit fortfuhr, über die Spitzen-Küchengeräte, die Arbeitsflächen aus Edelstahl und die wohldurchdachten Aufbewahrungsmöglichkeiten zu reden.

»Das ganze übrig gebliebene Fett vom Kochen wird gesammelt und in Biokraftstoff umgewandelt«, erklärte er.

Er ließ ihr keine Zeit, sich zu erholen, sondern führte sie stattdessen an einer Wand mit Kühl- und Gefriereinheiten entlang, bevor sie schließlich durch eine Tür traten, die zu einem Gewächshaus sowohl mit Erd- als auch mit Hydrokulturbereichen führte. Die Pflanzen dort bogen sich unter reifen Früchten und Gemüse.

»Wir sind imstande, die meisten frischen Zutaten für die Speisekarte selbst anzubauen«, erklärte er, als sie durch das gewaltige Gebäude liefen.

»Was macht ihr mit den Essensabfällen?«, fragte sie, während sie auf der einen Seite des Ganges an saftigen Tomaten und auf der anderen Seite an Erdbeeren vorbeigingen.

Blake deutete auf die schwarzen Behälter am hinteren Ende des Gewächshauses. »In diesen Einheiten befinden sich Tausende Würmer, die Bio-Abfall kompostieren. Wenn sie damit fertig sind, haben wir nährstoffreichen Dünger, den wir wieder dem Anbau zuführen.«

Er brachte sie zu einem anderen Gang seitlich des Gebäudes. »Hier drüben haben wir Behälter, in denen wir die ganzen nassen Essensabfälle sammeln, die gekocht und verpackt und dann an Schweinefarmen geschickt werden. Sie kommen jeden Tag und holen alles ab, damit es hier nicht herumsteht. Das Futter kostet sie nichts, und es sorgt dafür, dass eine Menge Müll nicht auf die Deponie wandert. Jeder profitiert.«

Er führte sie aus dem Gewächshaus hinaus, zurück in die warme, duftgeschwängerte Luft, die gegen das Frösteln, das sich in ihrem Innern ausbreitete, nichts ausrichten konnte. »Dieses Hotel ist seiner Zeit wirklich weit voraus«, gab Felicity zu und verdrängte das ungute Gefühl, das sich in ihr regte.

»Nachhaltigkeit wird durch kreatives Denken möglich.« Blake lächelte sie mit fast unerträglichem Stolz an, während sie zurück zum wartenden Auto gingen. »Wir haben vor, in den nächsten zehn Jahren alle Hotels unserer Kette ähnlich umzurüsten.«

Sie blieb neben dem Tesla stehen. »Warum müsst ihr mit diesem Wandel bei meinem Hotel beginnen? Da muss es doch andere geben, die sich leichter anpassen lassen.«

»Schon«, stimmte er zu. »In der Tat habe ich gerade ein weiteres Hotel in San Francisco gekauft. Aber wie ich bereits erwähnt habe, ist das Bancroft das Flaggschiff unter unseren Häusern. Es setzt den Maßstab für die gesamte Hotelkette und für den Namen Bancroft.«

»Ich werde das Hotel umbenennen müssen, da es ja nicht länger ein Teil deiner Firma sein wird.«

»Nur, wenn du unsere Wette gewinnst.« Blake öffnete ihr die Tür auf der Beifahrerseite hinten.

Bei dem Gedanken, das Hotel zu verlieren, verspürte sie einen Stich, auch wenn es für eine sehr gute Sache sein würde. Aber diese Sache nahm keine Rücksicht auf ihre Angestellten. Sie wusste, was sie tun musste. Das Bancroft gehörte ihr, und sie würde tun, was immer sie tun musste, um sicherzustellen, dass es so blieb. Fest entschlossen zu gewinnen, stieg sie ins Auto. »Was hast du heute noch mit mir vor?«

Er setzte sich neben sie und schloss die Tür. »Ich dachte, wir könnten das Mittagessen am Pool in unserem Hotel einnehmen und ein bisschen Sonne tanken, bevor wir uns für die Party heute Abend fertig machen. Wir verlassen das Hotel um sechs Uhr.«

»Wohin gehen wir?«

»Weg von allem. Ich denke, ich brauche etwas mehr Privatsphäre, als selbst das Mano Kea bieten kann.«

»In formeller Abendgarderobe?«

Er nickte, wandte sich Peter zu und wies den Chauffeur an, sie zum Hotel zurückzubringen.

»Das ist alles? Mehr sagst du mir nicht?«

Ein lausbübisches Grinsen ließ sein Gesicht aufleuchten.

Kapitel 13

Um sechs Uhr an diesem Abend traf sich Felicity im Wohnzimmer ihrer Suite mit Blake. Felicity war ganz in mokkafarbene Seide und Chiffon gehüllt. Blake ließ den Blick von ihrem hochgesteckten Haar über die Korsage wandern, die durch ihre enge Passform die sanfte Wölbung ihrer Brüste betonte. In seinen Augen stand männliche Anerkennung, während sein Blick weiter an ihr herabglitt – über den fließenden Chiffonrock, der sich an ihre Hüften schmiegte, bis hinunter zu ihren Füßen. »Du bist wunderschön«, erklärte er mit heiserer Stimme.

Ihre Kehle war so trocken, dass sie kaum einen Ton herausbrachte. Blake sah in seinem schwarzen Smoking mit der schwarzen Fliege atemberaubend aus. Die späte Nachmittagssonne fiel durchs Fenster und überzog seine dunklen Haare mit goldenen Streifen. »Danke«, brachte sie schließlich heraus.

»Komm.« Er bot ihr seinen Arm und führte sie durch das Hotel und dann hinaus. Nach einer kurzen Fahrt im Tesla stiegen sie auf einem Hubschrauberlandeplatz aus. Als sie in Sichtweite waren, startete der Motor des Helikopters, und die Flügel begannen sich zu drehen, was dafür sorgte, dass Felicitys Rock in alle Richtungen wehte. Sie schnappte nach Luft und versuchte, den Saum zu fassen zu bekommen und ihre Kleidung an Ort und Stelle zu halten.

Blake erschien neben ihr. Er hob sie einfach hoch, trug sie auf seinen Armen den kurzen Weg zum Helikopter und setzte sie vorsichtig hinein, ehe er sich zu ihr gesellte. Er schob die Tür zu. »Entschuldige, das hatte ich nicht bedacht, als ich unser Transportmittel gebucht habe«, rief er über den Lärm der Rotorblätter hinweg. Er reichte ihr ein Paar Kopfhörer, während er sich neben sie setzte. »Halt dich fest. In ein paar Minuten sind wir da.«

Genau das tat Felicity. Das Herz klopfte ihr in der Brust, während sie sich an ihren Sitz klammerte. Sie war noch nie zuvor in einem Hubschrauber gewesen. Die Vibration machte sie nervös, ebenso wie das Gefühl beim Start. Sie bewegten sich praktisch senkrecht nach oben, ehe sie nach vorne flogen, hinaus aufs Meer und hinein in die untergehende Sonne.

Wohin wollte er sie wohl bringen?, fragte sie sich, bis eine große Jacht in ihr Blickfeld kam. Sie hielten direkt darauf und auf den Hubschrauberlandeplatz auf dem obersten Deck zu. Der Pilot setzte den Helikopter sanft ab, als hätte er das schon sehr oft getan. Auf ein Zeichen von Blake hin stellte er rasch den Motor ab. Als die Rotorblätter sich nicht länger bewegten, nahm Blake ihr die Kopfhörer ab und reichte ihr die Hand. »Komm, gehen wir.«

Felicity ließ sich vorwärtsziehen, stieg aus dem Hubschrauber und lief mit ihm über das Deck und weiter auf das Hauptdeck der luxuriösen Jacht. Musik drang durch die Nacht zu ihnen herüber. Felicity sah zum Vollmond hoch und genoss die milde Brise, die ihre Nervosität linderte.

Sie befanden sich auf einer Jacht mitten auf dem Pazifik. Damit hätte sie nicht rechnen können, als sie Blakes Einladung angenommen hatte. In den nächsten Stunden konnte sie sich nirgendwo verstecken. Sie war ihm schutzlos ausgeliefert.

Er drehte sich zu ihr um und lächelte sie zärtlich an, als hätte er ihre Gedanken erraten. »Es ist alles in Ordnung, Felicity. Du bist hier sicher.«

Aus irgendeinem Grund glaubte sie ihm, während sie ihm gestattete, sie unter Deck zu führen. Die Leute drehten sich um und sahen sie an, als sie den überfüllten Ballsaal betraten. In der Vergangenheit wäre sie sehr verlegen gewesen, wenn sie so viele Augenpaare angestarrt hätten, aber nicht heute Nacht. Eingehüllt in ein prächtiges Kleid, mit einem Collier aus Rauchquarz und Diamanten um ihren Hals und ihrem Haar, das zu einem komplizierten Knoten hochgesteckt war, fühlte sie sich ruhig und unbeschwert.

Auf der anderen Seite des Raumes spielte ein kleines Orchester Vivaldi, doch über die Unterhaltungen und das helle Klirren von Gläsern hinweg konnte man nur ein paar Akkorde vernehmen. Kellner in weißen Jacken liefen zwischen den Gästen umher und boten Kanapees und Moët & Chandon an.

Unter ihren Füßen schimmerte ein makellos poliertes Parkett, und über ihr glitzerten Kristallkronleuchter. Eine Eisskulptur in Form einer offenen Muschelschale, die bis zum Überlaufen mit Shrimps gefüllt war, dominierte das Buffet. Neben der Eisskulptur standen Beluga-Kaviar, Hummer, leichtes Gebäck und ein farbenfrohes Angebot tropischer Früchte.

Blake nahm zwei Champagnergläser vom Tablett eines Kellners und reichte ihr eines. Während sie an ihrem Glas nippte, beobachtete sie, wie die anderen Gäste sich in dem großen Raum hin und her bewegten, lachten, tanzten und Spaß hatten. Sie glaubte, in der Menge mindestens drei Filmstars zu erkennen.

»Sind all diese Leute Freunde von dir?«, fragte sie und musterte einen Mann mit einer weißen Kopfbedeckung, der ein fließendes Gewand aus goldenem und silbernem Stoff trug.

»Er ist ein Scheich und ein Freund von mir, der gerne Zeit auf meinem Schiff verbringt, wenn er in der Gegend ist. Dort drüben ist der britische Konsul von Hawaii, neben ihm steht Reid Fairfax, Besitzer der Seattle Gazette. Komm, ich stelle dich vor.«

»Das ist deine Jacht?«

Er nickte. »Ein paar Spielsachen muss ein Mann schließlich haben.«

»Gibt es irgendeine Art von Transportmittel, die du nicht besitzt?«

Ein nachdenklicher Ausdruck trat auf sein Gesicht, dann lächelte er. »Ich habe noch keine Rakete.«

Sie erwiderte sein Lächeln. »Na, dann aber schnell.«

»Ich sehe mal, was ich da tun kann.« Mit einem Lächeln legte er ihr den Arm um die Taille und zog sie mit sich in die Menge.

In der nächsten Stunde stellte er sie vielen Leuten vor, die sie ohne Blake niemals kennengelernt hätte. Er erzählte jedem von ihrem Restaurant, und einige Leute versprachen, bei ihrem nächsten Aufenthalt in Seattle vorbeizukommen. Und obwohl sie es genoss, mit allen zu sprechen, die sie traf, fühlte sie sich danach ein wenig traurig.

Obwohl er all diese Leute als seine Freunde vorgestellt hatte, hatte ihm nicht einer von ihnen eine persönliche Frage gestellt oder sich nach dem kürzlichen Tod seines Onkels erkundigt.

Sie wusste, wie einsam ihre eigenen Teenagerjahre gewesen waren, mit einem Vater, der nicht sprach, und ihrem Wunsch, nur nicht aufzufallen. War Blakes Vergangenheit noch schlimmer gewesen, obwohl er keine materiellen Sorgen gekannt hatte? Er hatte vielleicht alles Geld der Welt, doch war es das, was wirklich zählte? War das der Grund, weshalb er ihre Nähe suchte? Trotz all der Menschen, von denen er Tag für Tag umgeben war, war er einsam.

»Du siehst plötzlich sehr ernst aus. Würde es dir etwas ausmachen, mir zu sagen, worüber du nachdenkst?«, fragte Blake über die Aufregung hinweg, die plötzlich im Saal aufkam.

»Ich bin von alledem nur ziemlich überwältigt«, antwortete sie, in der Hoffnung, dass er nicht weiterfragen würde. Da der Lärm im Raum lauter wurde, tat er es nicht. Die Menge teilte sich, und Felicity konnte zum ersten Mal einen Blick auf den Grund für die Unruhe werfen, als Rihanna erschien und das Mikrofon ergriff.

»Auch eine Freundin von dir?«, fragte Felicity, etwas atemlos vor Überraschung.

»Da ich einer ihrer Sponsoren bin, tritt sie hin und wieder bei besonderen Anlässen für mich auf.« Blakes Lächeln verblasste, als Rihannas Stimme den Raum erfüllte. »Tanz mit mir, Felicity.«

Sie erbebte am ganzen Körper, als er über ihren Ellbogen strich und sie wortlos bat, sich für einen langsamen Tanz zu den Klängen von »Stay« in seine Arme zu begeben.

Er fasste sie um die Mitte und schloss seine linke Hand um ihre Finger. Mit müheloser Leichtigkeit bewegte er sich zur Musik und führte sie über die Tanzfläche.

»Ich hab noch nie mit einer Frau getanzt, die so bezaubernd war wie du«, flüsterte er ihr ins Ohr.

Ein Schauer der Erregung durchrann sie. »Das sagst du nur, damit ich aufhöre, dir auf die Füße zu treten.«

»Du kannst mir jederzeit auf die Füße treten, wenn wir uns so nah sind und du so wunderschön aussiehst.«

Bei dem rauchigen Klang seiner Stimme und dem Verlangen in seinen Augen stockte Felicity der Atem. Einen Moment lang ruhte sein Blick auf ihrem Gesicht, während er sie langsam näher an sich zog. Er neigte den Kopf und presste die Lippen zärtlich auf ihren Mund. Seine Finger auf ihrem Rücken spreizten sich, und Felicity spürte, wie ihr Widerstand in sich zusammenzufallen begann.

Sie erwiderte seinen Kuss voller Leidenschaft.

Die Musik verklang, und Blake hob den Kopf. »Felicity, ich …«

»Darf ich um den nächsten Tanz bitten?« Der Mann, den Blake als Reid Fairfax vorgestellt hatte, reichte ihr die Hand.

Blake hielt sie noch einen Moment länger fest, als würde er zögern, sie loszulassen.

»Möchte ich …?«

»Tanzen.« Reid nahm ihre Hand von Blakes Schulter und legte sie in seine, während er sie aus Blakes Armen zog.

Ein merkwürdiger Ausdruck machte sich auf Blakes Gesicht breit. Wenn sie es nicht besser gewusst hätte, hätte sie gesagt, er wäre traurig, sie gehen zu sehen.

Rihannas nächstes Lied war schneller, wofür Felicity dankbar war, als der ältere Mann sie zu den Klängen von »Umbrella« quer durch den Raum führte und ihr die Sicht auf Blake versperrte.

»Die Welt ist wirklich klein, Ms Wright. Wir leben beide im Staat Washington, und dennoch sind wir gleichzeitig hier in Hawaii. Wie groß sind wohl die Chancen dafür?«

»Nun ja, da wir beide mit Blake befreundet sind und dies seine Jacht ist, würde ich sagen, sie stehen gar nicht so schlecht.« Felicity war nicht sicher, was es war, aber irgendetwas an diesem Mann machte sie nervös.

Er biss die Zähne zusammen, und etwas, das noch intensiver als Verzweiflung war, flackerte für einen Moment in seinem Blick, verschwand jedoch ebenso schnell wieder, wie es gekommen war. »Schlau.«

Felicity war sich nicht sicher, ob das Wort als Kompliment gedacht war.

Reid lächelte. »Nichtsdestotrotz bin ich froh, dass Sie mit Blake herkommen konnten. Er hat so wenig Zeit für Spaß.«

»Sind Sie etwa für die Planung seines Privatlebens zuständig?«, fragte sie und blieb stehen, nicht länger in der Stimmung, zu tanzen.

Reid ließ ein schallendes Lachen vernehmen. »Sie sind sehr witzig, Ms Wright.« Er ließ sie los. Die Musik, die sie einen Moment zuvor noch genossen hatte, klang plötzlich laut und störend.

Genau in diesem Augenblick tauchte Blake neben ihr auf und fixierte Reid mit einem finsteren Blick. »Alles in Ordnung?«, fragte er, während er ihr beschützend eine Hand auf den Rücken legte, wie er es schon zuvor getan hatte. Seine Berührung war warm und willkommen. »Ich übernehme hier«, erklärte er und nahm sie mit sich.

Felicity warf einen Blick zurück über ihre Schulter, während Blake sie aus dem Saal brachte, wobei ihr nicht entging, wie sich Reids Mundwinkel zu einem selbstzufriedenen Lächeln verzogen. Er hatte gewollt, dass Blake zu ihrer Rettung eilte. Es kam ihr fast vor, als wollte er ihn ein wenig eifersüchtig machen.

Die Frage war nur, weshalb?

»Wie stehst du zu Reid Fairfax?«, fragte sie, als Blake sie aus der Tür hinaus und die Treppen hinunter in einen Flur mit Schlafkabinen führte.

»Er ist ein Bekannter, sonst nichts. Warum fragst du?«

»Und dennoch ist er heute Abend hier?«

Blake blieb vor einem der Zimmer stehen. Er zog eine Schlüsselkarte aus seiner Anzugjacke und hielt sie vor das Kartenlesegerät. Ein leises Kicken ertönte, das Schloss öffnete sich, und er drehte den Knauf, ehe er die Tür weit aufmachte. Mit den Fingerspitzen fuhr er über ihren Arm. Das Feuer, das stets zwischen ihnen zu schwelen schien, erwachte zum Leben.

»Er hat sich selbst eingeladen.« Blake trat ein und winkte sie durch die Tür.

»Wohin gehen wir?«

»In meine Kabine, denn keiner von uns beiden kann diese Selbsttäuschung noch länger aufrechterhalten«, erklärte er unverblümt.

Felicity wollte es abstreiten, doch das konnte sie nicht. Die unverhohlene Leidenschaft in seinen Augen fand in ihr ihre Antwort.

Sie trat in die luxuriös eingerichtete Kabine und war sich völlig darüber im Klaren, dass sie damit dem, was als Nächstes kam, zustimmte. Während sie es hinauszögerte, damit sich ihr Herzschlag beruhigen konnte, sah sie sich im Wohnbereich um. Hier gab es ein cremefarbenes Sofa und zwei dazu passende weiche Ledersessel. Mit seinen goldenen Akzenten und roten Kissen war der Raum von atemberaubender Eleganz.

In der Mitte des niedrigen Couchtisches stand eine Vase mit einem Strauß Orchideen. Blake brach eine davon ab und drehte sie zwischen den Fingern, während er zu ihr kam. »Für dich.« Er steckte ihr die Blume hinters Ohr. Der sanfte Duft hüllte sie ein.

Das Herz flatterte ihr in der Brust, als er sie in seine Arme zog und die Blütenblätter berührte. »Magst du exotische Blumen?«

»Sie sind hübsch. Anspruchsvoll in der Pflege«, erwiderte sie, unfähig, das Zittern in ihrer Stimme zu unterdrücken. »Ich bevorzuge Rosen.«

»Gut zu wissen«, sagte er, neigte den Kopf und küsste sie. Sie wusste, weshalb er das tat – wusste, was er damit bezweckte –, und obwohl sie vermutete, dass er absolut vorhatte, sie zu verführen, war es ihr in diesem Moment egal.

Was ihr nicht egal war, war die sengende Hitze zwischen ihnen, das Feuer in ihrem Blut, das erneut die unbefriedigte Leidenschaft in ihr anfachte, die sie gestern in ihrem Traum erlebt hatte. Er begehrte sie und sie ihn.

Das war Grund genug, um ihre Zurückhaltung über Bord zu werfen und sich an ihn zu schmiegen, seine volle Aufmerksamkeit zu fordern. Heute Nacht wollte sie das Hotel vergessen und nur noch daran denken, welche Gefühle er in ihr weckte, sich ganz ihrer Lust hingeben.

Sie zögerte einen Augenblick lang, als sie an heute Morgen dachte und den Fotografen, den Blake fortgeschickt hatte. Doch genauso schnell, wie der Gedanke gekommen war, verschwand er auch wieder. Sie waren auf einer Jacht mitten auf dem Ozean. Wer würde sie hier schon beobachten?

Die Anspannung der letzten Sekunden ließ nach und wurde abgelöst von dem Verlangen danach, Blakes Kuss mit all der zurückgehaltenen Begierde zu erwidern, die sie seit ihrer ersten Begegnung geleugnet hatte. Sie öffnete den Mund und ergab sich ihm.

Er stöhnte auf, und das verlieh ihr Mut. Sie lockte und neckte ihn, erfreut darüber, dass der Kuss immer intensiver wurde. Die Hitze zwischen ihnen steigerte sich, und sie gab sich voll und ganz ihren Gefühlen hin.

Sie wusste, wie es enden würde, aber es war bereits unmöglich, den Lauf der Dinge noch zu ändern. Aber das wollte sie auch gar nicht. Sie war es leid, gegen das anzukämpfen, was so machtvoll zwischen ihnen brannte.

Er zog sie noch fester an sich. Seine Hand glitt über ihren Rücken. Er umfasste ihren Po und drückte ihr Becken so gegen seinen Unterleib, dass er sich an ihr reiben und sie gegen seine steife Erektion pressen konnte, um ihr zu zeigen, wie es sich anfühlen würde, ihn in voller Länge in sich zu spüren.

Er unterbrach den Kuss und blickte sie mit seinen tiefblauen Augen an, die vor Leidenschaft ganz dunkel waren – einer Leidenschaft, die sie zum Leben erweckt hatte und die jeden Muskel seines Körpers in harten Stahl verwandelte. Vorsichtig streifte er ihr das Kleid von der Schulter und griff nach dem Reißverschluss an der Seite.

In ihrer beider Atem mischte sich das leise Surren, mit dem er ihn aufzog. Vorsichtig öffnete er ihr Kleid und schob es nach unten, ließ es zu ihren Füßen auf den Boden fallen. Langsam beugte er sich vor und schloss seinen Mund um eine Brustspitze.

Ein heißer Schauer durchlief sie. Seine Zunge war warm und feucht. Sein Atem strich über ihre Haut. Die Knie wurden ihr weich, während sie auf seinen dunklen Kopf hinunterblickte. Als er die feste Knospe vorsichtig zwischen die Zähne nahm, schoss ein brennendes Gefühl wie ein Feuerstrahl durch ihren Körper, und ihre Bauchmuskeln spannten sich.

Sie konnte spüren, wie bereit sie für ihn war, wie ihre Lust das letzte bisschen Vernunft verdrängte. Hitzewellen überliefen sie und entfachten in ihr ein Verlangen, das sie so niemals erwartet hätte. »Blake …« Das Wort war halb Flüstern und halb Flehen.

Er richtete sich auf, und sie nutzte die Gelegenheit, um unter sein Jackett zu fahren und es ihm abzustreifen. Es landete auf dem Boden, auf ihrem Kleid, dann machte sie sich an den Knöpfen seines Hemdes zu schaffen, warf es zur Seite und ließ ihre Hände über seine Brust gleiten.

Als er sie hochhob, schlang sie ihre Beine um seine Taille, während sein Mund erneut ihre Lippen suchte. Sie genoss es, seine harten, definierten Bauchmuskeln zwischen ihren Beinen zu spüren. Während sie noch immer eng miteinander verschlungen waren, trug er sie durchs Zimmer und trat mit dem Fuß eine Tür auf, die den Blick auf ein unberührtes weißes Bett freigab. An der Bettkante blieb er stehen und legte sie behutsam hin. Einen Augenblick später war auch er nackt. Er legte sich neben sie und begann mit den Händen langsam und verführerisch ihren Körper zu erkunden.

Ihre Haut schien an jeder Stelle in Flammen aufzugehen, die er berührte, auf ihren Brüsten, ihren Armen, ihrer Taille und ihren Oberschenkeln. Seine Lippen folgten seinen Fingern, wohin immer sie wanderten. Die Anspannung steigerte sich immer weiter, bis sie das Gefühl hatte, sie würde vor Lust explodieren.

Als er sich von ihr löste, um ihr ins Gesicht zu sehen, verschlug es ihr den Atem. In seinen Augen entdeckte sie ein Feuer, das ganz anders war als alles, was sie bisher gesehen hatte.

»Du bist wunderschön.« Seine Stimme klang heiser und rau.

Die Art, wie er sie ansah, vermittelte ihr genau dieses Gefühl und noch so viel mehr. Sie wollte ihn mit der gleichen drängenden Leidenschaft, mit der er sie begehrte. Dieses Wissen half ihr, ihre Hemmungen abzulegen und mit den Fingerspitzen über seine Brustwarzen zu streichen, was von ihm mit einem erstickten Keuchen belohnt wurde. Ermutigt ließ sie ihre Hände weiter nach unten gleiten, wo sich ihre Hand um sein steifes Glied schloss.

Seine Kiefermuskeln spannten sich an, und er warf den Kopf in den Nacken, während sie ihre exquisite Folter fortsetzte und ihn zärtlich streichelte. Nie zuvor hatte sie sich erlaubt, so kühn zu sein, die Führung zu übernehmen. Ein Schauer der Erregung durchlief sie bei dem Gedanken, dass sie einem Mann wie Blake solche Lust bereiten konnte.

Er ballte die Hände zu Fäusten und schaute sie wieder an. Seine halb geschlossenen Augen verdeckten seinen glühenden Blick nur teilweise. »Ich brauche dich, Felicity.«

Die Intensität seiner Worte schnürte ihr die Brust zusammen. »Ja«, hauchte sie, kaum in der Lage dazu, dieses eine Wort aus ihrer trockenen Kehle hervorzubringen.

Er zog sie an sich und kniete sich hin. Aus dem Nachttisch neben dem Bett nahm er ein Kondom und streifte es sich über, dann zog er sie zu sich und legte sich zwischen ihre Beine. Er küsste sie mit quälender Zärtlichkeit, und ihre Erregung nahm noch weiter zu. Sie drückte sich gegen seinen harten Körper, während die Hitze ihrer Empfindungen sie zu verschlingen drohte und sie gleichzeitig immer mehr wollte.

Endlich stieß er in sie.

Sie bäumte sich unter ihm auf und stöhnte, doch der Laut wurde von seinem Mund erstickt. Sie schwelgte in dem Gefühl, ihn zu spüren, hart und lang, während er sich in ihr bewegte. Sie hob sich ihm entgegen, passte sich seinem Rhythmus an und umklammerte mit den Beinen seine Hüften, um ihn noch tiefer in sich zu ziehen.

Ihr Herz schlug so heftig, dass sie kaum noch atmen konnte. Verzweifelt suchte sie Halt an seinen Schultern, von dem Verlangen getrieben, so viel von ihm in sich aufzunehmen, wie er ihr geben konnte.

Mit einem leisen Schrei nahm sie seinen Rhythmus auf, die harten, schnellen Stöße, die immer wieder langsamer und sanfter wurden, trugen sie immer höher. Sobald sie sich an einen Rhythmus gewöhnt hatte, veränderte er ihn, während die Anspannung in ihr immer größer wurde. Er steigerte sein Tempo wieder, und sie balancierte am Rand dessen, was sie ertragen konnte, bis sie unter einem Höhepunkt, der durch jede Faser ihres Körpers brennende Erlösung jagte, förmlich explodierte.

Einen Moment später spürte sie, wie Blake, wieder und wieder, unter einem Orgasmus erzitterte, der ihrem eigenen in nichts nachstand.

Erschöpft sank er auf sie. Sie spürte, wie sein Herz raste, spürte seinen Herzschlag an ihrer Brust, und ein Echo dort, wo sie noch immer vereint waren.

Langsam und befriedigt atmete sie ein, hob eine Hand und liebkoste damit sein Haar. In diesem stillen, zärtlichen Moment schmiegte er sich an sie.

Allmählich beruhigten sich sein Herzschlag und sein Atem. Er bewegte sich und legte sich neben sie, sein Körper heiß an ihrem. Seine Hände weigerten sich, sie loszulassen, während er mit ihren Brüsten spielte, sie streichelte, umkreiste, neckte, als hätte er Angst, den Moment enden zu lassen.

Himmel, was war nur gerade zwischen ihnen passiert?, fragte sich Felicity verwirrt. Sie hatte in ihrem ganzen Leben noch niemals etwas so Intensives erlebt wie diese Begegnung mit Blake.

»Ich hab die Kontrolle verloren«, sagte er, seine Stimme noch immer heiser, ihr Klang wie eine zärtliche Berührung.

Sie hätte niemals zu träumen gewagt, dass solch eine Befriedigung möglich war. Ein schweres, träges Gefühl pulsierte durch ihre Adern. Sie lachte zitternd. »Wir haben beide die Kontrolle verloren.«

Das, was sie da eben entfesselt hatten, war zügellos gewesen, bewusstseinsverändernd und alle Sinne erschütternd – genauso, wie er es gesagt hatte. Der Mann hatte sein Versprechen eindeutig eingelöst. Doch er hatte sie nicht als Partner oder Verliebte in dieses emotionale Wechselbad geführt, sondern als Freunde. Intime Freunde. Sexuell Gleichberechtigte.

Als er ihr am Abend ihrer ersten Begegnung dieses Angebot gemacht hatte, hätte sie niemals geglaubt, dass es dazu kommen würde. Und nur für diesen einen Moment wollte sie den Teil ihres Gehirns, der Einwände hatte, zum Schweigen bringen. Wollte die Vernunft mit aller Macht verdrängen, um zu verhindern, dass sie verletzt wurde.

Sie musterte Blakes Profil. Seine Lippen verzogen sich zu einem flüchtigen Lächeln, das sie als das erkannte, was es war – männliche Selbstzufriedenheit.

»Woran denkst du?«, fragte sie, ohne dass sie es verhindern konnte, während ihr klar wurde, dass sie ihn schon wieder wollte.

»Daran, dass du so unerwartet bist.« Er wandte sich ihr zu, schob die Hand nach oben und legte sie ihr an die Wange.

»Du bist genauso atemberaubend, wie ich vermutet hatte«, gestand sie, und er lächelte breit. Sie drehte den Kopf und küsste seine Handfläche.

Ein Stöhnen entrang sich ihm. Er rollte sich auf die Seite und fuhr mit der Hand von ihrer Wange über ihren Bauch nach unten, bis seine Finger ihre empfindsamste Stelle fanden. »Wenn du nicht damit aufhörst, muss ich vielleicht gleich noch einmal meine atemberaubende Wirkung entfalten«, erklärte er neckend.

Fragend hob sie eine Augenbraue. »Hast du die ganze Zeit über vorgehabt, mich zu verführen, als du mich auf die Eclipse gebracht hast?«

»Ja und nein. Es gab wirklich etwas, das ich dir auf dem Deck über uns zeigen wollte.«

»Was denn?«, fragte sie herausfordernd.

Seine Finger begannen ihren Zauber zu weben, und sie spürte, wie ihr Körper sich wieder für ihn bereit machte. »Noch einmal, dann verspreche ich, es dir zu zeigen.«

Ohne ein weiteres Wort kam Felicity seinem Wunsch nach.

Kapitel 14

Stunden später, als alle anderen Partygäste die Jacht entweder verlassen hatten oder in ihre eigenen Kabinen gegangen waren, lauschte Blake dem Rauschen des Wassers, das gegen den Rumpf des Schiffes schlug. Sein Blick ruhte jedoch auf der Frau, die sich neben ihm an die Reling lehnte. Er schlang die Arme um Felicitys schlanke Taille. Als er sie gebeten hatte, mit ihm aufs obere Deck zu kommen, hatte sie statt ihres Kleides sein Hemd übergezogen.

Ihre blonden Haare strichen über seinen nackten Oberkörper, und ihr süßer Duft verwirrte ihm die Sinne und weckte erneut sein Verlangen. Er war barfuß, nur mit seiner Anzughose bekleidet. Sie trug lediglich sein Hemd und sonst nichts.

Felicity lehnte sich wieder an seine Brust, ihr Blick war in die Ferne gerichtet. »Was wolltest du mir zeigen?«

Er sog ihren Geruch ein, während er sie noch enger an sich drückte. Das Licht des vollen Mondes, der über ihnen stand, warf einen silbernen Glanz auf das Meer. »Die Sterne.«

»Was haben die Sterne mit der Umwelt zu tun, und mit deinen Bemühungen, mich von deiner Meinung zu überzeugen?«

»Überhaupt nichts. Ich wollte dir nur die Sterne zeigen. Ich hatte keinerlei Hintergedanken.«

Die sanfte Brise zerzauste Felicitys Haar, während sie den Kopf zurücklegte und den tintenschwarzen Himmel betrachtete. Zahllose Sterne glitzerten wie Diamanten über ihnen. Ohne andere Lichter um sie herum war es leicht, nicht nur die Sterne, sondern auch die Planeten und Satelliten zu erkennen, die um die Erde kreisten, sowie die Milchstraße, die sich als orange-goldener Streifen über den Himmel erstreckte.

»Ich glaube nicht, dass ich jemals etwas so Schönes gesehen habe«, flüsterte sie.

Er hielt sie fest und küsste sie zärtlich. »Ich hab diesen Anblick schon hundertmal bewundert. Aber mit dir kommt es mir vor, als würde ich ihn zum ersten Mal sehen.«

»Betrachtest du oft die Sterne?«

»Als ich jung war, wollte ich Astronom werden. Ich hab so viel Zeit alleine verbracht, doch wo immer ich auch hingegangen bin, die Sterne waren stets da und haben über mich gewacht. Das hab ich noch nie zuvor jemandem erzählt«, gestand er mit einem leisen Lachen. »Was ist mit dir? Wenn du alles tun oder sein könntest, was du wolltest, was wäre das?«

Sie presste nachdenklich die Lippen zusammen, ehe sie antwortete: »Wenn Geld keine Rolle spielen würde, hätte ich gerne eine eigene Küche, vielleicht sogar ein eigenes Gebäude für mein Hungry-Hearts-Programm. Nichts macht mich glücklicher.«

»Wirklich bewundernswert.«

Sie zuckte die Schultern. »Ich bin nicht sicher, ob es wirklich so großmütig ist. Jedes Mal, wenn jemand Neues in mein Programm kommt, ist es mein Leben, das sich ändert.«

»Du gibst jedem von ihnen auch einen Teil von dir. Das hab ich gesehen, während wir mit deinen Schülern gearbeitet haben.«

Felicity nahm das Kompliment an, aber während sie das tat, musste er daran denken, wie sie beide auf ganz unterschiedliche Weise an das, was ihnen wichtig war, herangingen. Sie arbeitete daran, die Menschen zu verändern, während er seine Bemühungen auf die Umwelt konzentrierte. Jedes Mal, wenn sie jemandem, der Hilfe brauchte, die Hand reichte, ging sie ein Risiko ein. Er ging auf Nummer sicher. Eine Veränderung für die Umwelt zu erreichen zwang ihn nie dazu, hinauszugehen und sein Herz zu riskieren. Sein Geldbeutel war alles, was auf dem Spiel stand. Enttäuschung überkam ihn, als er seinen Blick wieder nach oben zu den Sternen richtete. Selbst bei seinem Interesse für den Himmel blieben die Dinge, die ihn faszinierten, auf Abstand.

Warum hatte er solche Angst davor, ein Risiko einzugehen und möglicherweise Schmerz zu empfinden? Er war ein reicher Mann, und dennoch konnte er es sich nicht leisten, jemanden in sein Herz zu lassen. Umfangen von dieser unangenehmen Erkenntnis, zog er Felicity mitsamt ihrer Wärme noch enger an sich heran und gestattete ihr ein weiteres Mal, die eiskalten Winkel in seinem Innern mit Wärme und Licht zu füllen.

Es fühlte sich so gut an, ihr nahe zu sein. So richtig.

Kapitel 15

Nachdem er Felicity einen Tag lang erklärt hatte, wie man ein Hotel von der Größe des Mano Kea leitete, brachte Blake sie zurück in ihre Suite. Auf dem Sofa im Wohnbereich lag die große rote Schachtel mit der weißen Schleife, wie er es dem Hotelmanager aufgetragen hatte.

»Was ist das?«, fragte Felicity, als sie zum Sofa ging.

»Es ist für dich.«

Stirnrunzelnd zog sie die Schleife auf und öffnete die Schachtel. Ich stockte der Atem, und sie sah ihn an. »Eine Kochjacke, schwarze Hosen und ein rotes Bandana mit hawaiianischem Muster? Wofür ist das?«

»Wir veranstalten im Hotel jeden Samstag ein Luau. Haku wollte wissen, ob du daran interessiert bist, ihm heute Abend bei der Zubereitung der Speisen zu helfen.«

Ihre Augen strahlten auf, und als Reaktion darauf breitete sich in seinem Innern ein Gefühl der Wärme aus.

»Das mache ich sehr gerne.« Sie nahm die Sachen und ging hinüber in ihr Schlafzimmer, um sich umzuziehen. Fünf Minuten später tauchte sie wieder auf und hatte die Kochkleidung an und ein Lächeln auf dem Gesicht.

Zum ersten Mal seit langer Zeit erfüllte ihn echte Freude – einfach nur, weil sie lächelte. »Bereit?«, fragte er.

»Zum Kochen? Immer.«

Sie gingen in die Küche, und Haku beauftragte Blake sofort damit, ein paar Mangos zu schälen und in Scheiben zu schneiden, die als Garnitur gebraucht wurden, während Felicity dem hawaiianischen Koch dabei half, zwei verschiedene Soßen für das bevorstehende Fest zuzubereiten.

Nachdem Blake mit der Vorbereitung der Mangos fertig war, verfolgte er dabei, wie sich Felicity in der Küche bewegte, ihr Gesichtsausdruck weich und völlig entspannt. Beim Kochen schien sie so sehr in sich selbst zu ruhen wie bei nichts anderem. Zum ersten Mal machte er sich Gedanken über die Entbehrungen, über die sie vorgestern im Zorn gesprochen hatte. Was hatte sie Schreckliches erlebt, das sie zu der Frau gemacht hatte, die nun vor ihm stand? Auf einmal musste er das unbedingt wissen.

Mit einem nachdenklichen Stirnrunzeln sah er ihr bei der Arbeit zu. Er konnte Marcus noch mehr unter Druck setzen, Detektive engagieren, um all das zu tun, was er normalerweise mit seinen Geschäftspartnern und seinen Feinden gleichermaßen machen ließ.

Doch bei Felicity kamen ihm solche Taktiken mehr und mehr … falsch vor. Bevor er mit Donald Jamison über das Heritage Hotel verhandelt hatte, hatte er sich nie um die Gefühle seiner geschäftlichen Rivalen gekümmert. War es Felicitys Einfluss, der dafür sorgte, dass er bei sich selbst plötzlich einen höheren Maßstab anlegte?

Er beobachtete sie wie gebannt. Er hatte noch nie ein seinem Leben eine betörendere Frau gesehen. Trotz der sackartigen Kochjacke konnte er noch eine Andeutung ihrer wohlgeformten Figur erkennen. Das Weiß ihrer Kleidung passte perfekt zu ihrer immer intensiver werdenden Bräune und den blonden

Haaren. Sie sah gesund aus und entspannt – und so sexy, wie eine angezogene Frau nur aussehen konnte.

Bei dem Anblick wurde ihm heiß. Je länger er sie betrachtete, desto mehr wollte er sie.

Sie rührte in einem großen Topf auf dem Herd, griff nach einem Auflaufförmchen und füllte einen Klacks Soße hinein. Sie tunkte den Finger ein und führte ihn zum Mund, um zu kosten. Ihm stockte der Atem.

Er stellte sich neben sie, nahm ihre Hand, führte den Finger an seine Lippen und probierte selbst von der Soße … und Felicity. Ein Schauer durchlief ihn bei dem Gefühl ihres Fingers auf seiner Zunge.

»Köstlich«, flüsterte er.

Sie warf einen Blick zu Haku, und ihre Wangen röteten sich. Er hantierte weiter in der Küche und ignorierte sie.

»Wann kommen unsere Gäste?«, fragte sie und entzog Blake ihre Hand.

»In zwei Stunden.« Er starrte sie an, diese geöffneten Lippen, die ihn einluden. Es war schon so lange her, dass er Dinge mit jemandem hatte teilen können. Jemandem, der die Leere in seinem Innern füllte, von der er nicht gewusst hatte, dass sie existierte, bis Felicity in sein Leben getreten war.

Obwohl er jede Stunde des Tages von Menschen umgeben war, hatte er nicht bemerkt, wie einsam er war, bis er in ihre schönen, klugen Augen geblickt hatte. Auf sie war er nicht im Geringsten vorbereitet gewesen.

Ihr Gesicht war so nah, dass er die goldenen Flecken um ihre Pupillen sehen konnte. Sie schaute ihn an, ohne zu blinzeln, und er hatte das Gefühl, als könnte er direkt in ihre Seele blicken – und wie bei ihm war es ein schutzloser, verletzlicher Ort.

Zum ersten Mal in seinem Leben zog er es in Betracht, einem anderen Menschen Einblick in sein Leben zu gewähren.

Er hatte noch nie jemandem genug vertraut, um das zu tun. Sein Herz schlug schneller. Regungslos stand er da, während er darüber nachdachte, was er machen sollte.

»Danke, dass du heute die Geheimnisse deines Erfolgs mit mir geteilt hast. Ich weiß, das hättest du nicht tun müssen. Ich habe ein paar Ideen, die ich gerne im Bancroft umsetzen würde, wenn ich nach Seattle zurückkehre.«

»Gern geschehen. Gibt es da nicht noch ein Luau, für das wir kochen müssen?« Die Herzlichkeit in ihren Augen, als sie ihm antwortete, brachte ihn zum Grinsen. Ein Gefühl der Kameradschaft verband sie. Etwas Neues und Zerbrechliches war in den letzten paar Tagen zwischen ihnen aufgekeimt, und er hasste es, dieses Gefühl enden zu lassen. Er drehte sich zu dem Tisch neben ihr um und nahm eine herrenlose Schürze von der Edelstahloberfläche.

»Wie kann ich helfen?«

Skeptisch hob sie eine Augenbraue. »Du willst mir beim Kochen helfen?«

»Meine Dienste sind nicht billig.«

Sie verschränkte die Arme vor der Brust und sah ihm fest in die Augen. »Selbstverständlich nicht. Na schön, was kostet mich diese ›Hilfe‹?«

»Einen Kuss.«

Sie zögerte und sah hinüber zu Haku.

»Kümmern Sie sich nicht um mich«, bemerkte der hawaiianische Koch mit einem Lächeln. »Ich werde später meine eigene Bezahlung bekommen, wenn ich Sie dazu zwinge, mich mit einer Ihrer gut aussehenden Freundinnen vom Festland zu verkuppeln.«

Felicitys Lächeln wurde breiter. »Ich sehe mal, was ich da tun kann.«

Vor sich hin summend verließ Haku die Küche, um nach dem Schwein zu sehen, das über dem Feuer briet.

Blake legte ihr eine Hand in den Nacken und zog sie an sich. Er neigte den Kopf, und seine Lippen verschmolzen mit ihren, langsam und sinnlich. Der Kuss dauerte eine Ewigkeit und darüber hinaus. Mit jeder Sekunde wuchs die Anspannung in ihnen, bis er glaubte, er würde es nicht mehr aushalten. Schließlich löste er sich mit einem Stöhnen von ihr und ließ sie los.

»Das waren die besten Verhandlungsbedingungen überhaupt«, sagte sie atemlos.

Bei ihren Worten umschlossen unsichtbare Hände sein Herz und drückten zu. Er schob sie von sich, obwohl er sie verzweifelt zurück in seine Arme ziehen wollte. »Und du bringst mich dazu, einen Karrierewechsel zum Küchenhelfer in Betracht zu ziehen.«

Sie lächelte und reichte ihm einen Löffel. »Rühr das um, während ich die anderen Zutaten für das Huli Huli Chicken hole.«

»In Ordnung, Boss.« Er würde alles tun, was sie von ihm verlangte, wenn das bedeutete, dass sie schneller zum Luau kamen und er sie wieder für sich allein haben konnte.

* * *

Eine sanfte Brise zerstreute die Wärme des Tages, während Felicity in der Menge saß und polynesischen Tänzern bei ihrer Feuervorführung zuschaute, Legende und Mysterium. Das Essen, das sie zubereitet hatten, war bei den Gästen, die an ihren Tischen saßen und sich die Show ansahen, gut angekommen. Der Rhythmus der hawaiianischen Trommeln ging ihr ins Blut. Ihr Körper spannte sich, während sie gegen den Drang ankämpfte, mit dem Fuß den Takt zu klopfen.

Die berauschende Süße des Hibiskus füllte die Nacht und verführte sie ebenso sehr wie das Feuer in Blakes Augen. Den ganzen Nachmittag lang, während sie neben ihm gearbeitet hatte, hatte sie gespürt, wie sie sich veränderte. Es war, als ob seine Gegenwart den Sonnenschein in ihr Leben brächte, den sie seit Jahren vermisst hatte und der die kalten, dunklen Plätze erhellte, die sie vor allen anderen verbarg.

Die Musik, die Trommeln, das Feuer, der süße Duft der Nacht – alles hatte sich gegen sie verschworen und weckte ihr Verlangen. Als die Feierlichkeiten zu Ende waren und Blake aufstand und nach ihrer Hand griff, zögerte sie nicht.

Ihre Blicke trafen sich, während er Küsse auf jeden ihren Finger hauchte, ihre Hand schließlich umdrehte und den Mund darauf senkte. Er ließ seine Lippen gerade lang genug dort verweilen, dass sie ein Schauer durchlief. Ihr stockte der Atem, als er sie, ohne ein Wort zu sagen, ins Hotel, die Treppen hinauf und in ihre Suite zog.

Sie folgte ihm bereitwillig.

In der Ungestörtheit ihrer Zimmer spürte sie noch den Schlag der Trommeln wie ein Echo in ihrem Herzen, und das erfüllte sie mit heftigem Begehren, das gestillt werden musste.

Blake stand vor ihr und sah sie an. »Ich weiß, du spürst es auch. Den Rhythmus. Die Magie.«

Sie schluckte schwer, leugnete die Wahrheit aber nicht.

»Ich will die Nacht mit dir in deinem Bett verbringen, nicht in meinem. Ich will, dass wir beide dort zusammen aufwachen, wenn der Morgen kommt. Keine Verführung, kein Zwang. Eine Entscheidung, die wir beide treffen«, sagte er mit leiser, tiefer Stimme.

»Ja«, antwortete sie flüsternd.

Dann lag sie in seinen Armen, und er küsste sie. Sein schlanker, durchtrainierter Körper presste sich an sie. Seine Küsse waren sinnlich und voller Leidenschaft, während er sie hochhob, in ihr Schlafzimmer trug und die Tür hinter ihnen zuwarf.

Sie nahm ihr Handy und schaltete es aus. »Keine Störungen.«

Er lächelte, zog sein Handy ebenfalls heraus und tat das Gleiche. Sie sperrten den Rest der Welt aus, entkleideten einander. Sie genoss den Anblick seines Körpers, seiner starken Arme, des flachen Bauchs, und weiter unten …

Sie streckte die Hand aus, um ihn zu berühren, was ihm ein Stöhnen entlockte. Ermutigt streichelte sie ihn, bis er sie auf die Laken drückte. Sie berührte ihn an Stellen, die sie zuvor noch nie erkundet hatte, bis die Lust all ihre Zurückhaltung und jeden rationalen Gedanken fortwischte und ihre Küsse hungriger, fordernder wurden.

Doch heute Nacht hatte er es nicht eilig, obwohl das Verlangen fast übermächtig war. Er küsste sie langsam und gründlich, während er ihren Körper erkundete und ihr die Sinne verwirrte, bis sie nichts als blindes Verlangen empfinden konnte, eine Begierde, die sich jeder Logik entzog und sie direkt ins Herz traf.

Sie bog sich ihm entgegen, lud ihn ein, sie zu berühren, bis er schließlich nachgab und sich zwischen ihre Beine legte. Er hob sie an den Hüften an und drang langsam in sie ein. Sie spürte, wie er sie Zentimeter für Zentimeter in Besitz nahm, und seine Inbesitznahme vertrieb die Leere, die sie so lange in sich getragen hatte.

Er füllte sie voll und ganz aus, wobei er nie den Blick von ihr abwandte. Sein Brustkorb hob und senkte sich, während er sich langsam zurückzog und dann wieder in sie kam. Seine fast schon bedächtigen Bewegungen erregten sie auf beinah unerträgliche Art. Sie schloss die Augen und überließ sich ihrem Höhepunkt – meinte, vor Lust zu vergehen.

Blake schrie heiser auf. Das Geräusch traf sie mitten in die Seele, während die Leidenschaft sie beide mit sich riss. Minuten oder möglicherweise auch Stunden später kamen sie wieder zu sich. Befriedigung ließ ihre Glieder schwer werden, und Blake zog sie an sich, strich ihr das Haar aus dem Gesicht und schaute sie an, als würde er sie zum ersten Mal sehen.

»Keiner von uns beiden kann unsere Vergangenheit ungeschehen machen, aber ich muss es wissen … nachdem du vorgestern so wütend warst, hab ich mich gefragt, ob alles immer nur schlecht war? Hast du gar keine glücklichen Erinnerungen?«

Sie löste sich aus seinen Armen und sah ihn an. Wollte er Informationen sammeln, oder wollte er wirklich mehr über sie erfahren? Ihr Herz sagte ihr, dass es um Letzteres ging, und so lächelte sie, drückte seine Hand und signalisierte ihm so ohne Worte, dass sie ebenfalls diese Verbindung zwischen ihnen spürte.

»Es gab auch glückliche Zeiten. Sogar viele, obwohl wir arm waren.« Sie hatte Erinnerungen an die Zeit vor dem Unfall, an Geburtstage, Picknicks am Puget Sound, Filme im Park … Nach dem Unfall waren es nicht mehr so viele gewesen, doch sie war sicher, dass es auch dann noch ein paar glückliche Momente gegeben hatte, in denen sie weder Sorgen noch Hunger gehabt hatte.

Er strich mit seinen Fingern über ihre. »Du bist trotz allem erfolgreich geworden, aber bei mir musst du nicht stark sein. Ich beschütze dich«, sagte er und zuckte dann zusammen, als wäre er selbst von seinen Worten überrascht.

»Ich will nicht beschützt werden«, erwiderte sie sanft. »Ich will einen Partner. Ich will das, was meine Eltern hatten – Liebe und Kameradschaft. Obwohl sie kein Geld besaßen, hatten sie alles, was sie brauchten, im jeweils anderen.«

Was sie nicht für eine Beziehung geben würde, wie ihre Eltern sie gehabt hatten – in der das Haus von ihrem Lachen erfüllt gewesen war, egal ob sie zusammen die Hausarbeit erledigten oder auf dem Sofa miteinander kuschelten. Sie hatte ihre Liebe miterlebt – eine ehrliche und wahre Liebe. Das war es, was sie wollte.

Blake drückte sie fester an sich, hüllte sie ein in seine Wärme, obwohl ihn ein Schauer überlief. »Das Sprichwort, dass man mit Geld nicht alles kaufen kann, ist wahr, denn meine Eltern haben sich nie gut verstanden. Ich habe mich immer gefragt, weshalb sie zusammengeblieben sind. Onkel Vernon war nicht gerade erfreut, als mein Vater von einem Wochenendtrip zurückkam, verheiratet mit einer Frau, die er gerade erst am Tag zuvor kennengelernt hatte. Meine Mutter war ein wundervoller Mensch, aber sie war niemand Wichtiges. Onkel Vernon war rasend vor Wut darüber, dass sie diejenige sein würde, die durch ihre Kinder die Familie Bancroft weiterführen würde. Er machte kein Geheimnis aus seinem Missfallen. Ich habe immer angenommen, dass das der Grund war, weshalb er mich hasste.«

»Hass ist ein starkes Wort.«

»Was könnte sonst erklären, weshalb er mich nicht bei sich haben wollte, nachdem meine Eltern gestorben waren? Er hat mich für zwei Wochen aufgenommen, bevor er mich wieder weggeschickt hat. Danach habe ich nie wieder bei ihm gewohnt.«

»Vielleicht hat er dich fortgeschickt, weil er den Verlust seines Bruders betrauert hat, oder vielleicht hat es ihm leidgetan, wie er deine Mutter immer behandelt hat, oder vielleicht hast du Vern an ihn selbst in dem Alter erinnert.«

Als ein Lächeln auf seinem Gesicht erschien, hörte sie auf zu reden. »Was?«

»Das ist eines der vielen Dinge, die ich an dir liebe. Du siehst in niemandem jemals etwas Schlechtes.« Er beugte sich vor und küsste sie. Er fügte ihrer Unterhaltung keine weiteren Worte hinzu. Tatsächlich sagte er für lange Zeit nichts mehr. Stattdessen ließ er mit der Art, wie seine Hände über ihren Körper wanderten, Taten sprechen.

Und während der ganzen Zeit ging ihr eines seiner Worte nicht aus dem Kopf: liebe. Er hatte es so beiläufig verwendet, wie es auch viele andere Leute taten, als wäre es eine Steigerung dafür, etwas zu mögen. Dennoch war es nicht das, was diese fünf Buchstaben für sie bedeuteten. War es das, was er gemeint hatte, oder wollte er damit mehr sagen?

Während sie mit ihm die Leidenschaft erforschte, die nur sie beide zusammen erlebten, konnte sie nicht die eine Sache vergessen, die noch immer zwischen ihnen stand – das Hotel. Ihre körperliche Beziehung änderte nichts daran. Eigentlich machte sie alles nur noch komplizierter, denn der Tag, an dem einer von ihnen beiden nachgeben musste, kam mit Riesenschritten näher. Einer würde gewinnen, einer würde verlieren, und einer von ihnen beiden würde das Opfer dieser Entscheidung sein.

Kapitel 16

Am nächsten Tag wachte Felicity auf und rutschte vom Bett, während sie Blake weiterschlafen ließ. Letzte Nacht hatte sie den Schmerz in seinen Augen gesehen, als er ihr von seinen Eltern erzählt hatte. Und den gleichen Ausdruck hatte sie gesehen, als er davon gesprochen hatte, wie Vern ihn fortgeschickt hatte.

Warum hatte Vern seinen einzigen lebenden Verwandten auf Abstand gehalten? Er musste schon immer ein unsympathischer Mensch gewesen sein, wie er es auch für die meisten Angestellten im Hotel gewesen war. Die wichtigere Frage lautete: Warum hatte er sich mit ihr angefreundet?

Felicity duschte und zog sich an, während Blake noch immer schlief. Sie musste ihre Sachen packen und sich auf die Heimreise vorbereiten. Ein Teil von ihr war traurig darüber, die Insel zu verlassen. Zugleich fürchtete sie sich vor dem, was sie tun könnte, wenn sie noch länger blieben. Gestern hätte sie ihm das Bancroft zweimal fast übertragen, trotz ihrer Angst um die Angestellten.

Sie lief in der Suite auf und ab und sah aus dem großen Panoramafenster hinunter auf den atemberaubenden Anblick des Poipu Beach. Die Sonne ging gerade auf und warf goldene

Strahlen über die Palmen und das tropische Blattwerk, wodurch der Regen von letzter Nacht auf den tiefgrünen Blättern wie Juwelen glitzerte.

Von Regen verstand sie etwas. Regen war sie gewohnt. Es war das Beste für sie, wenn sie nach Seattle zurückkehrte und bei klarem Verstand blieb, bis sie eine rationale Entscheidung darüber treffen konnte, wie es mit dem Bancroft weitergehen sollte und mit …

Sie konnte den Gedanken nicht zu Ende bringen. Sie war sich nicht sicher, ob es nach diesem Kurztrip noch für sie beide weitergehen würde. Blake hatte ihr gegenüber keinerlei Andeutungen in diese Richtung gemacht. Zudem lebte er in San Francisco und sie in Seattle. Und obwohl Fernbeziehungen nicht unmöglich waren, war es letztendlich nicht das, was sie wollte. Es hatte ihr gefallen, letzte Nacht in Blakes Armen einzuschlafen und auch wieder so aufzuwachen.

Zum ersten Mal in ihrem Leben war etwas einfach und spontan gewesen. Doch wenn Blake ein Teil ihres Lebens blieb, würde dann jemals irgendetwas normal sein? Sie kamen aus zwei völlig verschiedenen Welten. Das war etwas, das sie ihm letzte Nacht nicht offenbart hatte – wie mittellos sie wirklich gewesen war. Nicht weil ihr die Armut ihrer Kindheit peinlich war, sondern weil sie diese Erinnerungen so tief vergraben hatte, dass es schwer war, sie wieder hervorzuholen, ohne dabei die gleiche grauenvolle Furcht zu empfinden, mit der sie als Kind jeden Abend zu Bett gegangen war.

Diese Erinnerungen waren tief vergraben besser aufgehoben.

»Guten Morgen, meine Schöne.« Blake trat hinter sie und schlang ihr die Arme um die Taille, zog sie an sich. Er gab ihr einen Kuss auf den Kopf und reichte ihr ihr Handy. »Das hast du im Schlafzimmer gelassen.«

»Danke«, erwiderte sie, schaltete es ein und lehnte sich zurück an seine Brust.

»Hast du gut geschlafen?«, fragte er.

Sie drehte sich in seinen Armen um, damit sie ihn anlächeln konnte. »Besser als je zuvor.«

Seine Augen strahlten vor Freude. »Das ist die Insel.«

»Es war mehr als nur die Insel«, erwiderte sie und stellte sich auf die Zehenspitzen, um ihn zu küssen. Ihr Telefon vibrierte, was bedeutete, jemand hatte eine Nachricht hinterlassen, während es ausgeschaltet gewesen war. Es vibrierte noch einmal. Noch eine Nachricht. Dann wieder. Und noch mal. Sie löste sich aus seiner Umarmung und starrte auf den Bildschirm. »Ich habe dreizehn verpasste Anrufe.«

Elf Anrufe waren von Mary Beth und zwei von dem Heim für betreutes Wohnen, in dem ihr Vater lebte. Ein eiskalter Schauer überlief sie, als sie ihre Mailbox anwählte. Während sie versuchte, positiv zu denken und nichts in die Anrufe hineinzuinterpretieren, rief sie eilig ihre Nachrichten ab.

Stocksteif stand sie da und lauschte. Ein verzweifelter Schrei blieb ihr in der Kehle stecken.

Ihr Vater …

Die Worte brachen in ihr Bewusstsein ein, und sie bekam keine Luft mehr. In einem entfernten, losgelösten Teil ihres Gehirns hörte sie, wie Blake mit ihr sprach, doch die Worte klangen wirr, als kämen sie von weit her, bis er die Hände ausstreckte und nach ihren Schultern griff. »Felicity?«

»Ich muss sofort nach Hause.«

»Was ist passiert?«

»Mein Vater. Sie haben ihn heute Morgen aus dem Krankenhaus entlassen. Mary Beth hatte ihn in das Heim für betreutes Wohnen zurückgebracht, in dem er lebt, aber jetzt ist er nicht mehr da.«

Sein Gesicht wurde blass. »Wie? Nicht mehr da?«

»Verschwunden«, erwiderte sie. »Zum ersten Mal seit dreizehn Jahren hat er das Haus verlassen, und niemand weiß, wo er ist.«

In Blakes Augen blitzte Besorgnis auf, ehe er einen Moment später nach seinem eigenen Handy griff.

Ihre Zeit auf Hawaii war vorbei. Sie musste zurück nach Seattle, und zwar so schnell wie möglich.

Kapitel 17

Obwohl Felicity durchaus mitbekam, welchen Luxus Blakes Maschine den Passagieren bot, kam ihr der sechsstündige Flug endlos vor. Sie saß in einem der gepolsterten Ledersessel der Hauptkabine und konnte nur daran denken, wann sie endlich in Seattle landen würden.

Sie starrte aus dem kleinen ovalen Fenster und sah im Plexiglas ihr Spiegelbild. Ihre Augen waren wie zwei schwarze Flecken auf einer aschfahlen Leinwand, während sie mit den Tränen kämpfte.

Schuldgefühle überrollten sie. Niemals hätte sie ihren Vater so kurz nach seinem Eingriff allein lassen sollen. Obwohl der Arzt gesagt hatte, dass nicht viel passieren konnte, und sie ermutigt hatte, sich ein paar Tage freizunehmen, hätte sie ahnen müssen, dass irgendetwas sein würde. Sie hatte noch nie viel Glück gehabt.

Der Gedanke ließ sie aufschrecken. Das konnte sie nicht wirklich sagen, nicht nach dem, was Vern für sie getan hatte. Sein Geschenk in Form des Hotels und des Restaurants hatte ihrem Leben eine neue Wendung gegeben. Wenn irgendetwas an der Situation hier schuld war, dann die Tatsache, dass sie sich keine bessere Pflege für ihren Vater leisten konnte.

Unfähig, sich zu bewegen, saß Felicity in ihrem Sessel, und ihr Magen krampfte sich zusammen. Sie hatte vor dem Abflug zweimal mit Mary Beth gesprochen und versucht, ihr zu versichern, dass es nicht ihre Schuld war.

Sie hatte auch mit der Einrichtung für betreutes Wohnen telefoniert und erfahren, dass ihr Vater sich aus seinem Zimmer und der Einrichtung geschlichen hatte, während zwischen Nacht- und Frühschicht der Personalwechsel stattgefunden hatte. Sie hatten sich noch einmal die Überwachungsvideos angesehen und ihn dabei beobachtet, wie er die Treppen hinunter- und zur Tür hinausgegangen war, ehe er Richtung Süden lief.

Jeder Mitarbeiter der Einrichtung, der zur Verfügung stand, war unterwegs, um die Gegend nach ihrem Vater zu durchkämmen. Wegen seiner angeschlagenen Gesundheit hatte man die Polizei alarmiert, und die vierundzwanzigstündige Wartezeit, ehe man eine Person als vermisst melden konnte, war außer Kraft gesetzt worden. Man tat, was man konnte, um ihren Vater zu finden, doch reichte das aus?

Sie schloss fest die Augen. Neben ihr sprach Blake in sein Satellitentelefon. Sie hatte ihm die Erlaubnis erteilt, seine eigenen Leute auf den Plan zu rufen, um bei der Suche zu helfen.

Wo war ihr Vater?

Blake beendete das Telefongespräch, und einen Moment lang hatte sie Hoffnung, bis er den Kopf schüttelte und ihre schlimmsten Befürchtungen bestätigte. »Niemand kann ihn finden. Ich habe zwei Detektive und ihre Teams angeheuert, um herauszufinden, wohin er gegangen ist. Bis wir landen, wissen wir mehr.«

Felicity atmete tief und gleichmäßig. Sie hatte keine Zeit für Angst oder Panik. Später konnte sie zusammenbrechen, wenn sie ihn gefunden hatten und wussten, was mit ihm los war. Jetzt musste sie stark sein für ihren Vater.

Blake kniete sich vor sie, zog sie in seine Arme und hielt sie fest. Ein Schauer durchfuhr sie. »Wir sind bald da, und alles wird gut«, versprach er.

Wenn das nur stimmte.

Als die Räder des Flugzeugs schließlich auf der Landebahn aufkamen und die Tür zur Kabine beiseitegeschoben wurde, berichtete ihr Blake, dass die Detektive herausgefunden hatten, wo ihr Vater war. »Er ist in einem Haus in Seattle. Ich hab die Adresse. Sie sagen, er sei unverletzt. Er wartet dort einfach nur auf etwas.«

»Was für ein Haus?«

Er nannte ihr die Adresse, und ihr drehte sich der Magen um. Warum sollte ihr Vater zu dem einen Ort zurückkehren, von dem sie mit all ihrer harten Arbeit unbedingt hatte entkommen wollen? »Können wir uns bitte beeilen, Blake? Er ist in dem Trailerpark, in dem ich aufgewachsen bin.«

Ohne noch etwas zu sagen, führte Blake sie die Gangway hinunter und hinüber zum wartenden Auto. Peter saß hinter dem Steuer. Er nickte ihr kurz zu, ehe er den Motor startete und von der Landebahn fuhr.

Einen Moment lang wunderte sie sich, wie der Fahrer schon so schnell hinter dem Lenkrad sitzen konnte, wo er doch mit dem gleichen Flug wie sie angekommen war, aber sie hatte es schon vor einigen Tagen aufgegeben, sich über so was zu wundern. Blake konnte Berge versetzen, wenn er es wollte. Dass er ihren Vater so schnell gefunden hatte, war nur ein weiterer Beweis dafür.

Während das Auto in Richtung von Seattles Süden raste, versuchte Felicity die Schuldgefühle zu verdrängen, die schwer auf ihr lasteten, jedoch ohne großen Erfolg. Als sie vor dem heruntergekommenen schmalen Trailer anhielten, sprang sie aus dem Wagen. Sie wurde erst langsamer, als sie die Detektive erreichte, die im Vorgarten warteten. Sie blickte an ihnen vorbei und sah ihren Vater, der mit übergeschlagenen Beinen auf der Veranda saß und in die Ferne starrte.

Als sie näher kam, drehte er sich zu ihr um, und Felicity blieb beinahe das Herz stehen. Tränen rannen ihm über die Wangen. Doch nicht die Tränen waren es, die ihr einen zugleich ängstlichen und hoffnungsvollen Schauer über den Rücken sandten, sondern der Funke Bewusstsein, der in den Augen ihres Vaters leuchtete.

Felicity konnte nicht atmen, als ihre Hoffnung immer größer wurde. »Dad?«

Sein Mund bewegte sich, aber es kam kein Ton heraus. Trotzdem war es eine stärkere Reaktion als alles, was sie seit dem Unfall bei ihm gesehen hatte.

Ihr kamen die Tränen, und sie ging zu ihrem Vater. Liebevoll legte sie ihre Hand auf seine Wange. »Ich bin hier, Dad. Ich werde dich nicht wieder allein lassen.«

Abgesehen davon, dass er voller Staub war, sah er so aus wie immer, nur dass da dieses Leuchten der Erkenntnis in seinen Augen war.

Die Tränen rannen ihr über die Wangen. »Ich bin es, Dad, Felicity.«

Blake kniete sich neben Vater und Tochter und berührte sie an der Schulter. »Bringen wir ihn von hier weg.«

Der zärtliche Ausdruck in seinen Augen verschlug ihr den Atem. »Okay.«

Blake hob ihren Vater hoch und trug ihn zum Auto, als wöge er nichts.

»Ins Krankenhaus«, sagte er zu Peter, als ihr Vater im Wagen zwischen ihnen saß.

»Nein«, unterbrach Felicity. »Fahren Sie ihn ins Bancroft. Ich will ihn bei mir haben.«

Ohne irgendwelche Einwände zu erheben, brachten sie den Weg ins Hotel in Rekordzeit hinter sich. Sie führten ihren

Vater durch die Vordertür, verfrachteten ihn in einen Rollstuhl und brachten ihn hinauf in ihre Suite. Dort hob Blake den alten Mann noch einmal aus dem Stuhl und setzte ihn auf das moderne golden-schwarze Sofa.

»Ich habe Rettungssanitäter gerufen. Sie sind vor der Tür und warten darauf, ihn zu untersuchen«, sagte er.

Felicity nickte, trat zurück und erlaubte den medizinischen Fachleuten, zu entscheiden, ob es ihrem Vater gut genug ging, dass er im Bancroft bleiben konnte. Als sie mit der Untersuchung seiner Vitalfunktionen und seiner Operationswunde fertig waren, erklärten sie, er sei fit genug, dass sie ihn bei sich behalten konnte.

Es widerstrebte ihr, ihn wieder in das Heim für betreutes Wohnen zu bringen, aus dem er entkommen war, aus Angst davor, dass dort schmerzhafte Erinnerungen auf ihn warteten, wenn ihm wieder einfiel, was vor all den Jahren geschehen war. Warum hätte er sonst zu dem Haus zurückkehren sollen, wenn er sich nicht erinnerte? Sein Gehirn begann wieder zu funktionieren.

Felicity schmerzte das Herz beim Anblick der Verwirrung in den Augen ihres Vaters – Schmerz, Akzeptanz, Angst, Dankbarkeit. Wieder legte sie ihm liebevoll eine Hand an die Wange und lächelte. »Ich bin froh, dass du wieder bei mir bist, Dad.«

Seine Lippen zitterten, dann verzog sich einer seiner Mundwinkel zu einem halbseitigen Lächeln. »Alligator«, erwiderte er, und das Wort klang brüchig und emotionslos, als er es hervorpresste.

Ungebändigte Freude erfüllte sie. »After a while, crocodile«, wiederholte sie den Satz, den er immer zu ihr gesagt hatte, wenn er fortgegangen war. Doch dieses Mal ging er nicht weg. Er war hier, und hier würde er bleiben, dessen war sie sich sicher.

Er sagte nichts weiter. Es kam ihr vor, als hätte ihn dieses eine Wort all seine Kraft gekostet. Erschöpft lehnte er sich in die Kissen zurück.

Felicity saß neben ihrem Vater, bis ihm die Augenlider schwer wurden und sein Atem einen langsamen, gleichmäßigen Rhythmus annahm, ehe sie sich von ihm wegbewegte.

»Bist du sicher, dass er im Krankenhaus nicht besser aufgehoben wäre?«, fragte Blake.

»Nein. Die Rettungssanitäter haben ihm grünes Licht gegeben, und hier passiert gerade etwas Gutes. Ich will keinen Rückschritt machen. Es ist das Beste, einfach auf ihn aufzupassen und zu sehen, wo das hinführt. Falls er aus Sicherheitsgründen dorthin zurückmuss, sind wir nah genug am Krankenhaus.«

»Das weißt du sicher am besten.«

Sie hoffte, dass sie das tat. Sie drehte den Kopf, um ihren Vater anzusehen. Sein Atem ging langsam und gleichmäßig.

»Weshalb war er im Krankenhaus?«

Felicity stand auf und bedeutete Blake, ihr auf die andere Seite des Zimmers zu folgen. Sie wollte nicht, dass irgendetwas ihren Vater aufweckte oder beunruhigte.

»Seit dem Tod meiner Mutter hat mein Vater kein einziges Wort mehr gesagt, nicht bis heute.« Da sie Blake schon so viel erzählt hatte, konnte sie ihm auch noch den Rest anvertrauen. »Er hatte einen Eingriff, den ich mit dem Geld bezahlt habe, das ich durch meinen Einzug ins Bancroft gespart habe. Eine experimentelle OP, die sein Gehirn wieder in Gang bringen sollte.«

»Sieht aus, als hätte es funktioniert«, bemerkte er sanft.

»Ja«, antwortete sie, und ihre Kehle war plötzlich wie zugeschnürt.

»Wie geht es jetzt weiter?«

Sie zuckte mit den Schultern. »Wir werden sehen, woran er sich erinnert, und eine Therapie für ihn veranlassen, um den Rest hervorzuholen.«

»Wird er dadurch wieder normal werden?«

»Das ist fraglich, aber allein die Tatsache, dass seine Sprache teilweise zurückgekehrt ist, ist mehr, als ich jemals zu hoffen gewagt hatte.«

Blake schwieg noch eine ganze Weile, bevor er wieder etwas sagte. »Wie geht es mit uns weiter, Felicity? Wo soll das alles jetzt hinführen?«

Er konnte sie mit dieser Aussage nicht wirklich das fragen, was sie dachte. »Du meinst, mit dem Hotel?«

Er zögerte erneut. »Selbstverständlich, was gibt es sonst zu bereden? Konnte ich dich in Hawaii von irgendetwas überzeugen?«

Sie sah hinüber zum Sofa, zu ihrem Vater, der dort schlief. »Ich brauche Zeit, um über diese Dinge nachzudenken, Blake. Das ist für uns beide eine große Entscheidung.«

Er nickte, drehte sich dann um und ging, schloss leise die Tür hinter sich.

Felicity setzte sich in den Sessel gegenüber vom Sofa, sah hinauf zur Decke und ließ ein leises, nervöses Lachen vernehmen, während sie über ihre Möglichkeiten in Bezug auf das Hotel nachdachte. Sie spielte jedes Szenario durch, das ihr einfiel, und versuchte herauszufinden, wie sie und Blake im Hinblick auf das Bancroft beide gewinnen konnten.

Konnte sie das Restaurant behalten und ihm das Hotel überlassen? Er hatte bereits zuvor gesagt, dass er vorhatte, einen großen Teil des Hotels zu entkernen. Betraf das auch das »Dolce Vita«? Und würden ihre Gäste immer noch so wie jetzt zum Essen kommen, wenn das Hotel umgebaut wurde?

Außerdem wäre diese Lösung keine Antwort auf die Probleme mit ihren Angestellten. Wenn Blake das Hotel übernahm, würden sie höchstwahrscheinlich ihre Jobs verlieren. Und sie wusste, dass die meisten von ihnen keine Rücklagen hatten, mit denen sie die Zeit überbrücken konnten, bis sie eine neue Stelle fanden. Wenn es überhaupt möglich war, eine neue Stelle zu finden.

Was, wenn sie ihm das Haus für die eine Million Dollar verkaufte, die er ihr angeboten hatte? Konnte sie das Geld dafür verwenden, einen Gehaltsfonds für ihre beurlaubten Mitarbeiter einzurichten?

Doch wenn sie das Bancroft und das Restaurant behielt, würden die Dinge genauso bleiben, wie sie waren – alles, abgesehen von ihrem Herzen. Alles, was sie sich jemals für sich und ihren Vater gewünscht hatte, war ein normales Leben, ein Job, ein Haus und eine Familie.

Normal bedeutete nicht, ein Restaurant zu besitzen, in einem Hotel zu wohnen oder eine extrem leidenschaftliche Affäre mit einem Milliardär zu haben. Nichts davon war annähernd normal. Die Ironie war, dass sie nicht sicher war, was sie mit »normal« anfangen würde. Und ob sie das überhaupt noch wollte.

Sie mochte dieses außergewöhnliche Gefühl, ihr eigenes Restaurant und Hotel zu besitzen. Dazu kam, dass sie nichts glücklicher machen würde, als jeden Morgen, wenn ihr Vater aufwachte, einen Funken Bewusstsein in seinen Augen zu sehen. Und dann war da noch Blake. Nichts an ihm war normal oder einfach oder wie erwartet. Und sie mochte ihn genau so.

Da sie versuchte, ehrlich zu sich selbst zu sein: Blake und sie hatten in den Szenarien, die sie sich ausgedacht hatte, keine gemeinsame Zukunft. Wie auch? Sie waren zwei verschiedene Menschen. Sie kamen aus zwei verschiedenen Welten, die meilenweit voneinander entfernt waren.

Blake hatte als junger Mann vielleicht seine Eltern verloren, aber er hatte in seinem Onkel immer noch ein Sicherheitsnetz gehabt, auch wenn die beiden sich nicht verstanden hatten. Mit Geld konnte man Dinge kaufen, von denen sie in ihrer Kindheit nur geträumt hatte.

Sie hatte sich in Hawaii gestattet, verletzlich zu sein. Sie hatte zugelassen, dass er sie mit seinem Reichtum und seiner

Leidenschaft für die Umwelt ins Wanken gebracht hatte. Sie hatte sich ihm sogar hingegeben, doch es gab eine Sache, die noch übrig war, an der sie festhielt – und das war das Versprechen einer Zukunft für sie selbst, ihren Vater und all die Menschen, die sie nun beschäftigte.

Die Zukunft war das, was zählte.

* * *

Später in dieser Nacht klopfte Mary Beth an die Tür von Felicitys Suite. »Kann ich reinkommen?«

Mit einem Lächeln trat Felicity zurück und ließ ihre Freundin herein.

»Ich bin so erleichtert, dass du deinen Vater gefunden hast.«

»Ich auch«, sagte Felicity mit gedämpfter Stimme und deutete mit der Hand hinüber zu dem Mann, der auf dem Sofa schlief.

»Wo war er?«

»In unserem alten Haus.«

Mary Beth sah Felicity mit zusammengekniffenen Augen an. »Mir schaudert bei dem Gedanken, dass er den ganzen Weg alleine gegangen ist. Aber er sieht aus, als wäre er okay. Ist er das?«

Felicity nickte. »Er hat mit mir gesprochen.«

Mary Beth schnappte überrascht nach Luft. »Der Eingriff hat funktioniert. Oh, Felicity, das ist so aufregend. Alles, worauf du jemals gehofft hast, wird wahr.«

Ein unheimlicher Schauer überlief Felicity. »Sag das nicht.«

»Warum nicht?«

»Weil jedes Mal, wenn jemand so etwas sagt, das Gegenteil eintritt.«

Mary Beth zog eine Augenbraue hoch. »Nicht dieses Mal. Ich hab gehört, Blake hat dich wie ein Besessener im Eiltempo hierher zurückgebracht.«

»Aus Verantwortungsgefühl, weil er mich entführt hatte. Er hatte keine Ahnung, dass mein Vater im Krankenhaus war.«

»Bist du sicher?« Mary Beth schüttelte den Kopf. »Ist es das, was du denkst? Merkst du wirklich nicht, wie der Mann dich ansieht?«

»Er ist ein Geschäftsmann, der geschäftlich mit mir verhandelt. Sonst nichts.«

Mary Beth fixierte Felicity mit ihrem Blick. »Sag mir, dass du ihm in Hawaii endlich nachgegeben hast.«

Felicity nickte.

Mary Beth hob die Hände in Richtung Himmel. »Na endlich, sie hört mal auf mich.« Dann fügte sie etwas weniger dramatisch hinzu: »Das freut mich. Ich denke, ihr beide würdet gut zusammenpassen, auf mehr als nur eine Art.«

Sehnsucht erfasste Felicity. Ein Teil von ihr wünschte sich verzweifelt, dass das, was Mary Beth über sie und Blake dachte, wahr würde. Es wäre schön, wenn sie Blake sagen könnte, wie viel er ihr bedeutete. Sie sehnte sich schmerzlich danach, die Worte auszusprechen, bezweifelte jedoch, dass er sie hören wollte. In Hawaii hatte er mehr als genug Gelegenheiten gehabt, ihr zu sagen, was er empfand, doch das hatte er nicht getan. Zumindest nicht direkt. Sie war diejenige, die etwas in seine Worte hineininterpretiert hatte.

Das Hotel war alles, was er jemals von ihr gewollt hatte.

»Warum bist du vorbeigekommen?«, fragte Felicity und versuchte, ihre Gedanken in eine andere Richtung zu lenken.

»Um zu sehen, ob du mir heute Abend im Restaurant mit dem Essen helfen willst. Marie hat sich bereit erklärt, herzukommen und bei deinem Vater zu bleiben.«

Felicity sah sie nachdenklich an. »Ich weiß nicht. Eigentlich will ich ihn nicht so gerne aus den Augen lassen, jetzt, wo er zurück ist und sich wieder erinnert.«

»Wie wäre es, wenn Marie sich mit ihm nach unten ins Restaurant setzt, wenn er aufwacht? Dann wäre er in der Nähe.«

»In Ordnung«, lenkte Felicity ein. »Falls er aufwacht. Die Ablenkung würde mir guttun.«

Mary Beth lächelte. »Ja, es muss schwer sein, wenn man die ganze Zeit an einen Mann wie Blake denken muss. Im Ernst, Felicity, ich glaube, du hast einen falschen Eindruck davon, weshalb er noch hier ist. Wenn er gewollt hätte, hätte er schon vor Tagen seine Anwälte in diesen Streit einschalten können. Stattdessen ist er derjenige, der verhandeln will.«

»Er hat mir für das Hotel eine Million angeboten.«

Mary Beths Augen weiteten sich. »Das ist eine Menge Geld.«

»Das Gebäude, mit dem Geschäft von Hotel und Restaurant, ist mehr wert als das.«

»Was ist dir deine Beziehung zu Blake wert?«

Felicity versteifte sich. »Ich weiß nicht mehr, was ich glauben soll, wenn es um diesen Mann geht. Ist er das Beste, was uns allen jemals passiert ist, oder das Schlimmste?«

Mary Beth neigte den Kopf zur Seite und musterte sie mit einer Mischung aus Hoffnung und Resignation. »Ich glaube, du kennst die Wahrheit. Wenn du nur bereit wärst, sie zu akzeptieren.«

Diese stille Beobachtung schnürte Felicity die Kehle zu. Die Richtung, die diese Konversation nahm, gefiel ihr nicht. Das wurde ihr eindeutig zu persönlich. »Blake wird bald sein wahres Gesicht zeigen, wenn wir wegen dem Bancroft zu einer Entscheidung kommen müssen. Daran hege ich keinerlei Zweifel.«

»Vielleicht gibt es ja für uns alle ein Happy End, dank Blake. Vor allem für dich«, erwiderte Mary Beth mit einem Lächeln.

»Darauf würde ich nicht bauen«, widersprach Felicity. »Ich bin mir nicht sicher, ob es, außer im Märchen, Happy Ends überhaupt gibt.«

»Nun ja, vielleicht wird es Zeit, dass sich das ändert«, erklärte Mary Beth und fixierte ihre Freundin mit einem entschlossenen Blick.

Kapitel 18

»Du siehst glücklich aus«, bemerkte Mary Beth, als sie an Felicity vorbeiging, um eine frische Ladung Focaccias zu holen, die in Scheiben geschnitten werden mussten, ehe sie den Gästen serviert werden konnten.

Die Tür zwischen dem Restaurant und der Küche schwang auf, als Casper hereinkam, wobei man kurz einen Blick auf Felicitys Vater erhaschen konnte. Er saß an einem Tisch im Restaurant mit Marie, die ihn gerade dazu überredete, den Cioppino zu essen, den Felicity ihm zum Abendessen rausgeschickt hatte.

Auf der anderen Seite der Küche war Blake dabei, Michael beim Vorbereiten der Speisen zu helfen. Er sah in ihrer Küche inzwischen so entspannt aus, als würde er dorthin gehören. Felicity erlaubte sich ein zufriedenes Lächeln.

»Ich bin glücklich. So merkwürdig es auch zu sein scheint, läuft doch alles besser für mich als jemals zuvor. Daran könnte ich mich gewöhnen.«

Kaum hatte sie die Worte ausgesprochen, öffnete sich auch schon erneut die Tür, um zwei uniformierte Polizisten einzulassen. Felicity wurde erst heiß und dann kalt, während sie die beiden Männer anstarrte. Was machten sie hier?

Sie und die Polizisten sahen sich für eine Sekunde an, ehe sie von der Durchreiche zu ihnen hinüberging und sich, wie sie hoffte, mit fester Stimme erkundigte: »Kann ich Ihnen helfen?«

Der ältere der beiden uniformierten Beamten trat vor. »Wir arbeiten an einem Fall, Ma'am. Wir müssen mit Blake Bancroft sprechen.«

Alle in der Küche verstummten, drehten sich um und schauten zu Blake, der am Anrichtetisch stand. Das einzige Geräusch in der Küche war das Brutzeln des Fleisches. Instinktiv wanderte auch Felicitys Blick hinüber zu ihm.

»Danke, Ma'am, wir schaffen den Rest dann alleine.«

Sie liefen an ihr vorüber und direkt auf Blake zu. »Sind Sie Blake Bancroft?«, fragte der ältere der beiden Beamten.

»Das bin ich«, erwiderte er, wobei er die beiden Männer scharf ansah. »Worum geht es?«

»Können wir uns irgendwo ungestört unterhalten?«, fragte der ältere Polizist.

Blake biss die Zähne zusammen. »Nicht, bevor Sie mir sagen, um was es geht.«

»Ihr Name ist im Zusammenhang mit dem Angriff auf einen jungen Fotografen namens Jack O'Connor gefallen.«

»Wer?«, fragte Felicity und trat neben Blake.

Als Blake sich für einen Moment zu ihr umwandte, wurde sein Blick weicher.

Der jüngere Beamte entgegnete: »Wir haben zwei Zeugen, die Sie beim Verlassen des Tatorts gesehen haben, und wir haben Ihre Fingerabdrücke auf seiner Kamera gefunden – einer Kamera, mit der man ihm mehrfach auf den Kopf geschlagen hat.«

Der Fotograf aus Hawaii? Der, den Destiny geschickt hatte, damit er Bilder von ihr und Blake machte?

Blake schwieg, während er in seine Hosentasche griff, sein Handy herausholte und einen Anruf machte. »Marcus, schick meine Anwälte sofort ins Bancroft. Danke.« Er legte auf und steckte sein Handy zurück in die Tasche. »Sobald meine Anwälte hier sind, können wir uns unterhalten.«

Der junge Beamte sah verunsichert aus, doch der ältere Mann trat vor und bedeutete Blake, vorauszugehen. »Wir können Sie auch mit aufs Revier nehmen, wenn Ihnen das lieber ist.«

»Nein«, protestierte Felicity. »Bitte gehen Sie in mein Büro.« Sie stellte sich vor Blake. »Hier entlang.« Die vier schafften es bis zur Tür des Restaurants, ehe zwei Männer mit Kameras auf sie zustürmten und ein Bild nach dem anderen schossen. Und etwas abseits davon, wenn auch sofort an ihrer leuchtenden Haarfarbe erkennbar, stand Destiny Carrow.

Felicity erstarrte zur Salzsäule. Destiny. Fotografen. Das konnte weder für sie noch für Blake gut sein.

»Komm«, sagte Blake, legte ihr den Arm um die Taille, barg ihr Gesicht an seiner Brust und eilte mit ihr durch die Eingangshalle und den langen Flur hinunter zum Büro. Als sie und die Polizisten drinnen waren, schloss er die Tür mit einem vernehmlichen Klicken.

Felicity ließ sich in einen Sessel sinken und atmete tief aus. »War Jack O'Connor der Fotograf, mit dem du in Hawaii gesprochen hast?«

»Das hast du gehört?«, fragte er stirnrunzelnd und musterte sie.

Sie nickte.

»Also kannten Sie das Opfer tatsächlich?«, fragte der ältere Beamte.

»Wir sind uns kurz begegnet«, erwiderte Blake ausdruckslos.

Aus den Worten war keinerlei Besorgnis herauszuhören, dennoch verursachte die Anwesenheit der Polizisten in ihrem Büro zusammen mit der Tatsache, dass Blake seine Anwälte angerufen hatte, bei Felicity Herzklopfen. »Geht es dem Mann gut?«, fragte sie.

»Er ist ziemlich schwer verletzt.« Der ernste Tonfall des jungen Beamten ließ ihr Herz noch schneller schlagen. »Er ist im Harborview, und sein Zustand ist kritisch.«

»Das muss ein Irrtum sein«, sagte Felicity, darauf vorbereitet, Blake zu verteidigen. »Warum sollte Mr Bancroft so etwas tun?«

Der ältere Polizist zuckte mit den Schultern. »Das passiert ständig zwischen Fotografen und berühmten Leuten.« Sein Blick richtete sich auf Blake. »Wo waren Sie gestern Abend gegen Viertel vor elf?«

Blake stand auf, lehnte sich mit einem kalten, desinteressierten Blick an die Wand und sagte nichts. Warum verteidigte er sich nicht?

»Blake war gestern Abend bei mir«, erklärte sie, und ihre Worte klangen in dem stillen Raum übermäßig laut. Oder war er das nicht gewesen? Plötzlich zweifelte sie an sich selbst.

Nachdem die Sanitäter ihren Vater untersucht hatten, hatte er sie in ihrem Hotelzimmer allein zurückgelassen. Bedeutete das etwa, dass er kein Alibi hatte? Selbst wenn es so war, wusste sie, dass Blake das nicht getan hatte. Wenn er zurück auf sein Zimmer gegangen war, musste sie der Polizei nur die Bänder der Überwachungskameras vom Hotel geben, um zu beweisen, dass er das Hotel nicht noch einmal verlassen hatte, nachdem sie ihren Vater nach Hause gebracht hatten.

»Felicity, sag nichts mehr, bis meine Anwälte hier sind«, bat er sie in ruhigem Ton, als hätte er sich in seinem Leben schon häufiger mit einer solchen Situation herumschlagen müssen.

Voller Angst schloss sie den Mund. In ihren Ohren hörte sie ihren Herzschlag überlaut, während sie weitere zehn Minuten warteten und sich nur anstarrten.

Als die Bürotür geöffnet wurde, betraten drei Männer in teuren Anzügen den plötzlich überfüllt wirkenden Raum. Einer von ihnen reichte den Beamten die Hand, um sie zu begrüßen. Einer stellte sich neben Blake. Und der andere kam auf sie zu.

»Wir übernehmen das jetzt.« Sein Blick war hart, während er auf die Tür deutete. »Bitte warten Sie draußen.«

Sie sah hinüber zu Blake. Er nickte und warf ihr ein kaum merkliches Lächeln zu, ehe sie der Anweisung Folge leistete. Draußen starrte sie auf die geschlossene Holztür, während ihr Verstand anfing, sie mit sämtlichen vagen, unheilvollen Möglichkeiten zu quälen.

»Sieht aus, als steckte Blake in Schwierigkeiten.«

Felicity drehte sich um und entdeckte Destiny.

»Weshalb bist du hier?«

»Ich warte ab und schaue, was als Nächstes passiert«, erklärte ihre ehemalige Freundin. »Genau das ist es, was gute Reporter tun – sie beobachten, hören zu und sehen voraus, was passieren wird.«

Felicitys Magen fühlte sich an, als würde er in einem Schraubstock zusammengepresst. »Würdest du etwas für mich tun, Destiny?«

»Kommt drauf an.« Die Reporterin hob fragend eine ihrer perfekt gezupften Augenbrauen.

»Geh weg, und halt dich da raus.«

Destiny schüttelte den Kopf. »Das kann ich nicht.«

Felicity warf ihr einen finsteren Blick zu. »Wir waren mal Freunde. Was ist passiert?«

Destinys Gesicht war plötzlich vollkommen ausdruckslos. »Das ist wirklich nichts Persönliches. Ich musste mich einfach weiterentwickeln.«

»Das ist gelogen, und du weißt es. Was ist hier wirklich los? Woher wusstest du, dass die Polizei herkommen würde, um mit Blake zu reden? Wenn ich glaubte, dass du zu so etwas imstande bist, würde ich sagen, dass du das alles eingefädelt hast. Doch die Freundin, die ich mal hatte, hätte niemals so etwas Grausames getan.«

Die spitze Bemerkung musste einen Nerv getroffen haben, denn Destiny erstarrte. »Du hast keine Ahnung, wie es ist, wenn man etwas so verzweifelt haben möchte, dass man praktisch alles tun würde, um es zu bekommen.«

Felicity blickte der anderen Frau in die Augen. »Du hast meinen Vater getroffen. Du weißt, dass das nicht stimmt. Was springt bei alledem für dich raus, Destiny? Du hast gesagt, du wärst verzweifelt. Verzweifelt weshalb? Dafür muss es doch einen Grund geben. Du bist nicht der Typ, der sich selbst aufopfert.«

Destiny wirkte gereizt. »Ich habe mich verändert.«

»Es würde mir leichter fallen, das zu glauben, wenn du nicht der Grund für Blakes neueste Probleme wärst.«

»Ich bin nicht der Grund«, entgegnete Destiny und presste die Lippen aufeinander, als wollte sie sich zwingen, nichts mehr zu sagen.

»Aber du weißt, wer es ist.«

»Ich denke«, Destiny stieß sich von der Wand ab und sah den Flur hinunter, als würde sie nach einer Möglichkeit suchen, das Gespräch zu beenden, »ich nehme deinen Vorschlag an und gehe lieber. Immerhin muss ich noch eine Story schreiben.« Damit entfernte sie sich und verließ das Hotel durch den Haupteingang.

Felicity war versucht, ihrer ehemaligen Freundin zu folgen, um zu sehen, was sie als Nächstes tun würde und wer vielleicht der »Grund« war, auf den sie vor wenigen Augenblicken Bezug genommen hatte. Doch sie konnte nicht gehen, nicht während das Restaurant voll besetzt war. Aber es gab eine Person, die vielleicht helfen konnte. Sie griff nach ihrem Handy und drückte bei einer zuvor schon einmal gewählten Nummer auf Wahlwiederholung.

Der Anruf wurde bereits beim ersten Klingeln entgegengenommen. »Hallo, Felicity. Wie kann ich Ihnen helfen?«, fragte Peter, Blakes Fahrer.

»Parken Sie vor der Tür?«

»Wie gewöhnlich.«

»Sehen Sie eine rothaarige Frau, die gerade aus dem Gebäude kommt?«

Nach einer kurzen Pause fragte Peter: »Miss Carrow?«

»Genau die.«

»Sie steigt in ein Taxi.«

Wenn Peter Destiny folgen konnte, um zu sehen, wohin sie ging oder mit wem sie sprach, würde er vielleicht ein paar aufschlussreiche Informationen erhalten, um Blake zu helfen.

»Könnten Sie ihr möglicherweise folgen und herausfinden, wohin sie geht? Es ist wirklich wichtig, Peter. Blake ist in ernsten Schwierigkeiten, und Destiny ist vielleicht der Grund dafür.«

»Sie kümmern sich um Blake, während ich fort bin?«, vergewisserte er sich.

»Natürlich.«

»Ich rufe Sie zurück, sobald ich etwas weiß.« Er legte auf.

Im selben Moment, in dem sie das Telefonat beendete, öffnete sich die Tür ihres Büros, und die beiden Polizisten kamen heraus. Sie nickten ihr zu und gingen dann den Gang hinunter. Als Nächstes verließen Blakes Anwälte den Raum, und nachdem sie versprochen hatten, ihn morgen früh anzurufen, folgten sie den Polizisten, sodass sie allein mit Blake zurückblieb.

Einen endlosen Augenblick lang sahen sie sich einfach nur in die Augen. Sie verspürte ein fast übermächtiges Verlangen danach, zu ihm zu laufen und ihn in den Arm zu nehmen, doch sie hielt sich zurück. »Geht es dir gut?«, fragte sie stattdessen.

»Ich hab das nicht getan.«

»Ich weiß. Ich werde Edward die Aufzeichnungen der Überwachungskameras des Hotels holen lassen, die beweisen werden, dass du gestern Abend hier warst. Du warst doch hier, oder?«

Er nickte. »Mach dir keine Sorgen, Felicity. Meine Anwälte kümmern sich um alles.«

Sie betete, dass er recht behalten möge.

Blake stand auf und kam auf sie zu. »Hast du die ganze Zeit vor der Tür gestanden, während sie mich befragt haben?«

Sie nickte. »Ich hatte Gesellschaft. Destiny ist mir hierher gefolgt.«

»Ah ja, ich hab sie in der Eingangshalle gesehen«, erwiderte er, während er Felicity mit einem intensiven Blick musterte.

»Während wir uns hier draußen unterhalten haben, hat sie etwas gesagt, was mich annehmen lässt, dass sie irgendetwas im Schilde führt.«

Desinteressiert hob er eine Augenbraue und sagte: »Das habe ich schon bei unserer ersten Begegnung vermutet.«

»Ich hoffe, es stört dich nicht, aber ich habe deinen Fahrer gebeten, ihr zu folgen, als sie gegangen ist. Wer weiß, vielleicht findet er etwas heraus.«

Die Wärme in seinem Blick gab ihr zu verstehen, dass er erfreut darüber war. Trotz allem, was er in der letzten halben Stunde hatte durchmachen müssen, war sein Auftreten entspannt. »Der Ansturm aufs Abendessen geht allmählich zu Ende. Wirst du noch in der Küche gebraucht?«

»Ich fürchte ja.«

»Dann lass uns zurückgehen.« Er drehte sich in Richtung Eingangshalle um, hielt inne und zögerte, zweifellos weil ihm die Fotografen wieder einfielen, die dort warteten.

Sie nahm seine Hand. »Komm mit. Es gibt da noch einen anderen Weg. Ich hab keinerlei Interesse daran, den Fotografen noch mehr Futter zu liefern als ohnehin schon.«

Er umschloss mit seiner Hand fest die ihre und warf ihr ein verschwörerisches Lächeln zu. »Da bin ich ganz deiner Meinung.«

* * *

Als Peter zwei Stunden später zurückrief, waren Blake und Felicity allein in der Küche. »Was haben Sie?«, fragte Blake, nachdem Felicity das Handy auf Lautsprecher gestellt hatte, damit sie beide zuhören konnten.

»Destiny ist ins Harborview gegangen, um jemanden namens Jack O'Connor auf der Intensivstation zu besuchen. Dann ist sie zurück in die Redaktion der Seattle Gazette gefahren. Ich hab gesehen, wie sie sich in der Eingangshalle mit Reid Fairfax getroffen hat, bevor sie beide zusammen in den Aufzug gestiegen sind. Weiter konnte ich ihr nicht folgen«, erklärte Peter.

»Reid ist Destinys Verleger«, antwortete Felicity. »Wahrscheinlich hat sie ihn aufgesucht, um ihm von der Geschichte zu erzählen, die sie zu den Bildern schreiben will, auf denen du mit der Polizei zu sehen bist.«

»Wo sind Sie jetzt?«, fragte Blake seinen Fahrer.

»Vor dem Gebäude. Ich wollte nicht in der Eingangshalle warten und irgendeinen Verdacht auf mich lenken. Ich bin kein Detektiv.«

»Sie haben das hervorragend gemacht, Peter. Danke. Bleiben Sie da, und behalten Sie alles im Auge. Ich rufe meine Detektive an, damit sie kommen und Sie ablösen. Sie werden bald da sein.« Blake beendete das Gespräch.

Felicity musterte eindringlich sein Gesicht. »Du bist aufgeregt.«

»Wir haben endlich einen Durchbruch erzielt. Die Puzzleteile fangen langsam an, sich zu einem Ganzen zusammenzufügen«, sagte Blake.

»Wie meinst du das?«

»Erinnerst du dich an das Foto, das wir im Hotelzimmer meines Onkels in dem Buch gefunden haben?«

Sie nickte.

»Ich habe heute erfahren, dass der Mann, der mit meinem Großvater auf dem Bild zu sehen ist, Byrne Fairfax war. Der Großvater von Reid Fairfax und ein ehemaliger Partner in einer der früheren Firmen meiner Familie. Destiny ist die Verbindung, die wir gesucht haben.«

»Was hat sie damit zu tun?«

»Ich weiß es nicht. Das sollen meine Detektive herausfinden.«

Er konnte erkennen, wie wichtig es für sie war, zu verstehen, warum Destiny sich gegen sie gewandt hatte. Er hoffte nur, dass sie die Antworten erhalten würde, die sie brauchte. So wie er es für sich und seine Antworten in Bezug auf seinen Onkel hoffte.

Die Küche war unterdessen sauber und aufgeräumt. Er streckte die Hand aus. »Es war ein langer Tag. Warum sehen wir nicht nach deinem Vater und gehen dann ins Bett?«

Sie sah ihn fragend an. »Zusammen? Bist du sicher, dass das eine gute Idee ist?«

Nichts von dem, was er getan hatte, seit er nach Seattle gekommen war, war eine gute Idee gewesen, doch er wusste, dass er heute Nacht nicht von ihr getrennt sein wollte. Er legte ihr einen Arm um die Taille. »Wie wäre es, wenn wir die Treppe nehmen?«

Sie lächelte. »Mir nach.«

* * *

Als sie wieder oben in ihrer neuen Suite mit den zwei Schlafzimmern waren, die Felicity heute Morgen mit ihrem Vater bezogen hatte, sagte sie Marie Gute Nacht. Sie dankte der älteren Frau dafür, dass sie ihren Vater nach oben gebracht hatte und bei ihm geblieben war, während Blake und sie mit der Polizei beschäftigt gewesen waren.

Auf leisen Sohlen durchquerte Felicity das Wohnzimmer, blieb im Türrahmen zum Zimmer ihres Vaters stehen und beobachtete ihn beim Schlafen. Es war ein aufregender Tag gewesen, doch am Ende zählte nur, dass ihr Vater sicher und Blake bei ihr war.

Sie schloss die Schlafzimmertür, ging zum Schalter und machte das Licht aus. Jetzt erhellte nur noch silberner Mondschein den Raum, aber sie hätte nicht einmal das gebraucht, um Blake auszumachen. All ihre Sinne schienen auf ihn konzentriert zu sein, bis sie nur noch in seinen Armen liegen wollte.

Er zog sie an seine Brust, und sie konnte sein Herz schlagen hören, im Takt mit ihrem, was ihr verriet, dass ihre Nähe auf ihn die gleiche Wirkung hatte, wie es umgekehrt der Fall war. Sie wollte nicht über die Gründe nachdenken, weshalb er jetzt bei ihr sein wollte. Heute Nacht würde sie ihn ganz für sich haben. Es gab für sie beide keine andere Möglichkeit.

Dunkelheit. Hitze. Blake.

Sanft streifte er mit den Lippen ihren Hals, und sie erschauerte. Im undurchdringlichen Dunkel, das sie einhüllte, schärften sich ihre anderen Sinne, und sie konnte den holzigen Duft wahrnehmen, der sie immer an Blake erinnern würde.

»Es ist so schwer, dir zu widerstehen. Das war es immer«, flüsterte er an ihrem Haar.

»Dann widersteh mir nicht.«

»Felicity«, sagte er plötzlich ernst. »Wir müssen eine Entscheidung treffen, was das Hotel angeht.«

»Das werden wir, aber nicht heute Nacht. Dieser Moment hat nichts mit der Zukunft zu tun. In diesem Moment geht es nur um dich und mich, genau hier, genau jetzt.«

»Und morgen?«, fragte er.

»Alles, was zählt, ist das Jetzt. Du und ich.«

Heute Nacht wollte sie alle Entscheidungen, die getroffen werden mussten, beiseiteschieben und den Augenblick mit beiden Händen festhalten. Sie rieb sich an ihm und forderte ihn auf, alles andere zu vergessen, nur noch an sie zu denken.

Heute Nacht würden sie keinen Gedanken an das verschwenden, was morgen sein könnte, die Vorahnung verdrängen, dass etwas Schreckliches heraufzog, die mit jedem Tag, den sie zusammen verbrachten, stärker wurde.

Heute Nacht gehörte nur ihnen beiden und ihrer Leidenschaft.

»Komm«, sagte er, und gemeinsam gingen sie zu dem Bett im Zimmer nebenan. Leidenschaft überflutete ihre Sinne, und ihre Aufmerksamkeit galt allein dem Klang seiner Stimme. Sie klammerte sich an ihn, während er sie langsam entkleidete. Ihre Finger zitterten vor Verlangen, als sie ihn von seiner Kleidung befreite. Jetzt, da es keine Barrieren mehr zwischen ihnen gab, schlug er die Tagesdecke beiseite, legte sich hin und zog sie neben sich.

Er senkte langsam den Kopf, bis sein Atem über ihre Lippen strich. Doch er küsste sie noch nicht, sondern zog eine glühende Spur zu ihrem Halsansatz, verweilte bei einer Sommersprosse in der Kuhle über ihrem Schlüsselbein und glitt dann weiter hinab zu ihrer Brust. Sein Mund schloss sich um ihre Brustspitze. Hitze durchströmte sie, und ihre Bauchmuskeln zogen sich zusammen. Und während er sie so erregte, fuhr er mit der Handfläche über ihren Rücken, drückte ihren Unterleib fester an sich und umfasste ihren Hintern.

Im silbernen Schein des Mondes presste er sich gegen ihre intimste Stelle. Ihn zu spüren, seine Wärme, seine Stärke, seine Erregung, verdrängte alles andere und brannte sich in jede Faser ihres Seins. Sie würde niemals wieder dazu in der Lage sein, das silberne Mondlicht zu sehen, ohne an ihn zu denken, und das wollte sie auch gar nicht.

Sie ließ die Hände langsam über ihn wandern, genoss das Gefühl seiner männlichen Kraft. Dann schob sie ihre Hand zwischen sie beide und berührte ihn mit einer Kühnheit, die sie selbst überraschte. Sein Körper pulsierte und pochte, was sie nur noch weiter erregte.

»Ich will dich, Blake«, flüsterte sie an seinen Lippen. Sie wollte mehr von ihm, mehr, als er jemals irgendeiner anderen gegeben hatte.

Schließlich suchte er nach ihren Lippen, um ihr einen schmerzlich langsamen, atemberaubend süßen Kuss zu geben, während er sich auf sie legte. Sie schlang ihm die Beine um die Hüften, und tausend köstliche Empfindungen drohten sie zu überwältigen, als er in sie eindrang und sie vollkommen ausfüllte. Mit bewusst langsamen Stößen bewegte er sich in ihr, sodass sie unmöglich still halten konnte. Sie bäumte sich unter ihm auf, keuchte bei jedem Stoß, der sie immer weiter und weiter dorthin trieb, wo nichts existierte außer Gefühlen und einem Versprechen.

Dieses Versprechen überlagerte alles andere, bis ein drängendes Verlangen, geboren aus dem Feuer, das ihren Körper verzehrte, in ihr explodierte. Seine Stöße wurden härter, tiefer und schneller. Sie bewegte sich mit ihm, und ihre Körper verschmolzen, wurden eins. Sie schlang ihre Beine noch fester um ihn, zog ihn enger an sich und wollte ihn nie wieder loslassen.

Mit einem letzten Stoß tauchte er in sie, und die Welt zerbarst in heißen Wellen der Lust, als sich das Versprechen schließlich erfüllte. Dieser Moment überwältigender Wonne dehnte sich aus. Tief in ihr zogen sich ihre inneren Muskeln um ihn zusammen, ehe ihre Sinne sich einer glorreichen, berauschenden Glückseligkeit hingaben.

Mit ineinander verschlungenen Gliedern und klopfenden Herzen und vollkommen außer Atem lagen sie da, während die Welt um sie herum wieder zurückkehrte.

Er schmiegte sich an sie. »Wir passen gut zusammen, Felicity.«

Seine Stimme war tief und liebevoll. Und die Art, wie er ihren Namen sagte, ließ ihn so wunderschön klingen. Sie hatte den Namen, den ihre Eltern ihr gegeben hatten, immer gehasst. Jetzt dagegen, wo sie ihn von seinen Lippen hörte, liebte sie den Namen, liebte sie ihn.

Liebte ihn vorbehaltlos, so sehr, wie eine Frau einen Mann nur lieben konnte.

Sie setzte sich auf, was Blake dazu zwang, sie loszulassen. Wir passen gut zusammen. Die Worte hallten in ihren Gedanken wider. Sie konnte nicht leugnen, dass sie das Gleiche fühlte. Sie war jetzt ein Teil von ihm, genauso wie er ein Teil von ihr war. Nichts hatte sich jemals selbstverständlicher angefühlt, als in seinen Armen zu liegen, sich von seinen Händen streicheln zu lassen und seine Lippen auf ihren zu spüren.

Doch welchen Preis würden sie und ihre Angestellten dafür bezahlen? Liebte sie ihn genug, um das Hotel und das Restaurant aufzugeben? Liebte sie ihn genug, um die Lebensgrundlage aller Angestellten des Hotels in Gefahr zu bringen? Liebte sie ihn genug, um die Genesung ihres Vaters aufs Spiel zu setzen?

Und wenn sie es wirklich tat, würde sie ihn dann hassen, wenn er ihr alles genommen hatte? Wie konnten sie auf dieser Basis jemals eine Beziehung aufbauen? Felicity atmete tief ein, drehte sich zu ihm um und sah in die unfassbar blauen Tiefen seiner Augen. Sie musste ihm die Frage stellen, auch wenn sie sich vor seiner Antwort fürchtete.

»Was bedeutet das für uns, Blake?«, flüsterte sie mit rauer Stimme.

Er wich ihrem Blick aus und verbarg seine Gefühle vor ihr. »Du hast gesagt, alles, was zählt, sind du und ich.«

»Das habe ich.«

»Und jetzt wünschst du dir etwas anderes?«

»Ich will dich und das Bancroft und Sicherheit für meine Angestellten. Ich will alles.«

Er ergriff ihre Hände, während sich ein Anflug von Traurigkeit über sein Gesicht legte. »Ich weiß, wie es ist, wenn man alles will, doch keiner von uns beiden kann das haben. Einer von uns muss seine Meinung in Bezug auf das, was wir für das Hotel und voneinander wollen, ändern.« Seine Miene wurde sanfter. »Wenn du dir Sorgen darüber machst, wie du dich um deinen Vater kümmern sollst, kann ich dir helfen.«

»Auf keinen Fall«, platzte es aus Felicity heraus. »Bitte, Blake«, beschwor sie ihn, dann fiel ihr aber gleich auf, wie undankbar sie klingen musste. »Lass mir zumindest etwas von meinem Stolz. Ich kann dein Geld nicht annehmen. Ich werde mich weder von dir noch von irgendjemandem sonst auf diese Weise abhängig machen.« Bis hierher hatte sie es allein geschafft.

Er nickte und ließ ihre Hände los. »Also, was bedeutet das für uns?«, wiederholte er ihre Frage. »Stehen wir wieder ganz am Anfang?«

»Nein, Blake«, sagte sie ruhig. »Wir haben uns beide verändert. Ich bin stärker, und du hast ein größeres Herz als zuvor.«

»Felicity, ich …« Er hielt sich zurück, ehe er weitersprechen konnte. Stattdessen beugte er sich hinunter und gab ihr einen Kuss auf die Stirn. »Du hast recht«, sagte er zärtlich, während er sie wieder in seine Arme zog und an sich drückte. »Lass uns abwarten und sehen, was der morgige Tag bringt.«

Der morgige Tag. Die Worte klangen sowohl hoffnungsvoll als auch Unheil bringend. Die Sekunden vergingen, während er sie ansah, seine Augen dunkel und voller Versprechen. Schließlich verzogen sich seine Lippen zu einem liebevollen Lächeln, und er neigte den Kopf, um sie zu küssen. Es war ein schmerzlich langsamer, verheerender Kuss, der sie direkt zurück in die Glückseligkeit und Selbstvergessenheit katapultierte, die sie nur miteinander finden konnten.

Kapitel 19

Am nächsten Morgen tauchte die Sonne Felicitys Zimmer in ihr schwaches Licht. Als sie aufwachte, drehte sie sich um und stellte fest, dass Blake verschwunden war. Sie tastete nach dem Wecker auf dem Nachttisch und erschrak darüber, dass es schon fast acht Uhr war. Sie schüttelte den Nachhall der Leidenschaft ab, die von der gestrigen Liebesnacht noch immer tief in ihr nachklang, und stand auf. Nachdem sie sich kurz bei ihrem stellvertretenden Küchenchef Hans gemeldet und sich versichert hatte, dass er im Restaurant alles im Griff hatte, duschte sie schnell und zog sich an.

Als sie den Wohnbereich der Suite betrat, fand sie ihren Vater in einem Sessel am Fenster vor. Sie war überglücklich, zu sehen, dass er selbst vom Bett zum Sessel gegangen war. Der Eingriff zeigte definitiv Wirkung.

»Guten Morgen, Dad«, sagte sie fröhlich und küsste ihn auf die Wange.

Als sie näher kam, wandte er sich mit klarem Blick und einem Lächeln zu ihr um. Er blieb stumm. Seit diesem einen Wort vor zwei Tagen hatte er nichts mehr gesagt. Doch dieses eine Wort reichte ihr, um in ihm den Vater zu sehen, den sie kannte, anstelle des Fremden, der vor Jahren seinen Platz eingenommen hatte.

»Ich habe veranlasst, dass dein Therapeut heute hierher kommt, und ich habe eine Krankenschwester eingestellt, die bei dir bleibt, während ich mich um ein paar geschäftliche Dinge kümmere.«

Dafür hatte sie ihre restlichen Ersparnisse aufbrauchen müssen, aber das deckte die Kosten für die nächsten beiden Wochen – genug Zeit für sie und Blake, um zu entscheiden, wie es mit dem Hotel weitergehen sollte.

Da Hans sich im »Dolce Vita« um alles kümmerte, entschied sich Felicity dazu, bei der Denkmalschutzbehörde vorbeizuschauen, um herauszufinden, wie weit ihr Antrag gediehen war. Sie konnte die Anwälte anrufen und sie das erledigen lassen, doch ihr stand der Sinn danach, selbst etwas zu unternehmen. Es gab ihr immer das Gefühl, die Dinge besser unter Kontrolle zu haben, wenn sie selbst aktiv war.

Bevor sie sich jedoch auf den Weg machte, brauchte sie eine Tasse Kaffee. Sie hätte einen Becher vom Starbucks an der nächsten Ecke vorgezogen, aber ein kurzer Blick nach draußen vor die Eingangshalle zeigte ihr, dass die Lokalreporter noch immer da waren und nur darauf warteten, dass, wie Destiny es gestern Abend ausgedrückt hatte, »etwas passierte«.

Wenn sie Kaffee haben wollte, würde sie ihn unten mit den anderen Hotelangestellten trinken müssen. Sie nahm den Fahrstuhl ins Erdgeschoss und begab sich in den Pausenraum des Personals. Der Treffpunkt war ungewöhnlich still für diese Zeit am Morgen, wenn sich alle Mitarbeiter aus dem Restaurant und dem Bereich Housekeeping am gleichen Ort zu versammeln schienen.

Der Geruch von frisch gebrühtem französischem Röstkaffee zog durch den Raum. Die Tische waren leer, auf der beigefarbenen Plastikoberfläche standen nur ein paar Tassen aus

Steingut mit schwarzen Kaffeeflecken am oberen Rand. Felicity lächelte. Ihre Angestellten unterschieden sich nicht sonderlich von anderen Bewohnern Seattles, die bekanntermaßen ihren Morgenkaffee liebten.

Hans saß allein im hinteren Teil des Raumes und las die Seattle Gazette. Sobald er sie sah, faltete er die Zeitung hastig zusammen und warf sie auf den Tisch. »Felicity«, begrüßte er sie. »Was führt dich hier herunter?«

Die Überschrift auf der ersten Seite sprang Felicity ins Auge.

»Milliardär und Geliebte zu Angriff befragt«

Darunter befanden sich zwei getrennte Artikel und zwei Fotos. Eines der Bilder zeigte Blake, wie er von der Polizei durch die Eingangshalle geführt wurde. Auf dem anderen sah man sie, wie sie sich an Blake schmiegte, während sie mit nichts weiter als seinem Hemd bekleidet war.

Wie mechanisch griff sie nach der Zeitung.

»Du hast heute Morgen noch nicht Zeitung gelesen?«, fragte Hans und versuchte sie ihr wegzunehmen.

Felicity wich ihm aus. »Nein, habe ich nicht.«

Hans wurde still und war plötzlich nervös. Der langsame, sanfte Klang ihres Atems war das einzige Geräusch, das im Raum noch zu hören war.

Sie blickte nach unten auf den Namen des Verfassers, der über jedem Artikel stand: »Geschrieben von Destiny Carrow«. Das war es offensichtlich, was Destiny getan hatte, nachdem sie gestern Abend ins Bürogebäude der Seattle Gazette zurückgekehrt war.

Felicitys Magen zog sich zusammen. Und sie wusste, dass ihr die Farbe aus dem Gesicht gewichen war, nachdem sie den Artikel über Blake gelesen hatte. Er enthielt eine Menge grauenhafter Spekulationen darüber, weshalb er zu dem Angriff auf den Fotografen befragt worden war, der noch immer nicht das Bewusstsein zurückerlangt hatte und im Harborview Krankenhaus lag. Destiny beschuldigte ihn nicht direkt des Verbrechens, doch in Anbetracht der Vermutungen, die sie in dem Artikel anstellte, hätte sie es ebenso gut tun können.

Aber es gab da einen Absatz, der Felicity das Blut in den Adern gefrieren ließ. Destiny beschrieb einen Streit, den Blake mit seinem Vater gehabt hatte, ehe seine Eltern gestorben waren. Sie beschrieb die Szene mit den Münzen. Die Gehirnerschütterung seines Vaters. Den Bericht des Gerichtsmediziners, in dem stand, dass ebendiese Gehirnerschütterung möglicherweise der Grund für den Unfall gewesen war.

Er hatte niemandem außer ihr von diesem Vorfall erzählt.

Also wie hatte Destiny das herausgefunden?

»O mein Gott«, sagte Felicity mit verzerrter Stimme. Er würde annehmen, dass sie es ihrer ehemaligen Freundin erzählt hatte.

»Da wird Gras drüber wachsen«, erwiderte Hans.

Nein, das bezweifelte sie. Blake würde sie dafür hassen, auch wenn sie unschuldig war. »Die Leute nehmen immer das Schlimmste an, ehe sie versuchen, über einen Mann wie Blake die Wahrheit herauszufinden.«

Als Felicity anfing, den Artikel über sie selbst zu lesen, hatte sie fast Angst vor dem, was sie darin finden würde. Doch als sie fertig war, war es nicht länger Angst, sondern Wut, die ihre Finger zittern ließ. Destiny hatte behauptet, sie wolle eine seriöse Journalistin werden. Wenn das stimmte, waren diese Artikel ein armseliges Zeugnis ihrer Fähigkeiten.

Der zweite Artikel enthüllte nicht nur Felicitys ärmliche Anfänge, sondern stellte sie als jemanden dar, der bereit war, alles zu tun, um gesellschaftlich aufzusteigen. Auf den Bildern zu den Artikeln sah sie auf der teuren Jacht tatsächlich aus wie eine Frau, die sich hochschlafen wollte. In Felicitys Kehle bahnte sich ein hysterisches Lachen seinen Weg. Sie biss die Zähne zusammen, um es zu unterdrücken.

Man hatte sie und Blake beide zum Narren gehalten. Bevor sie eine Schimpftirade ablassen konnte, klingelte ihr Handy. Ein Blick auf das Display sagte ihr, dass es Blake war.

»Hallo?«

»Hast du die heutige Zeitung gesehen?«, fragte er. Sein Ton war nüchtern, aber nicht vorwurfsvoll.

»Ja«, erwiderte sie zögerlich.

»Wo bist du?«

»Im Hotel.«

»Bleib da. Ich schicke Peter, um dich abzuholen. Er kommt in die Gasse hinter der Küche.«

Bevor sie zustimmen oder widersprechen konnte, hatte er aufgelegt.

»Es tut mir leid, Felicity«, sagte Hans leise in die darauffolgende Stille hinein. »Ich wusste nichts über deine Vergangenheit.«

Das Mitgefühl in seiner Stimme traf sie wie ein Faustschlag in die Magengrube. Heiße Tränen brannten ihr in den Augen. Mit dem Handrücken wischte sie sie weg.

»Bemitleide mich nicht, Hans. Ich habe hart dafür gearbeitet, das hinter mir zu lassen.« Sie ging zur Tür, und ihr Bedürfnis nach einem Kaffee war wie weggeblasen.

»Und das hast du geschafft.« Der stellvertretende Küchenchef stand auf und stellte sich ihr in den Weg, bevor sie die Tür erreichte. »Keiner hier, der diesen Artikel liest, wird irgendetwas anderes als Stolz empfinden, für das, was du erreicht hast. Eigentlich erklärt das auch, warum dir dein Hungry-Hearts-Programm so viel bedeutet.«

Felicity richtete ihren Blick auf die Wand und versuchte, sich zu sammeln.

»Alles klar bei dir, Felicity?«, fragte Hans.

»Mir geht's gut«, antwortete sie, hob das Kinn und reckte die Schultern. »Übernimmst du heute Abend im Restaurant für mich?«

»Natürlich«, erwiderte Hans. »Wenn es sonst noch irgendetwas gibt, das ich tun kann …«

Bevor er den Satz beenden konnte, ging Felicity an ihm vorbei. Auf dem Weg in die Eingangshalle umklammerte sie mit beiden Händen die Zeitung. Vor fünf Tagen war sie so glücklich gewesen wie noch nie zuvor in ihrem Leben. Vern hatte ihr das großartigste Geschenk gemacht, das sie jemals erhalten hatte. Nachdem sie sich jahrelang irgendwie durchgeschlagen und viele Opfer gebracht hatte, besaß sie endlich etwas, das ihr und ihrem Vater die Zukunft ermöglichen konnte, von der sie immer geträumt hatte.

Ihr Blick fiel auf das Bild von ihr und Blake. In dem Moment war sie ebenfalls so glücklich gewesen – sicher in seinen Armen, während zwischen ihnen nichts war als ihre Anziehungskraft. Oder zumindest hatte sie das geglaubt.

Felicity drehte die Zeitung um und verbarg das Foto von ihr und Blake vor ihrem Blick, während sie sich auf den Weg zur Gasse machte. Bösartige Lügen und groteske Verdrehung von Tatsachen – war das Destinys Vorstellung davon, was man brauchte, um bei der Zeitung nach oben zu kommen? Vielleicht bei den Klatschblättern.

Während sie sich mit den Fingern durchs Haar fuhr, versuchte sie darüber nachzudenken, was sie tun sollte. Blake hatte sicher einen Plan. Deshalb hatte er nach ihr geschickt, oder?

Eine Viertelstunde lang ging sie in der Gasse auf und ab, bis Peter kam. Nach einer kurzen Autofahrt durch Seattle trafen sie am Columbia Center an der Fifth Avenue ein.

»Ich lasse Sie hier raus«, sagte Peter und hielt in der Ladezone vor dem Hochhaus an. »Blake erwartet Sie im Büro seines Anwalts im sechsunddreißigsten Stock.«

* * *

In dem Moment, als Felicity Blake sah, wusste sie, dass sich etwas geändert hatte. Von dem liebevollen Mann, der sie letzte Nacht in seinen Armen gehalten hatte, war nichts zu sehen. Als sie in den edel ausgestatteten Konferenzraum mit dem auf Hochglanz polierten Mahagonitisch in der Mitte geführt wurde, stand er auf, ebenso wie der Mann neben ihm.

»Es freut mich, dass du es einrichten konntest«, sagte er und bedeutete ihr, sich in den Stuhl gegenüber dem gut aussehenden, älteren Mann an seiner Seite zu setzen. »Felicity, das ist der Chef meines Anwaltsteams, Marcus Grady. Marcus, Felicity Wright.« Seine Stimme klang angenehm, doch sein Gesicht verriet nicht das Geringste über seine Stimmung oder seine Gefühle.

Marcus begrüßte sie und sah sie mit seinen dunklen Augen abschätzend an. Auf ein Nicken von Blake hin nahm er ein Blatt Papier von dem Stapel, der vor ihm lag, und schob es über den Tisch zu ihr hinüber. Es war ein Zeitungsartikel, der viele Jahre alt war, mit dem gleichen Foto, das Blake ihr von seinem Großvater und Byrne Fairfax, Reids Großvater, gezeigt hatte.

»Byrne war der Partner meines Großvaters. Mein Großvater hat ihn aus dem Stiftungsrat der Firma geworfen, die damals B & F Industries hieß. Wie die Aufzeichnungen der Ratsversammlung belegen, konnte sie beweisen, dass er über eine Million Dollar von der Firma veruntreut hatte. Damals in den Vierzigern war das eine Menge Geld.«

»Das ist auch heute noch eine Menge Geld«, sagte Felicity, während ihr bewusst wurde, dass ihre Perspektive hierzu vollkommen anders war als die von Blake.

Blake und Marcus tauschten einen Blick aus, den sie nicht verstand, doch bevor sie danach fragen konnte, fuhr Marcus fort. »Wir haben einen Zeugen gefunden, der bereit ist, auszusagen, dass Reid derjenige war, der Jack O'Connor angegriffen hat. Die Polizei ist gerade auf dem Weg, ihn zu verhaften.«

»Warum sollte Reid versuchen, dir die Schuld dafür zuzuschieben?«, fragte sie, obwohl sie es bereits wusste.

Destiny hatte in ihrem Artikel geschrieben, dass Blake nicht zum ersten Mal von der Polizei verhört worden war. Einmal hatte er sich gegen einen Eindringling in seinem Hotelzimmer zur Wehr setzen müssen, und ein anderes Mal war er angegriffen worden, als er aus seinem Auto stieg. Beide Male hatte man die Angreifer zusammengeschlagen in einer Nebengasse aufgefunden.

Jack O'Connor war Reids dritter Versuch, Blakes Ruf zu ruinieren. Obwohl er dieses Mal mit Destinys Hilfe weiter gegangen war als zuvor, indem er Blakes Angst, womöglich den Tod seiner Eltern verursacht zu haben, enthüllt und ihn vor der ganzen Welt als wütenden, gewalttätigen Mann hingestellt hatte.

Felicitys Herz klopfte schneller, während sie versuchte, Blakes Blick einzufangen. Aber er wich ihr aus.

»Du glaubst doch nicht, dass ich irgendetwas damit tun habe, oder?«, fragte sie ihn mit schmerzerfüllter Stimme.

Die Frage ließ ihn erstarren, und als er sie ansah, konnte sie seine unausgesprochene Anschuldigung wie einen Messerstich ins Herz spüren.

In stillem Protest schüttelte sie den Kopf und stand auf, ehe sie um den Tisch herum auf ihn zuging.

»Das würde ich nicht tun, wenn ich du wäre«, warnte er leise.

Sie blieb abrupt stehen, als ihr Verstand die körperliche Drohung in seiner Stimme registrierte. Doch sie weigerte sich, das von ihm zu glauben, musterte seine harten Gesichtszüge.

»Blake«, fing sie an und suchte nach Worten, aber ihr fiel nichts ein. Sie war wie gelähmt von der Verachtung, die ihr aus seinen Augen entgegenschlug.

Er schottete sich wieder ab, schützte sich davor, verletzt zu werden. Es spielte keine Rolle, ob sie schuldig oder unschuldig war. Es war ihm egal. Er hatte sie bereits aus seinem Herzen ausgeschlossen, damit er nicht noch mehr Schmerz ertragen musste.

»Ich liebe dich«, fuhr sie fort und verriet ihm, was sie für ihn empfand. »Du musst mir zuhören.«

»Nein, das muss ich nicht«, erklärte er eiskalt. »Wir hatten eine geschäftliche Abmachung, die nun abgeschlossen ist. Ich habe dir intime Details aus meinem Leben anvertraut, und du hast sie gegen mich verwandt.«

Felicity schüttelte den Kopf. »Das stimmt nicht. Ich …«

»Nur du und ich waren im Dachgarten, Felicity. Niemand sonst. Du hast mir gesagt, du würdest alles tun, um dafür zu sorgen, dass du das Bancroft behältst. Ich hätte dir glauben sollen.«

Felicity schluckte schwer unter der Anklage und dem Schmerz des Verrats in Blakes kalten blauen Augen. »Ich würde niemals etwas tun, um dich zu verletzen, Blake. Das musst du doch wissen.«

»Ich weiß überhaupt nichts, wenn es um dich und mich geht, außer dass du etwas haben willst, das dir nicht gehört. Wenn du es nicht freiwillig aufgibst, wird es Zeit, dass ich es dir wegnehme. Marcus, du bist dran.«

Im Blick des älteren Mannes stand Bedauern, als er ihr einen Stapel Papiere rüberschob. »Felicity Wright, Blake Bancroft überreicht Ihnen diese Papiere …« Marcus fuhr fort, doch die Worte, die er sagte, kamen in ihrem Kopf vollkommen durcheinander an. Das Zimmer verschwamm vor ihren Augen, während sie blindlings nach einem Stuhl griff und sich daraufsinken ließ, als hätte sie plötzlich keine Knochen mehr im Leib.

Schmerz durchbohrte sie. Sie kniff die Augen zusammen, als würde es weniger wehtun, wenn sie das Licht ausblendete. Es war nicht so. Erinnerungen an sie und Blake, ihre schönen Tage in Hawaii, vermischten sich mit ihren unausgesprochenen

Hoffnungen und Träumen, bis sie zu einem verschlungenen, nutzlosen Wirrwarr wurden.

Was war sie für eine Närrin gewesen, sich in ihn zu verlieben. Für kurze Zeit hatte er ihr tatsächlich das Gefühl gegeben, sie hätte es verdient, geliebt zu werden, glücklich zu sein, dass ihr gute Dinge widerfuhren. Er hatte den goldenen Schein seiner Aufmerksamkeit auf sie gerichtet, und sie hatte aus der Dunkelheit nach der Wärme gegriffen, die er ihr bot. Und nun war dieses Licht verschwunden, und sie stand wieder am Anfang.

Allein.

* * *

Blake riss seinen Blick von Felicity los. Er konnte nicht glauben, dass ihre Liebe echt war. Diesen Luxus konnte er sich nicht leisten, nicht, wenn alles, wofür er in den letzten Jahren gearbeitet hatte, auf dem Spiel stand.

Er war gezwungen gewesen, unwiderrufliche Schritte einzuleiten, um Felicity aus seinem Leben zu verbannen. Felicity oder, wenn man ihr glauben durfte, jemand anderes hatte der Welt seine dunkelsten Geheimnisse verraten, sie in die Öffentlichkeit gezerrt.

Er betete um die Gnade der Gefühllosigkeit, auf dass ihm weiterer Schmerz erspart bliebe. Doch diese Bitte wurde ihm nicht gewährt, sondern er erhielt nur die harte, kalte Realität, an die er immer geglaubt hatte – dass er es nicht verdiente, geliebt zu werden.

Über den Tisch hinweg trafen sich ihre Blicke. Ihre leuchtend braunen Augen suchten einen Moment lang mit solch schmerzlichem Verlangen nach einer Antwort, dass es beinahe unerträglich war. Ihr Gesicht wurde aschfahl, als er aufstand und zur Tür ging, um sie mit Marcus allein zu lassen. Dieser letzte Blick zu ihr zerriss ihn innerlich beinahe.

Er war ein Narr gewesen, dass er es so weit hatte kommen lassen. Als er dieses Spiel begonnen hatte, hatte er gewusst, welche Konsequenzen und Opfer es am Ende bedeuten würde. Bancroft Industries war sein Leben. Für etwas anderes war kein Platz. Als er bei seinem wartenden Auto ankam, gab er einen unwilligen Laut von sich, der Peter aufschreckte.

»Ist alles in Ordnung, Sir?«, fragte ihn der Fahrer.

Blake bezweifelte, dass jemals wieder irgendetwas in Ordnung sein würde, wenn er erst einmal zu seinem alten Leben in San Francisco zurückgekehrt war, einem Leben ohne Felicity. »Das wird schon wieder. Ich brauche nur eine Minute.«

Er rutschte auf die Rückbank des Wagens und schloss die Tür. Das Geräusch hallte tief in seinem Innern nach.

»Fahren Sie mich bitte zum Pioneer Square. Es gibt da noch etwas, das ich tun muss, bevor ich die Stadt verlasse.«

»Kein Problem, Sir.« Peter startete den Wagen und brachte Blake fort vom Columbia Center und von Felicity.

»Ich hoffe, du schmorst in der Hölle, Onkel Vernon«, murmelte Blake leise vor sich hin, während sie durch die Innenstadt von Seattle fuhren. Selbst aus dem Grab heraus hatte sein Onkel ihn noch getroffen, indem er Felicity in sein Leben gebracht hatte.

Kapitel 20

Am nächsten Tag saß Felicity in ihrem Büro und versuchte, die Konten des Hotels durchzugehen, doch die Zahlen ergaben einfach keinen Sinn. Egal, wie sehr sie versuchte, sich auf die Arbeit zu konzentrieren, es war ihr heute einfach nicht möglich. Sie schaute aus dem Fenster ihres Büros und sah den Sommerregen an der Fensterscheibe hinablaufen.

Schnell wandte sie den Blick ab. Der Regen erinnerte sie zu sehr an die Tränen, die sie so sehr versucht hatte, nicht zu vergießen. Blake Bancroft war aus ihrem Leben verschwunden. Darüber sollte sie glücklich sein. Stattdessen fühlte es sich an, als würde sie das vielleicht nie wieder werden.

Ein leises Klopfen an der Tür unterbrach ihre Gedanken. Dort im Türrahmen stand Edward, auf dessen Gesicht tiefe Sorge lag.

»Was ist los?«, fragte Felicity, während sie ein Unheil verheißendes Gefühl überkam.

»Es ist ein Mann – ein Mr Marcus Grady – hier, um dich zu sehen«, sagte er. »Er sagt, er hätte Papiere, die er dir persönlich übergeben muss.«

Blakes Anwalt wollte ihr noch eine weitere Klageschrift überreichen? Felicity erblasste. »Hat er gesagt, was für Papiere das sind?«

Edward wandte den Blick ab, aber seine Miene blieb sorgenschwer. »Sie sind von Mr Bancroft.«

Als Felicity aufstand, drehte sich die Welt plötzlich um sie herum. Was würde er ihr dieses Mal antun?

»Ich kann dem Anwalt sagen, dass du bereits gegangen bist«, schlug Edward vor, trat an Felicitys Seite und bot ihr seine Hand.

Felicity versteifte sich. »Ist schon in Ordnung, Edward. Er kann mir nicht mehr wehtun. Sag Mr Grady, dass er mich in fünf Minuten im ›Dolce Vita‹ treffen soll.«

In diesen fünf Minuten versuchte sie jeden möglichen Grund durchzugehen, aus dem Blake sie erneut verklagen könnte. Ging es darum, dass sie einen Antrag auf Denkmalschutz gestellt hatte? War er verärgert darüber, dass sie mit ihrem Vater noch immer hier wohnte? Ging es darum, dass sie die Küche des Hotels für andere Zwecke nutzte als dafür, zahlende Gäste zu verköstigen? Sie hatte absolut keine Ahnung, was sie denken sollte, während sie zögernd zu dem Mann ging, den sie gestern kennengelernt hatte.

Als sie hereinkam, stand er auf und begrüßte sie.

»Guten Tag. Wie geht es Ihnen?« Sein Ton war freundlich, sogar herzlich, was Felicity noch mehr verwirrte. Er wartete gar nicht erst darauf, dass sie seine Frage beantwortete, sondern zog an dem Tisch, an dem er gesessen hatte, einen Stuhl heraus und forderte sie auf, Platz zu nehmen. »Ich bin sicher, Sie sind überrascht, mich zu sehen, vor allem nach unserem …«

»Tut mir leid«, unterbrach ihn Felicity. »Wenn es hierbei um den Prozess geht, sollten Sie mit meinen Anwälten bei Vetter Douglas sprechen, denke ich.«

Er schenkte ihr ein strahlendes Lächeln. »Hier geht es um eine andere Angelegenheit. Blake hat mich gebeten, Ihnen diese Papiere zu überbringen.« Er schob ihr über den Tisch einen dicken braunen Briefumschlag zu. Als sie zögerte, ihn in die

Hand zu nehmen, sagte er: »Machen Sie nur. Da ist nichts drin, was Ihnen schaden könnte.«

Schweigend öffnete sie den Umschlag und las die erste Seite des Stapels, der ganz oben lag. Es war die Besitzurkunde für ein altes Gebäude am Pioneer Square. Der zweite Stapel bestand aus offiziellen Dokumenten für eine gemeinnützige Einrichtung mit dem Namen Hungry Hearts, inklusive eines Logos in Form eines Kochtopfes, über dem ein Herz hing. Schlagartig spürte sie hinter ihren Augen einen pochenden Schmerz.

»Ich verstehe nicht«, sagte sie und war verwirrter als jemals zuvor.

»Es ist ein Geschenk von Blake. Er hat ein Gebäude für Sie erworben und diese Papiere auf Ihren Namen eingereicht, um Ihr Hungry-Hearts-Programm offiziell als gemeinnützige Organisation zu etablieren.«

Plötzlich fiel Felicity das Atmen schwer. »Er hat mir ein Gebäude gekauft?«

»Er hat auch einen Architekten engagiert, der auf die Modernisierung historischer Gebäude spezialisiert ist, um einen neuen Küchenbereich und einen Speiseraum zu planen. Er hat eine Baufirma beauftragt, die für die bestmögliche Erhaltung originaler Strukturen bekannt ist, nächste Woche mit dem Umbau zu beginnen. Und er hat eine beträchtliche Spende auf ein Bankkonto überwiesen, das er für die gemeinnützige Organisation eingerichtet hat, um alles mit den neuesten Gerätschaften auszustatten.«

Sie konnte die Tränen, die ihr in die Augen stiegen, nicht länger zurückhalten. »Aber gestern war er so wütend auf mich. Und er verklagt mich wegen dem Bancroft. Warum sollte er so etwas …«

»Nettes tun?«, beendete Marcus ihre Frage.

Felicity nickte.

Marcus lehnte sich auf seinem Stuhl zurück. »Ganz im Vertrauen?«

Sie tupfte sich die Wangen mit ihren Handrücken ab und nickte.

»Ich kenne Blake schon seit langer Zeit. Ich hab ihn niemals so glücklich gesehen, wie er es in der letzten Woche gewesen ist, oder so wütend wie über das, was er für einen Verrat Ihrerseits hält.«

»Ich habe ihn nicht verraten. Ich würde Destiny niemals Blakes Geheimnis erzählen. Ich glaube nicht, dass er für den Tod seiner Eltern verantwortlich war. Es war ein tragischer Unfall. Sonst nichts.«

Marcus lächelte. »Genau das Gleiche sage ich ihm schon seit Jahren.«

»Aber das erklärt auch, warum er denkt, Vern hätte ihn im Stich gelassen, oder? Er glaubt, Vern hätte ihm die Schuld gegeben.«

Marcus grinste. »Ich wusste doch, dass Sie mir sympathisch sind.«

Sofort überkam sie wieder die Ernüchterung. »Blake wollte meine Erklärung nicht hören. Er hat mich ausgeschlossen.« Sie biss sich auf die Lippe und bemühte sich, gegen die plötzlich drohenden Tränen anzukämpfen.

»Ich würde sagen, was er heute für Sie getan hat, ist ein ziemlich sicheres Anzeichen dafür, dass er sich wieder fangen wird.«

»Was er getan hat, ist nicht weniger als ein Wunder.«

Marcus nickte. »Das ist es. Glauben Sie weiterhin an Wunder, und geben Sie ihn noch nicht auf.«

Weiterhin an Wunder glauben? Wie sollte sie auch nicht?

Nachdem Marcus gegangen war, begab sich Felicity vom Speisesaal in jenen Bereich des Hotels, der ihr stets ein Gefühl des inneren Friedens vermittelte: die Küche des »Dolce Vita«. Noch war das Restaurant nicht für die Mittagszeit geöffnet, und sie war ganz allein.

Egal, welches Chaos gerade in ihrem Leben herrschte, Kochen beruhigte sie immer, ließ sie glauben, dass sie die Dinge besser unter Kontrolle hatte. Ein paar einfache Zutaten konnten auf viele verschiedene Arten kombiniert werden und eine beliebige Anzahl an Dingen hervorbringen. Sie wusste genau, was sie in diesem Moment zaubern musste, und so schaltete sie den Ofen an und griff nach einem hohen Topf.

Sie füllte ihn mit gesalzenem Wasser und platzierte ihn auf dem Herd. Als Nächstes holte sie einen weiteren Topf von dem Regal über ihr herunter und stellte ihn auf eine niedrige Flamme, während sie Butter, Mehl, Milch, Käse, Gewürze und ihre Lieblingsnudeln holte, um das einzige Gericht zuzubereiten, das ihr möglicherweise das Gefühl geben könnte, als hätte ihr Blake nicht gerade das Herz herausgerissen – ihre Spezialität: Makkaroni mit Käsesauce.

Während sie sich auf eine perfekte Mehlschwitze konzentrierte, kehrten Felicitys Gedanken zu dem einen Mann zurück, den sie nicht aus ihrem Kopf verbannen konnte, egal wie sehr sie es auch versuchte. Sie gab Gewürze und heiße Milch zu der Butter-Mehl-Mischung und ließ die Aromen miteinander verschmelzen.

Senf und Lorbeerblätter waren ihre Geheimwaffe und der Grund dafür, dass niemand sonst denselben einzigartigen Geschmack erzielen konnte, wenn sie es ihm vorher nicht verraten hatte. Ohne lange darüber nachzudenken, was sie tat, fügte sie die restlichen Zutaten hinzu und gab die gefüllte Form schließlich zum Überbacken in den Ofen. Fünfzehn Minuten später nahm sie sie heraus und stellte sie auf die Arbeitsfläche.

Und währenddessen dachte sie immer wieder an das, was Marcus gesagt hatte … dass sie warten sollte, bis Blake sich wieder fing.

Als sie Schritte auf dem Flur vernahm, kehrten ihre Gedanken zurück in die Küche, ins Hier und Jetzt. Ihr Herz schlug schneller und blieb fast stehen, als sich die Tür öffnete, die den Speisebereich von der Küche trennte. Doch es war nicht Blake, der dort stand, sondern ihr Vater in Begleitung von Mary Beth.

»Dad?« Felicity ging auf ihn zu und hielt dann inne, als sie bemerkte, wie sicher seine Schritte waren und wie klar sein Blick.

Mary Beth begrüßte sie mit einem Lächeln. »Ich bin bei deinem Zimmer vorbeigegangen, um der Schwester eine Pause zu gönnen. Ich dachte mir schon, dass wir dich hier finden würden.«

»Hast du Hunger, Dad?« Sie rechnete nicht mit einer Antwort.

Er lächelte.

Bei dieser Reaktion schnürte sich Felicity die Brust zusammen. Erfreut über seine Fortschritte, nahm sie zwei Stühle aus der Ecke, stellte sie neben die Kücheninsel und bedeutete ihrem Vater und Mary Beth, sich zu setzen. Sie holte drei Teller und Besteck aus dem Regal und stellte sie vor ihren Vater, Mary Beth und sich selbst auf den Tisch.

Mit einem strahlenden Lächeln tat sie von dem dampfenden Gericht auf. »Erinnerst du dich noch an das erste Mal, als ich Makkaroni mit Käsesauce gemacht habe? Was für eine Katastrophe. Ich hab den Käse überall in der Küche verteilt. Mir ist so viel auf die Kochplatten gefallen, dass ich alle Fenster öffnen musste, um das Haus durchzulüften.«

»Ist alles in Ordnung mit dir?«, fragte Mary Beth und unterbrach Felicitys Erzählung.

»Mir geht's gut«, erwiderte sie, vielleicht etwas zu schnell.

Mary Beth sah sie aus dem Augenwinkel an. »Du bist viel zu lebhaft, und ich kenne dich zu gut. Was ist passiert?«

Felicity atmete tief aus. »Blake hat mir meinen Herzenswunsch erfüllt.«

Auf den fragenden Blick ihrer Freundin hin erzählte sie, dass Blake ihr ein Gebäude gekauft und ihre Hungry Hearts nicht nur zu einer gemeinnützigen Organisation gemacht hatte, sondern sie auch noch finanziell unterstützte.

Ihr Vater lehnte sich zurück und sah sie an, als würde er der ganzen Unterhaltung folgen. Er legte sich eine Hand aufs Herz und klopfte sich auf die Brust. Als sie ihn weiterhin verwirrt anstarrte, runzelte er die Stirn und klopfte sich wieder auf die Brust.

Felicity versuchte die Geste zu interpretieren. »Ich liebe dich auch, Dad.«

Ihr Vater schüttelte den Kopf und wurde immer aufgeregter.

»Komm, ich denke, wir sollten dich wieder auf dein Zimmer bringen.«

Felicity stellte sich neben ihren Vater. Er hob die Hand und legte sie ihr aufs Herz. »Alligator«, sagte er zum zweiten Mal.

Solange sie sich erinnern konnte, hatten sie sich immer auf diese Art Auf Wiedersehen gesagt. »Oh, Dad«, sagte sie und nahm ihn in die Arme. »Ich wünschte, ich würde verstehen, was du sagen willst.«

Ihr Vater schüttelte den Kopf und klopfte noch einmal auf ihr Herz.

Mary Beth griff nach ihrem Teller mit Makkaroni und nahm eine Portion der zähflüssigen Mischung auf ihre Gabel. »Ich glaube, dein Vater versteht viel mehr, als er kommunizieren kann. Ich könnte schwören, er sagt dir, du sollst deinem Herzen vertrauen, was Blake betrifft.«

Ihr Vater entspannte sich sichtlich, und Felicity konnte nur annehmen, dass es daran lag, dass Mary Beth richtig geraten hatte.

»Es steht einfach zu vieles zwischen uns«, sagte sie mit rauer, schmerzerfüllter Stimme. »Es könnte nur funktionieren, wenn ich das Hotel aufgeben würde. Sagst du mir, ich soll das Hotel aufgeben?«

Er antwortete nicht. Er griff einfach nur nach dem Teller, den sie vor ihn hingestellt hatte. Dann führte er die Gabel zum Mund, kaute und lächelte.

Stille breitete sich zwischen ihnen aus, bis Felicity schließlich einen tiefen Seufzer ausstieß. »Ich weiß, was ich tun muss.«

Ihr Vater sagte nichts. Er nahm nur einen weiteren Bissen von den Makkaroni, die vor ihm standen. Seine Augen glänzten vor Stolz.

Felicity ignorierte ihr Essen, während sich ihre Gedanken auf Blake konzentrierten. Er war so unerwartet in ihr Leben getreten. Er war ein Konkurrent gewesen, der zu einem Freund und dann zu einem Geliebten geworden war. Als sie sich näher kamen, hatte er die dunklen Winkel ihrer Seele mit Leben gefüllt, die Seiten an ihr, die sie sonst niemandem offenbarte. Mit seiner Ritterlichkeit und seinem Charme hatte er ihr Herz im Sturm erobert und dafür gesorgt, dass sie sich in ihn verliebte. Mit ganzer Seele und völlig hoffnungslos.

Sie hatte immer geglaubt, dass Liebe all ihre Probleme lösen würde, dass nichts und niemand sie mehr verletzen konnte, wenn sie erst einmal verliebt war. Doch da hatte sie sich geirrt.

Liebe verletzte sie an einer Stelle tief in ihrem Innern, zu der nicht einmal Hunger und Armut durchgedrungen waren.

Und dennoch gehörte ihr Herz Blake. Das Gefühl in ihrer Brust wurde immer stärker. Er musste ihre Liebe nicht mit teuren Geschenken oder luxuriösen Urlauben kaufen. Er hatte ihr Herz mit nichts weiter als seinem Lächeln und seiner zärtlichen Berührung erobert.

Sie nahm einen zittrigen Atemzug, der erfüllt war von grenzenloser Hoffnung, und wusste genau, was sie tun musste.

Kapitel 21

Vor einer Woche wäre Felicity lieber über heiße Kohlen gelaufen, als die Redaktion der Seattle Gazette zu betreten. Dennoch war sie nun hier und stand in der Eingangshalle, um Destiny Carrow die Story des Jahres zu liefern.

Als hätte der Gedanke sie auf magische Art und Weise herbeigezaubert, kam Destiny am Empfang auf sie zu und blieb vor ihrer ehemaligen Freundin stehen.

»Was willst du?«, fragte sie mit kaum verhohlener Verachtung.

Felicity richtete sich auf. »Können wir uns irgendwo unter vier Augen unterhalten?«

»Ich bezweifle, dass du irgendetwas zu sagen hast, das ich hören will.«

Felicity bemühte sich, höflich zu bleiben. »Es geht um Blake Bancroft und das Hotel Bancroft, aber wenn du nicht interessiert bist …« Sie wandte sich zur Tür.

Sie hatte noch keine drei Schritte gemacht, ehe Destiny rief: »Warte!«

Felicity warf einen Blick zurück über ihre Schulter. Ein Stirnrunzeln verzerrte Destinys makellose Gesichtszüge.

»Komm mit. Wir können hier drinnen reden.«

Destiny führte sie zu einem Zimmer in der Nähe. Sie bedeutete Felicity mit der Hand, Platz zu nehmen, und setzte sich dann auf den Stuhl gegenüber von ihr. Die frischgebackene Reporterin schlug die langen Beine übereinander und fixierte ihr Interviewopfer mit hartem Blick. »Ich hoffe, das hier wird meine Zeit wert sein.«

»Das wird es«, erwiderte Felicity, »aber bevor wir dazu kommen, muss ich dich noch etwas fragen.« Sie sprach direkt weiter, ehe Destiny protestieren konnte. »Wie hast du herausgefunden, was Blakes größte Angst ist? Er hat es mir im Vertrauen erzählt.«

Destiny lächelte. »Ich bin dir und Blake durch ganz Seattle gefolgt. Als ihr wieder zurück im Hotel wart, hab ich mich entschlossen, ein Zimmer zu buchen. Danach hatte ich Zugang zu allen Bereichen des Hotels, einschließlich des Dachgartens. Du und Blake dachtet, ihr seid allein, doch die Wände haben manchmal Ohren, vor allem bei Nacht und mit einem Abhörgerät. Es war nicht schwierig, zu verstehen, was ihr gesagt habt.«

»Andere abzuhören ist illegal.«

Destiny zuckte mit den Schultern. »Verklag mich doch.«

Felicity kniff die Augen zusammen. »Blake wird das vielleicht tun.«

Destinys Gesicht wurde bleich. Einen Moment später stieß sie einen langen, müden Seufzer aus. »Was hab ich dir und Blake nur angetan? Mir selbst? Eigentlich bin ich ein besserer Mensch …«

»Ja, Destiny, das bist du.«

»Was, wenn ich einen Widerruf schreibe?«

»Das wäre ein Anfang, würde ich sagen«, räumte Felicity ein. »Aber ich glaube, ich werde nie verstehen, warum du dich überhaupt erst von Reid hast manipulieren lassen. War es dieser neue Job wirklich wert, dafür deine Integrität zu verlieren?«

»Zu dem Zeitpunkt dachte ich es.« Destiny schwieg einen Augenblick, ehe sie Felicity ansah. »Meine schreckliche Kritik über dein Restaurant tut mir leid. Jedes Wort davon war gelogen. Es tut mir auch leid, dass ich einen Job über unsere Freundschaft gestellt habe. Ich weiß jetzt, dass das ein Fehler von mir war.«

Reue trübte Destinys Augen. Felicity kannte die Reporterin gut genug, um die Ehrlichkeit ihrer Worte zu erkennen, auch wenn sie möglicherweise durch die Tatsache motiviert waren, dass Reid ins Gefängnis wandern würde.

Felicity ging in sich und verdrängte die Wut über das, was Destiny getan hatte. Auf sie sauer zu sein, weil sie es so hingestellt hatte, als hätte Felicity Blake verraten, würde keinem von ihnen dabei helfen, mit dieser Sache abzuschließen. Sie zwang sich die Worte ab, von denen sie wusste, dass sie sie sagen musste. »Ich verzeihe dir.«

Destinys Augen weiteten sich überrascht. »Wirklich? Das hab ich nicht verdient.«

Nachdem Felicity es ausgesprochen hatte, fühlte sie sich besser. Vergebung war der richtige Weg.

»Können wir noch einmal von vorne anfangen, Destiny?«, fragte sie und war zumindest dazu bereit, zu einem Bruchteil der Vertrautheit zurückzukehren, die einst zwischen ihnen geherrscht hatte. »Keine Geheimnisse mehr, keine verletzten Gefühle und auf keinen Fall mehr Eifersucht.«

Ein merkwürdiger Ausdruck huschte über Destinys Gesicht. »Du würdest mir wieder vertrauen, nach allem, was ich dir und Blake angetan habe?«

»Ich bin bereit, es zu versuchen. Und du?«

Destiny nickte und beugte sich dann auf ihrem Stuhl nach vorn, als würde sie sich plötzlich daran erinnern, warum Felicity da war. »Also, was hast du für Neuigkeiten?«

Felicity gestattete sich ein zaghaftes Lächeln. Dies war die Destiny, die sie kannte, mit der sie befreundet gewesen war. Vielleicht gab es doch noch Hoffnung für ihre Freundschaft.

Sie holte tief Luft und sagte: »Ich werde Blake das Hotel und das ›Dolce Vita‹ zurückgeben. Es wird keinen Rechtsstreit geben. Ich ziehe mich zurück.«

»Warum?«, fragte Destiny verständnislos.

Felicity schwieg für einen langen Moment, während sie in Betracht zog, Destiny die Wahrheit zu sagen, dass sie Blake mehr liebte, als sie das Hotel oder das Restaurant wollte, dass man manchmal etwas loslassen muss, damit man seinen Weg zu etwas anderem finden kann.

Doch Destinys neugierige Miene hielt sie davon ab. Sie war noch nicht bereit dazu, ihrer alten Freundin wieder Herzensangelegenheiten anzuvertrauen. Sie traute kaum sich selbst. »Weil ich einen anderen Weg gefunden habe, um meine Angestellten zu beschützen.«

»Der da wäre?«, fragte Destiny.

»Willst du jetzt meine Geschichte oder nicht?«, erwiderte Felicity mit einem Anflug von Verärgerung.

»O ja, ich will sie.« Destiny griff nach ihrem Handy. »Habe ich deine Erlaubnis, das aufzuzeichnen?«, fragte sie kurz, bevor sie eine Diktier-App startete.

Felicity stimmte zu.

»Du gibst mir ein Exklusivinterview?«

Felicity lächelte. Ja, das war die Destiny, die sie kannte. »Natürlich, deshalb bin ich ja hier.«

»Sieht aus, als hätten wir eine Story zu veröffentlichen.«

* * *

Eine Woche später lief Blake in seinem luxuriösen Büro im siebten Stock der Bancroft Towers im Herzen von San Francisco auf und ab. Seine Hand umklammerte einen ungeöffneten Brief, den ihm Marcus übergeben hatte.

»Hast du in letzter Zeit mal Zeitung gelesen?«, fragte Marcus.

»Nein. Ich hab keinerlei Bedürfnis danach, noch mehr schmutzige Details über mein Liebesleben oder sonst was zu lesen. Ich muss eine Firma leiten.«

»Ja, und Leben ruinieren«, erwiderte Marcus mit ungewohntem Sarkasmus.

»Was soll das bedeuten?«

Marcus hob fragend eine Augenbraue. »Willst du nicht wissen, was Felicity in ihrem Brief geschrieben hat?«

»Nein«, antwortete Blake und musterte stattdessen das verärgerte Gesicht seines Freundes.

»Lies ihn«, forderte Marcus ihn auf, mit einem Ausdruck in den Augen, der normalerweise für seine härtesten Klienten reserviert war.

Blake blickte finster drein, als er den Umschlag aufriss und ein Blatt weißes Briefpapier herauszog, auf dessen Kopf das Emblem des Hotel Bancroft geprägt war – ein Wappen mit den Buchstaben H und B.

»Sie hat mir also einen Brief geschrieben«, stellte er fest, ohne die Worte zu lesen.

»Möchtest du, dass ich ihn dir vorlese?«, fragte Marcus, stand auf und nahm ihn Blake aus den Fingern.

»Mein liebster Blake,

wenn man jemanden liebt, muss man selbstlos genug sein, ihm zu geben, was er sich wünscht. Ich sehe keinen Grund mehr, den Rechtstreit fortzusetzen. Das Hotel Bancroft und das ›Dolce Vita‹ gehören dir, und du kannst damit tun, was immer du willst. Als Besitzer hast du das Recht, jeden Denkmalschutz aufzuheben, den das Gebäude erhalten hat.

Dein Geschenk des Gebäudes und die Einrichtung einer gemeinnützigen Organisation für das Hungry-Hearts-Programm waren das Netteste, was jemals irgendjemand für mich getan hat. Das Programm läuft wirklich gut, und die Sponsoren überschlagen sich mit ihren Spenden. Ich kann alle meine ehemaligen Angestellten mitnehmen und ihnen sichere Arbeitsstellen bei den Hungry Hearts anbieten, sobald du das Hotel übernimmst.

Und falls es dir hilft, das zu wissen: Destiny hat uns belauscht, als wir uns auf dem Dach unterhalten haben. Sie ist diejenige, die dein Geheimnis verraten hat, nicht ich.

Ich hoffe, es geht dir gut und dass du in deinem Leben sehr glücklich wirst. Meinen aufrichtigsten Dank für das Geschenk, das du mir gemacht hast, und für deine zukünftigen Vorhaben wünsche ich dir nur das Allerbeste.

Auf ewig die Deine,
Felicity«

»Süß, was?«, spottete Marcus. »Bist du jetzt stolz auf dich? Weil du jemandem ein Hotel gestohlen hast, der das Geld viel mehr braucht als du?«

»Hierbei ging es nie um Geld.«

»Nein?«, erwiderte Marcus. »Fast hättest du mich zum Narren gehalten.« Er warf den Brief neben ihnen auf den Schreibtisch. »Mach die Augen auf, Blake. Dieses Mädchen war das Beste, was dir jemals passiert ist.«

Blake weigerte sich, auf Marcus' Wut zu reagieren. Er war mit den Gedanken noch immer bei den ersten Worten, die sie geschrieben hatte: »wenn man jemanden liebt …«

»Wie kannst du dich nur selbst ertragen? Du hast sie in die Ecke gedrängt, und sie ist eingeknickt, genauso, wie es vielen deiner geschäftlichen Konkurrenten geht. Es gehört dir. Heute um Mitternacht fällt alles an dich zurück. Mein Kompliment zu einem weiteren erfolgreichen Abschluss, doch zu welchem Preis?«

Nachdem er seinen Teil gesagt hatte, marschierte Marcus zur Tür hinaus und ließ Blake zurück, der auf den handgeschriebenen Brief starrte.

Wahrhaftig, zu welchem Preis? Einen Herzschlag später nahm er sein Handy und rief Peter an. »Lassen Sie das Flugzeug fertig machen, und dann holen Sie mich ab. Wir fliegen heute Abend nach Seattle.«

Kapitel 22

Der Abend dämmerte schon, als Blake das Bancroft betrat. Er durchsuchte mit Blicken die vertraute Eingangshalle, und als Felicity nicht da war, ging er ins Restaurant, um dort nachzusehen, wobei er jeden Moment darauf wartete, ihr platinblondes Haar und bezauberndes Lächeln zu sehen, während sie sich mit ihren Stammgästen unterhielt. Stattdessen stand er plötzlich dem Hotelmanager gegenüber.

»Sind Sie gekommen, um sich an Ihrem Erfolg zu weiden?«, fragte Edward über das Pult des Oberkellners hinweg.

»Wo ist Felicity?«

Edward verschränkte die Arme vor der Brust. »Sie ist gegangen.«

»Spazieren gegangen oder hat sie das Hotel für immer verlassen?« Blake brauchte eine eindeutige Antwort von dem Mann, während ihm ein ungewohntes Gefühl der Verzweiflung durch die Adern kroch. Sie konnte nicht gegangen sein. Noch nicht. Nicht, bevor er die Chance hatte, mit ihr zu reden, ihr alles zu erklären.

Was zu erklären? Was er für ein Trottel gewesen war? Dass er ihr hätte vertrauen sollen?

In Gedanken hörte er ihr Lachen. Eine Erinnerung an Felicity, die nur sein Hemd trug, während sie auf dem Deck der Jacht stand und der Wind sanft ihr Haar zerzauste, traf ihn wie ein Schlag und verursachte einen glühend heißen Schmerz in seiner Brust. Er ballte die Hände so fest zu Fäusten, dass sich ihm die Fingernägel in die Handflächen gruben. Er versuchte, an etwas anderes zu denken, jedoch ohne Erfolg.

»Bitte, Edward. Ich muss mit ihr sprechen. Sagen Sie mir, wo sie ist.« Seine Worte waren keine Aufforderung. Sie klangen wie das Flehen, das sie sein sollten.

Der stählerne Blick des Hotelmanagers wurde ein wenig weicher. »Woher weiß ich, dass Sie sie nicht noch mehr verletzen werden, als Sie es schon getan haben?«

»Das wissen Sie nicht. Keiner von uns kann in die Zukunft sehen. Wo ist sie?«, wiederholte Blake mit ruhiger Entschlossenheit.

»Ich musste ihr versprechen, es Ihnen nicht zu sagen.«

»Dann einen Hinweis, irgendetwas.«

Edward schüttelte den Kopf, und seine Augen wurden stahlgrau. »Ich halte meine Versprechen.«

Blake runzelte frustriert die Stirn, auch wenn er den Mann verstand und für seine Loyalität respektierte. Felicity hatte diese Wirkung auf Menschen, das hatte er in ihrer gemeinsamen Zeit gelernt. Sie verdiente sich ihr Vertrauen und ihren Respekt, indem sie ihnen das Gleiche entgegenbrachte.

»Ich verstehe«, sagte er, drehte sich um und ging aus dem Hotel. Abwesend lief er an Peter und dem Wagen vorbei die Straße hinunter. Er wusste nicht einmal, wohin er eigentlich unterwegs war, bis er das graugrüne Wasser des Puget Sound vor sich sah.

Nur vom sanften gelben Licht der Straßenlaternen geleitet, ging er am Wasser entlang. Felicity hatte gesagt, dass sie hierherkam, wenn sie nachdenken musste. Vielleicht würden ihm die salzige Luft und das leise Plätschern der Wellen gegen den Hafendamm ebenfalls Antworten geben oder ihm zumindest Trost verschaffen.

Als er auf die Bank zuging, von der sie gesagt hatte, dass sie sie mochte, sah er plötzlich ihr deutlich erkennbares platinblondes Haar, das im Sternenlicht glänzte. Sie war an diesen Ort zurückgekehrt, um nachzudenken. Er hegte die leise Hoffnung, dass ihre Gedanken ihm galten, doch das mochte Wunschdenken sein.

Er stand einige Zeit da und beobachtete sie einfach nur, während sein Puls sich allmählich beruhigte und er den Mut zusammennahm, um das zu tun, wofür er hergekommen war. Während er hinaus aufs Wasser starrte, fragte er sich, wie zwei Menschen, die solch eine Nähe miteinander geteilt hatten, wieder zueinanderfinden konnten.

»Felicity?«

Die Brise trug das Wort fort. Die Wellen, die in einem unaufhörlichen Rhythmus gegen den Kai schlugen, schienen das Einzige zu sein, was sich in der Nacht bewegte. Der Wind wurde stärker und trieb die Wellen kräftiger gegen die Stützpfeiler. Der Lärm überdeckte das Geräusch seiner Schritte.

Erst als er neben der Bank stand, zuckte Felicity zusammen und schaute auf. »Blake, du hast mich erschreckt!«

»Darf ich?«, fragte er und deutete auf den freien Platz neben ihr.

Sie nickte, und er setzte sich auf die Bank.

»Wie hast du mich gefunden?«, fragte sie und sah ihn misstrauisch an, während sie ihre Finger zu Fäusten ballte und wieder öffnete.

»Ich bin meinen Gedanken gefolgt, und sie haben mich hierhergeführt.«

Sie lächelte kaum merklich und hob den Blick, in dem ein Gefühl stand, das er nie zuvor gesehen hatte. Ein Gefühl, das sie ihn nie so deutlich hatte sehen lassen wie jetzt. Liebe.

»Hast du das so gemeint, was du in deinem Brief an mich geschrieben hast?«, fragte er.

»Dass ich dir das Hotel und das Restaurant überlasse?«

»Dass du mich liebst«, sagte er mit schmerzhaft rauer Stimme.

Er sah sie mit einem beinahe unerträglichen Gefühl der Verzweiflung an. Er hatte niemals etwas so sehr gewollt, wie dass sie die Worte sagte, die er so sehnsüchtig hören wollte.

Sie blinzelte zu ihm auf. Ihre Augen leuchteten, als würden die Sterne in ihren Tiefen tanzen. »Ja, Gott steh mir bei, ich hab es so gemeint.«

In diesem Moment gab er dem Gefühl, gegen das er sich so lange gewehrt hatte, einen Namen. Es war Liebe. Diese Erkenntnis erfüllte ihn sowohl mit Staunen als auch mit Angst. Hatte er es wirklich verdient, etwas so Großartiges zu empfinden?

Überraschenderweise war die Antwort ein entschiedenes Ja. Die Schuldgefühle, die er seit dem Tod seiner Eltern mit sich herumgetragen hatte, ließen nach, und zum ersten Mal seit langer Zeit fiel ihm das Atmen leicht.

»Wie geht es deinem Dad? Ich habe gelesen, dass seine Therapie Fortschritte macht und dass er hin und wieder etwas sagt.«

»Du hast die Artikel gelesen?«

»Zuerst nicht, aber zum Schluss hab ich mich so verzweifelt danach gesehnt, dich zu sehen, dass ich sie alle gelesen habe, mehrere Male.«

»Es wird Destiny freuen, zu hören, dass sie wenigstens einen Leser hat.« Felicity lachte.

Der Klang erfüllte ihn mit einer Zufriedenheit, die ihm jeden Tag, den sie voneinander getrennt gewesen waren, gefehlt hatte.

»Ich bin sicher, sie hat deutlich mehr Leser. Mir hat der Artikel gefallen, den sie heute über die Aufnahme des Bancroft in Seattles Denkmalschutzprogramm geschrieben hat.«

Sie lächelte entschuldigend. »Ich wusste, dass sie das Bancroft aufnehmen würden, und es tut mir leid, wenn es deine Umbaupläne von jetzt an schwieriger macht, aber das Hotel verdient es, für seine Geschichte geehrt zu werden.«

»Da stimme ich dir vollkommen zu.« Er streckte die Hand aus und legte sie an ihre Wange. »Wie bist du nur so optimistisch geblieben, trotz deiner Vergangenheit?«

»Ich bin ziemlich starrsinnig.«

Er schüttelte den Kopf. »Nein, du bist ein guter Mensch, und jeder Tag, den ich mit dir verbringe, bestärkt mich in dem Wunsch, mehr wie du zu sein.«

»Hast du deshalb die Hungry-Hearts-Organisation ins Leben gerufen?«

»Du hast sie ins Leben gerufen. Ich spende nur Geld.« Er legte ihr einen Arm um die Schultern.

»Dann bist du der beste von all meinen Spendern«, sagte sie und lehnte sich an ihn.

»Gefällt mir, wie das klingt.«

Gewärmt von dem Gefühl ihres Körpers an seinem, starrte er hinauf in den Nachthimmel und fühlte sich dabei, als hätte er heute Abend das großartigste Geschenk von allen erhalten. Er griff nach ihrer Hand und hielt sie fest, voller Sorge, dass die kühle Nachtbrise diesen Moment schon bald davontragen könnte, so wie sie es mit seinen Worten getan hatte. Wenn sie aus seinem Leben verschwand, würde er mit nichts zurückbleiben. Er hatte sein ganzes Leben lang auf diesen Moment gewartet, ohne sich dessen wirklich bewusst zu sein.

»Du zitterst ja«, flüsterte sie, als sie ihn wieder ansah.

»Das ist wegen dir.«

Sie schloss ihre Finger fest um seine Hand und rückte noch näher.

In Schweigen gehüllt beobachteten sie, wie das Mondlicht auf dem Wasser glitzerte, und Blake begriff, dass Felicity ihm heute Abend seine Träume zurückgegeben hatte. Mit ihr konnte er anscheinend alles haben, selbst die Dinge, die er sich nie zu wünschen erlaubt hatte. Eine Familie. Kinder. Eine Frau.

Sie drehte sich zu ihm um und suchte kurz seinen Blick, ehe sie sich ihm zu seiner großen Überraschung entgegenstreckte und ihn zaghaft auf den Mund küsste.

Ihre Freundlichkeit und Wärme rührten etwas in ihm an, und er erwiderte den Kuss.

Als sich ihre Lippen einen Moment später voneinander lösten, lehnte sie sich lächelnd ein wenig zurück. »Wir sollten zurück ins Hotel gehen.«

Blake stand auf und half ihr hoch. Hand in Hand gingen sie langsam zurück zum Bancroft, und keiner von ihnen wollte, dass der Moment endete, aber sie wussten beide, dass sie keine andere Wahl hatten. Er hatte noch immer nicht die Worte ausgesprochen, wegen derer er nach Seattle gekommen war. Er musste auf den richtigen Zeitpunkt warten, bis er auch ihr letztes bisschen Zurückhaltung überwinden konnte.

Er musste sie nicht mit Worten, sondern mit Taten davon überzeugen, dass er sie liebte. Ihr klarmachen, dass sie mit jedem Moment, den sie zusammen verbracht hatten, mit jedem Mal, wenn sie sich geliebt hatten, mehr mit seiner Seele verschmolzen war, bis er nicht mehr wusste, wo er aufhörte und sie anfing.

Blake lächelte in die Dunkelheit. Er wusste genau, wie ihm das gelingen würde.

* * *

Zwei Tage später stand Blake dicht davor, seinen Plan in die Tat umzusetzen. Er hatte das gesamte siebte Stockwerk des Bancroft gesperrt und sich geweigert, irgendjemanden in sein Geheimnis einzuweihen. Er hatte den großen, offenen Raum geputzt, bis alles frisch nach Zitronen duftete und in der Mittagssonne glänzte.

Dankbar dafür, dass er früh gelernt hatte, wie man Lampen anbrachte, hatte er sechsundzwanzig gut erhaltene Deckenleuchter vom Beginn des 20. Jahrhunderts aufgehängt. Er hatte die Fassungen so bearbeitet, dass man LED-Glühbirnen verwenden konnte, und nun tauchten fast zweitausend glitzernde Lichter den großen Raum in ihren warmen, goldenen Schein. Blake schaute sich prüfend um. Alles musste perfekt sein.

Vor ein paar Stunden hatte er die Decke über den Kerzenleuchtern mit cremeweißen und roten Rosen dekoriert, die aussahen, als würden sie in der Luft schweben. Der ganze Raum wirkte magisch, genau wie er gehofft hatte. Er blickte auf die Uhr. Er hatte noch zehn Minuten, bis die Gäste eintrafen.

Der Tag konnte nur noch perfekter werden, wenn Felicity sich dazu entschied, für immer mit ihm zusammen zu sein. Er stand vor der größten Herausforderung seines Lebens: einer, bei der er alles verlieren oder alles gewinnen würde. Es gab nichts dazwischen.

Blake zog sich seinen Armani-Anzug glatt und fuhr sich plötzlich nervös mit der Hand durchs Haar. Es war an der Zeit, herauszufinden, wie ihre Entscheidung ausfallen würde.

Um Punkt sechs Uhr öffneten sich die Türen des Fahrstuhls, und Felicity trat in den Raum. Als sie auf ihn zuging, begrüßte er sie mit einer einzelnen weißen Rose. Er hielt inne, weil ihm ihr Anblick den Atem verschlug. Das Haar fiel ihr offen über die Schultern und wellte sich an den Spitzen. Sie hatte das Kleid aus schimmernder weißer Seide angezogen, das er für sie ausgesucht hatte. Die eng anliegende Korsage schmiegte sich an ihren Oberkörper und betonte ihre weiblichen Kurven. Der Rock war ab der Hüfte ausgestellt und reichte bis auf den Boden.

Sein Blick wanderte wieder an ihrem Körper aufwärts, bis er bei ihrem Gesicht ankam. »Du bist wunderschön.«

Sie errötete. »Was hat das alles zu bedeuten?«

Er berührte zärtlich ihre Wange. »Vertraust du mir, Felicity?«

Sie barg ihr Gesicht in seiner Handfläche. »Mit meinem Leben.«

»Dann vertrau mir jetzt. Alles wird gut. Du wirst sehen.«

* * *

Blake zog ein einzelnes, zusammengefaltetes Blatt Papier aus der Innentasche seines Anzugs. »Ich habe etwas für dich«, sagte er, während er ihr das Dokument überreichte.

Sie faltete das Blatt auseinander und schnappte nach Luft. Sie sah ihm in die Augen. Es war die Besitzurkunde für das Bancroft. »Warum?«

»Weil mich eine kluge Frau eine wichtige Lektion gelehrt hat: Wenn man jemanden liebt, opfert man alles für ihn.«

Sie starrte ihn verwirrt an.

»Ich weiß nicht, was ich sagen soll. Ich hätte niemals gedacht …«

»Nenne mir, was immer du willst, Felicity, und ich gebe es dir«, erklärte er mit rauer Stimme. »Ohne jede Bedingung.«

Seine Worte waren wie Balsam für ihre Seele – eine Seele, die es zu lange ohne die Wärme und Sicherheit ausgehalten hatte, die sie sich immer gewünscht und niemals zu finden gehofft hatte. »Das Einzige, was ich jemals haben wollte, bist du.«

Blakes Mund verzog sich langsam zu einem Lächeln, und in seinen blauen Augen lag ein glücklicher, ruhiger Ausdruck. »Heirate mich.«

Felicitys Kehle schnürte sich zusammen, während ihr Blick über die Dekoration des Raums schweifte. Plötzlich war ihr alles klar. Sie sah an dem wunderschönen Kleid hinunter, das Blake auf ihr Zimmer hatte schicken lassen. Weiß war die Farbe einer Braut an ihrem Hochzeitstag, wenn sie den Mann ihrer Träume heiratete.

Sie holte tief Luft und versuchte, die Tränen zurückzuhalten, die sich in ihren Augen sammelten. Sie wollte ein Leben lang diese Erfüllung, diese Zärtlichkeit, diese alles verzehrende Freude spüren, die sie empfunden hatte, als Blake sie an der Reling seiner Jacht im Arm gehalten hatte. Sie wollte diese wenigen kostbaren Augenblicke auf eine ganze Ewigkeit ausdehnen. In diesem Moment wusste sie, dass sie ihr ganzes Leben mit ihm verbringen wollte. »Für wie lange?«

Fragend hob er die Augenbrauen. »Du willst darüber verhandeln?«

Sie hielt den Atem an, sie musste die Worte aus seinem Mund hören.

»Für immer. Ist das lange genug?«

Sie nickte. »Wird es einen Ehevertrag geben?«

Er schüttelte den Kopf und zog sie enger an sich heran. »Ich hab dir doch gesagt, ich würde dir alles geben. Das schließt alles ein, was ich besitze und was ich bin. Es wird keinen Ehevertrag geben. Nicht jetzt und auch nicht irgendwann sonst.«

Sie konnte nicht aufhören zu lächeln. »Ich wäre dumm, wenn ich dich abweisen würde, oder?«

»Ich würde sagen Ja.«

»Okay«, flüsterte sie. »Ich werde dich heiraten.«

In dem Augenblick, in dem sie die Worte aussprach, überkam sie das überwältigende Gefühl, das Richtige zu tun. Bevor sie noch etwas sagen konnte, strömten ihr Vater, ihre Angestellten und ihre Freunde aus einem angrenzenden Raum herein, der normalerweise fürs Catering benutzt wurde.

Tränen brannten Felicity in den Augen und liefen schließlich über, als alle Menschen, die ihr etwas bedeuteten, kamen, um ihr und Blake zu gratulieren. Jeder, der sie begrüßte, reichte ihr eine Rose, bis sie schließlich einen riesigen Strauß im Arm hielt.

Ihr betörender Duft erfüllte die Luft, und ihr wurde ganz schwindelig von dem Durcheinander aus Glückseligkeit, Freude und Liebe. In ihrem Innern überschlugen sich die Gefühle, während sie im einen Moment Freude und im nächsten Ehrfurcht empfand. Ihr Herz schwoll an vor Demut, Glück und der Hoffnung auf eine Zukunft mit dem Mann, den sie liebte.

Als ihre Arme voll waren, legten die Gäste ihr die Rosen zu Füßen, bis sie von einem Meer aus duftenden Blüten und grünen Blättern umgeben war. Mit tränenerfülltem Blick sah Felicity auf zu Blake, als er sich ebenfalls vor sie stellte.

»Warum?«, fragte sie und versuchte gar nicht erst, die Freude zu verbergen, die sie durchströmte.

»Du hast gesagt, du magst Rosen lieber als alle anderen Blumen«, erwiderte Blake. Er griff nach ihren Händen und nahm sie in seine. »Ich liebe dich, Felicity, jetzt und für immer. Ich will nicht, dass du deine Träume aufgibst. Ich will nur die Chance haben, sie mit dir zu teilen.«

»Meine Träume sind hier in Seattle. Was ist mit deinem Job … den Hotels …«

»Ich kann meinen Job ebenso gut von Seattle aus machen wie von überall auf der Welt. Das Einzige, was ich brauche, bist du.«

Endlose Augenblicke lang blickte sie auf all die Menschen, die sich im Raum versammelt hatten, ehe sie wieder Blake anschaute. Ihr Herz machte einen Hüpfer. Niemals zuvor hatte sie sich so geliebt gefühlt wie jetzt. Und in diesem Moment verschwand jede Furcht vor der Einsamkeit, die sie jemals verspürt hatte, für immer.

»Felicity?«, sagte Blake und legte ihr einen Finger unters Kinn, damit sie ihn ansah. »Heirate mich gleich hier, gleich jetzt, vor all unseren Freunden und unserer Familie.«

Sie konnte nur nicken, da ihr Herz kurz davor war, überzulaufen.

Gemeinsam standen sie in einem Meer von Rosen und vereinigten ihrer beider Leben zu einem gemeinsamen. Sie starrte hinunter auf den Ring, den er ihr an den Finger gesteckt hatte, während sie gleichzeitig lachte und weinte.

Der absurd große Diamant in der Mitte war von einem Kreis aus kleineren Diamanten eingefasst. Der Ring war überwältigend, zweifellos teuer und strahlte mit Felicitys Augen um die Wette. »Er ist so groß. Das hättest du nicht … Wir könnten ein kleines Land mit dem Geld ernähren, das du für diesen Ring ausgegeben hast.«

Er grinste. »Das heben wir uns als Option auf, falls es jemals nötig sein wird.« Er zog sie an sich, als der Pfarrer vor sie trat. »Ich wollte die Welt wissen lassen, dass du mir gehörst. Du gehörst doch mir, oder, Felicity?«

»Für immer.«

Ihre Antwort war kaum verklungen, als er sie mit aller Entschlossenheit küsste und ihr deutlicher als mit allen Worten der Welt zu verstehen gab, wie leidenschaftlich er sie liebte. Sie genoss den Moment, während der Rosenduft sie einhüllte, und fragte sich, wann genau ihre Träume eigentlich Realität geworden waren.

Epilog

Ein Jahr später, an Verns Todestag, öffnete Felicity die Tür der hochmodernen Villa, die sie mit Blake und ihrem Vater in der Nähe vom Madison Park bewohnte. Ein schlaksiger Kurierfahrer übergab ihr zwei dünne versiegelte Umschläge, von denen einer an sie und der andere an Blake adressiert war.

Abwesend bedankte sie sich bei ihm, während ihr die markante Handschrift auf den Vorderseiten auffiel, obwohl die Adresse zum Teil von einem Nachsendeaufkleber verdeckt war.

»Blake?«, rief sie, als sie zurück in das Zimmer ging, in dem sie ihn vor wenigen Augenblicken zurückgelassen hatte.

»Was ist los?«

Mit drei Schritten stand Blake vor ihr, so nah, dass sie den Duft seines Aftershaves wahrnehmen und im strahlenden Blau seiner Augen versinken konnte. Sie musste den Kopf in den Nacken legen, um zu ihm aufzusehen, wo sie in der Ruhe seines Blicks Sicherheit fand.

»Die sind gerade angekommen. Sie wurden vor zwei Tagen in Seattle aufgegeben.« Sie hielt ihm den Umschlag hin, der an ihn adressiert war, und sah ihm sofort an, dass auch er die unverwechselbare Handschrift als die seines Onkels erkannte.

»Er würde doch nicht?«

Felicitys Herz begann zu rasen. »Wir werden es nicht erfahren, solange wir sie nicht aufmachen.«

Zusammen brachen sie die Siegel. Felicity holte einen weiteren, kleineren Umschlag hervor. Sie brach auch dessen Siegel und zog ein einzelnes Blatt Briefpapier heraus, auf dem das Wappen des Hotel Bancroft im Briefkopf zu sehen war.

Blake tat es ihr nach.

»Was steht in deinem?« Felicity hatte beinahe Angst, zu fragen, welchen Streich Vern ihnen aus dem Grab heraus spielte.

Blakes Gesichtsausdruck wurde weicher, während er die Nachricht las.

> »Die Zukunft, die ich mir für Dich gewünscht habe, liegt hier. Ich entschuldige mich für meine Methoden, doch ich habe vor langer Zeit gelernt, dass Du nicht zu den Menschen gehörst, die Ratschläge annehmen, weder meine noch die von jemand anderem. Auf meine eigene, merkwürdige Art habe ich Dich geliebt, und als ich älter wurde, wusste ich nicht, wie ich den Bruch zwischen uns kitten sollte. Ich will, dass Du glücklich bist und den Namen Bancroft weiterträgst.«

Blake verstummte und lächelte. Zufriedenheit strahlte aus seinen Augen. »Und in deinem?«

> »Wenn es etwas gibt, das ich über meinen Neffen weiß, dann, dass er noch niemals einer Herausforderung widerstehen konnte. Ich hoffe, er wird Dich für den Rest Eures langen und glücklichen Lebens immer wieder aufs Neue herausfordern.«

Sie sah auf in Blakes lächelndes Gesicht. »Er hat das alles von Anfang an geplant. Er hat mir das Hotel vermacht, damit es uns zueinanderführt.«

Bedauern verdunkelte den Blick ihres Mannes, als er seine Nachricht beiseitelegte und sie in die Arme nahm. »Es tut mir nur leid, dass mein Onkel nicht mehr lange genug gelebt hat, um sehen zu können, dass er genau das bekommen hat, was er wollte.«

Seine Hand glitt hinab zu ihrem Bauch und der kaum wahrnehmbaren Wölbung, die sich dort befand. Tief in ihr bewegte sich etwas. Leben. Vor einem Monat hatten sie erfahren, dass sie ein Kind erwarteten.

Felicity legte ihre Hand auf Blakes und schenkte ihm ein Lächeln, das all die Liebe ausdrückte, die sie in ihrem Herzen für ihn empfand. »Er weiß es. Da bin ich mir sicher.«

»Auf seine eigene, seltsame Art hat er all das getan, um uns glücklich zu machen«, bemerkte Blake und gab ihr einen Kuss, der ihr Herz zum Schmelzen brachte und ihr seine Liebe zeigte.

Als er schließlich seine Lippen von ihren löste, ergriff Felicity seine Hände. Sie verschränkte ihre Finger mit seinen. »Ich bin so dankbar dafür, dass Vern dich durch das Bancroft zu mir geführt hat.« Das Hotel, das ihnen nun beiden gemeinsam gehörte.

14836485R00168

Printed in Poland
by Amazon Fulfillment
Poland Sp. z o.o., Wrocław